駒場の空にかかる月

―地方の県立高校生、東大へ―

岩切《いわきり》 祝史《のりふみ》

まえがき

僕（本書は小説なので一人称《いちにんしょう》は「僕」にします）は、東京大学法学部を卒業後、これまで、官僚として・大学教授として勤務してきました。法律の専門書、受験勉強（＋東大情報）の本、さらに別のペンネームで小説等を書いています。

この小説は、平成初期の東京大学と東京、そして出身地・宮崎を主たる舞台にしています。

東大については、以前から世の中の興味を惹《ひ》く話題で、昨今《さっこん》の東大ブームでなお一層耳目《じもく》を集めています。しかし、実際のところ、東大生の普段の生活はそれほどリアルには語られていません。とくに地方では、東大生（卒業生も）と会ったことが無いという人も多く居ます。

本小説は、一九八九年（平成元年）四月に宮崎県の県立高校から東京大学教養学部文科I類に入学した僕が、一九九一年（平成三年）三月までの教養学部時代・駒場《こまば》キャンパスの二年間の実体験をもとに、リアルな東大・東大生の生活について当時の時代背景《はいけい》を交《まじ》えながら描《えが》いたものです。世間的には東大は本郷《ほんごう》キャンパスというイメージが強く、東大入学後二年間を過ごす教養学部の時期の駒場キャンパスの生活はあまり知られていません。

しかし、実はこの時期こそ数々のドラマがあります。

実体験したからこそ分かる・書くことができる内容です。東大生も、一人の若者です。悩み、笑い、怒り、泣く。恋愛《れんあい》もすれば失敗もする。また、地方や無名《むめい》高校、ごく普通の家庭からでも東大に合格し、東大生活を良くも悪くも満喫《まんきつ》できる。そんなことを伝えたいと思い書きました。

また、当時の世相《せそう》も描いています。バブルが弾《はじ》ける直前で、日本が元気だった時代の風景・雰囲気《ふんいき》・価値観が随所《ずいしょ》に登場します。同世代《せだい》以上の方は懐かしみ、若い世代の方は興味を持っていただければ幸いです。

目次

第一章　歓喜《かんき》の絶頂《ぜっちょう》は満月《まんげつ》の如《ごと》し

——東京大学に合格

「万歳《ばんざい》、万歳、ばんざーい！」

平成元年三月下旬、東京・本郷の東京大学本郷キャンパス。俊久《としひさ》の身体《からだ》は宙《ちゅう》に舞っていた。

そう、東京大学に合格したんだ。合格者発表掲示板に、たしかに「前田俊久」と書かれている。俊久が、母・華子《はなこ》が、何度見ても書かれている。涙が止まらない。笑いも止まらない。

痩《や》せ気味《ぎみ》の身体が何度も何度も宙を舞う。伸ばし始めた黒髪が春風《はるかぜ》にそよぎ、わずかに垂れた二重《ふたえ》の目から流れる涙が陽光《ようこう》にキラキラ輝く。まだ中学生のような色白の童顔《どうがん》が、歓喜でクシャクシャだ。

どの運動部の部員だろうか、合格者と分かると、手当《てあ》たり次第《しだい》に胴上《どうあ》げしている。いつの間《ま》にか、華子の小柄な身体も宙を舞っている。

並んで胴上げされる俊久と華子を祝福《しゅくふく》するかのように、うららかな春の陽射《ひざ》しが宙を舞う二人を優しく包む。

辛《つら》い受験勉強は、もうしなくていい。

この三年後に水泳の岩崎恭子《いわさききょうこ》選手がバルセロナオリンピックで金メダルを取って言うことになる言葉に倣《なら》えば、この瞬間は、紛《まぎ》れもなく、俊久がその後三十年以上経《た》った今に至るまで「生きてきた中で、一番幸せ」な瞬間であった。

＊＊＊

俊久は、昭和四十五年のクリスマス・イブに神奈川県で生まれた。

両親は宮崎県出身で、俊久も小学五年生の時から宮崎に住んでいるので宮崎県出身だ。俊久という名は、薩摩《さつま》藩（宮崎県のほぼ半分は旧薩摩藩である）の島津氏の通字《とおりじ》「久」にあやかっている。宮崎は、世間的には、「巨人をはじめとするプロ野球のキャンプ地」「かつては新婚旅行の一番人気の行き先だった」「名産品は宮崎牛と地鶏《じどり》とマンゴーと焼酎《しょうちゅう》」という程度の認識だろう。

俊久の父・隆義《たかよし》は公務員で、母・華子は元公務員の専業主婦。俊久は一人っ子だった。

一人っ子というのは我がままとか甘えん坊とか言われるが、それは違う。家の中に大人しかいないので、幼い頃から大人の世界の問題や愚痴《ぐち》に晒《さら》される。また、兄弟姉妹が居ないため、自分だけで考えなければならないことも多い。とくに男子の場合、父親が仕事等で不在の時、家の中の唯一《ゆいいつ》の男として母親に代わって外の世界に対峙《たいじ》しなければならないこともある。そのため、一人っ子は早く自我《じが》が確立して大人びているし、また、芯が強くなければ務まらない。

それが傍目《はため》には我がままに見え、同年代の子供とは異質に見えるのかもしれない。俊久が子供の頃、昭和四十年代終わりから五十年代はまだ少子化が進んでおらず一人っ子が珍しかったということも、異質に見えることに影響していたのであろう。実際、同級生の中で一人っ子は少数派だった。

親の愛情を一身に受けるという意味ではたしかに甘えん坊かもしれないが、同年代の兄弟姉妹が居る子供と比べれば世間の厳しさを知っている。つまり、一人っ子は甘えん坊とは言えない。

父・隆義は、公務員だったので仕事人間であった。昨今の公務員叩《たた》きをする世間の風潮《ふうちょう》からすれば、公務員であった「にもかかわらず」仕事人間だったとするべきだと反論されるかもしれない。しかし、隆義は根っからの仕事人間で帰りはいつも夜中であり、休日も仕事に行くことが多かった。

よって、普段は華子と俊久の母子だけで行動していたし、家でもほとんど二人きりだった。傍目には母子密着、俊久は華子にくっついている甘えん坊と映《うつ》ったであろうことは想像に難《かた》くないが、それはまさに外から見た姿に過ぎない。

母・華子は、結婚を機に公務員を辞め、専業主婦となり、いつも家にいた。俊久は、華子から一度も「勉強しなさい」と言われたことは無い。俊久には言う必要は無かったということである。まして、ほぼ不在の父・隆義からは、勉強に限らずあれこれ言われたことは無い。

俊久は、物心《ものごころ》ついた頃から、勉強に限らずとにかく頭が回っていた。

たとえば、幼稚園《ようちえん》での水泳の授業の時だ。スポーツ施設の屋内《おくない》プールを貸し切って行《おこな》われるため、夏だけではなく年中水泳の授業があった。

俊久は水泳が大変苦手《にがて》で、水泳の授業がある日は幼稚園を休む方策《ほうさく》を毎回考えていた。ただ、全て休むとまずいということを察知《さっち》しており、三回に一回のペースで仮病《けびょう》で幼稚園を休んでいた。やむをえず登園《とうえん》しプールに「強制連行」された際も、自分の泳ぐ順番が来る時にトイレに隠れ、五回泳ぐところを三回程度になるように調整する。幼い頃から、「ちょうど良さげ」な空気を読む感覚は抜群《ばつぐん》だった。

また、幼稚園の友達に「お菓子代を貸してくれ」と頼まれると、きっちりノートに記録し、手計算で日割《ひわ》り利子《りし》を計算していた。少数の掛け算は、華子に教《おそ》わりすぐにマスターした。利子の計算のためには、当時の公定歩合《こうていぶあい》・銀行の金利《きんり》を知らなければならない。どの銀行員も、「ふつうよきんのきんりはなんぱーせんとですか」と尋《たず》ねメモする幼稚園児に驚き括目《かつもく》したものだ。

もっとも、元金《がんきん》が多くてもせいぜい百円である。数日間分の利子は「銭《せん》」単位であったので切り捨てとなり、元金しか受け取らなかった。こういうところは潔癖《けっぺき》であった。むしろ、利子を計算すること自体が楽しかったと言える。

計算関係では、物心ついた時から巨人ファンで、新聞の試合結果を見ながら勝率や打率、防御率《ぼうぎょりつ》等を計算していた。掛け算・割り算や小数点以下の計算は、母・華子に教えてもらってすぐマスターした。

ただ、手計算では限界がある。ちょうど父・隆義が、職場で古くなった電卓を貰《もら》ってきた。当時、電卓は高級品だ。最高のプレゼントを受け取った俊久は、夢中で電卓をいじり、興味の赴《おもむ》くままにいろんなことを計算しまくった。今に至るまで数学好き・数字に強いのは、この幼児期の経験が大きかったと思われる。

義侠心《ぎきょうしん》もあった。ある時、他の幼稚園の園児達にいじめられた友達の敵討《かたきう》ちとして、仲間に声をかけ大規模軍団を組織した。分担して攻撃用の泥団子《どろだんご》を極秘《ごくひ》に三千個以上製造し、相手方の幼稚園を急襲《きゅうしゅう》して大勝利を収めたのだ。

泥団子を硬くするために石を詰めようとしたが、石が見つかったらヤバいということは認識していた。冬だったので寒さを利用することを思いつき、夜に水をかけておいて凍らせた。その泥団子を、翌朝《よくあさ》の気温がまだ低い登園時、敵方《てきがた》の幼稚園児達に投げつけた。先生達が駆けつける頃には氷が溶《と》けていて、硬い泥団子を投げた証拠が残らないという寸法《すんぽう》である。

客観的に見れば、孫子《そんし》の如き兵法家《へいほうか》が考えるようなことを、幼稚園の頃に何の知識も無く思いつくとは素晴らしい発想力だ。ただ、当然のことながら、襲撃《しゅうげき》自体が大問題になった。

「手を出してきたのは向こうが先で、友達のためにやったんです。今回やっつけないと、この幼稚園がナメられます。それでいいんですか！」

幼稚園の先生達に対して臆《おく》することなく弁明《べんめい》・主張したが、大規模軍団でお礼参りしたこと、さらに、口止めしていたにもかかわらず仲間の自供《じきょう》により泥団子を凍らせていたことが発覚し、大目玉《おおめだま》を食らった。

俊久の現在の職業である法学部の大学教授、つまり法学者的に言えば、先に攻撃をされたことに対する「自衛」であり、また、「正当防衛」であるという主張をしたわけだ。しかし、その急襲は「自衛」ではなく、さらに、「正当防衛」の範疇《はんちゅう》を超《こ》えた「過剰《かじょう》防衛」と認定されたと言える。

また、俊久は、固い絆《きずな》で結ばれた仲間でも口を割ることがあるということを、人生で初めて経験した。

ただ、相手方を徹底的に撃破《げきは》したことにより、以後、俊久の幼稚園の園児がいじめられることは無くなった。このことで、仲間内はもちろん、近隣《きんりん》幼稚園界隈《かいわい》での俊久の名声《めいせい》は上がり、一目《いちもく》どころか数目《すうもく》置かれる存在となった。

もとより、腕力《わんりょく》にモノを言わせた「ガキ大将《だいしょう》」ではない。大所高所《たいしょこうしょ》から全体を見渡して策略《さくりゃく》を練《ね》り、ひとたび戦えば確実に勝利する「参謀《さんぼう》・軍師《ぐんし》」タイプだ。俊久が今も愛読する『三国志』における、諸《しょ》葛亮孔明《かつりょうこうめい》や司馬懿《しばい》仲達《ちゅうたつ》のようなものだ。

その頃、近所の神社の祭りの屋台《やたい》のお兄さん・お姉さん（いわゆるテキ屋）と仲良くなり、その「あんちゃん」「姐《ねえ》さん」達が普段たむろしている喫茶店《きっさてん》に遊びに行くようになった。あんちゃん達は気風《きっぷ》が良く、姐さん達は弟や息子のように可愛《かわい》がってくれた。教えてもらった花札《はなふだ》やチンチロリンの腕前《うでまえ》、さらに立《た》ち居振《いふ》る舞《ま》いを見ていた「おやっさん」に「この子はとんでもない大物になる」と見込まれ、出前の高級寿司をご馳走《ちそう》してもらった。その絶品《ぜっぴん》の味と、「一家《いっか》」の皆の楽しげな笑顔を今も思い出す。

優しげな「おやっさん」「あんちゃん」「姐さん」達に会いに行くことを両親から禁止された意味は、中学生になった頃に分かった。

俊久が幼稚園の帰りに「事務所」に寄っていると知った華子が、「可愛がってくださるのはありがたいのですが、もう来させられません」と菓子折り持参《じさん》で挨拶《あいさつ》に行ったらしい。「おやっさん」は快く了解してくれたが、「将来の親分候補」を失ったことを非常に残念がったということだ。

今でも、幼稚園の頃に「どこか醒《さ》めている自分」を意識した瞬間を記憶している。自我の確立であるとともに、現在に至るまで時折《ときおり》味わうことがある奇妙な感覚の始まりでもあった。福田康夫《ふくだやすお》元首相辞任時の発言に倣えば、俊久は、物心ついた頃から「自分自身を客観的に見る」ことができていた。

自分が自分でないような、自分の頭の上から自分を見ているような不思議な感覚。風景の中に自分が居る、その風景を眺める自分。フワフワした不安感を伴う、それでいて郷愁《きょうしゅう》のような切なさを帯びる感覚。今も不意《ふい》に襲ってくるその感覚を、俊久は、この頃すでに時折味わっていた。

＊＊＊

俊久は、教育熱心な家庭が目指す有名私立幼稚園には目もくれず、ごく普通の幼稚園に通い、当然「お受験」せずにごく普通の公立小学校に入った。

入学後、「自分が『頭が良い』と評価される」ことが分かった。勉強しなくてもテストは百点満点で、音楽も絵も工作も得意だった。苦手だった水泳も克服《こくふく》し、スポーツ万能《ばんのう》ということが明らかになった。通知表は基本的に「オール5」。ただ、身体が大きくなるのが遅かったため、体力系の種目や身長がモノをいう種目がメインの学期の体育だけが「5」ではなかった。知能テストは全問正解で、「数値が高すぎて測定不能」という結果が出たこともある。

幼稚園の頃、「将来は巨人に入団して王貞治《おうさだはる》選手のようなプロ野球選手になりたい」と思っていたが、小学生になると、それと同じくらい自然に「東大に行きたい」と思うようになった。そして、いつの間にか「僕は東大に行くものだ」と思っていた。

小学四年生の終わり、宮崎に引っ越す前に、両親にせがんで文京区の東大本郷キャンパスに連れていってもらった。赤門《あかもん》前で写真を撮《と》った。八年後の東大合格の時に、また赤門前で写真を撮るために。

授業以外ではほとんど勉強しなかった。やることが多過ぎた。野球、サッカー、ドッジボール、さらには昭和の子供らしく缶蹴《かんけ》り、メンコ、ベーゴマ等枚挙《まいきょ》に暇《いとま》が無い。女子に交《ま》じってのゴム跳びやお手玉・あやとりも達人級だ。毎日暗くなるまで遊び回った。

とくに野球に熱中し、友達との草野球にとどまらず、地域の野球チームに加入した。ほとんどの守備位置をこなし、投手も兼任だ。打順《だじゅん》はクリーンアップ、大体は四番サード。これならば右投げ右打ちということも含め、「王貞治選手」ではなく「長嶋茂雄選手《ながしましげお》」のようになりたいと思っても不思議ではないが、その頃、「長嶋茂雄」はすでに「巨人軍監督」であった。

たまに登板《とうばん》すると、カーブやスライダーといった変化球を主体に投げ、一塁が空《あ》いていたり強打者だったりすると堂々と敬遠《けいえん》した。監督から「正々堂々と勝負しろ」と怒られ、「正々堂々と変化球で勝負し、正々堂々と敬遠している」と答えて火に油を注《そそ》いだこともある。干《ほ》されても気にせず、登板すると変化球を投げ、敬遠しても後続《こうぞく》をしっかり抑える。

すでにこの頃、目的達成のために最善の手段を考え実行するという生来《せいらい》の性格が表れていた。いくら綺麗事《きれいごと》を言っても、勝負は結果が全て。つまるところ「勝ってナンボ」と思っていた。「なんとも醒めた小学生だ」と監督が思ったことは想像に難くない。

学習塾なんて行く気もせず、そろばん塾と書道塾に通った。段位《だんい》が上がるのが面白《おもしろ》くてたまらなかった。

家では、テレビ、漫画《まんが》、家庭用ゲーム機でのゲーム、さらにはアニメ『機動《きどう》戦士ガンダム』や車・戦艦等のプラモデル作りに明け暮れる日々だ。

漫画ばかりではなく、大人が読むような文庫本や文学全集も読み漁《あさ》った。読むのは速かったのであっという間に読むことができ、どんどん読み進む。意味が分からない単語はほとんど無かったが、分からない場合はすぐに辞書で調べた。一々調べるのが面倒《めんどう》で『広辞苑《こうじえん》』を丸ごと読んだところ、元々速い読書スピードが飛躍《ひやく》的に増した。

谷崎潤一郎《たにざきじゅんいちろう》全集を古本屋で買ってきて読んで、意味が分からないことを大人向けの週刊誌で調べていたところを華子に見つかり、「大人になってから読みなさい」と本を取り上げられたのはご愛嬌《あいきょう》だ。

ある日、不世出《ふせいしゅつ》の大横綱・双葉山《ふたばやま》の伝記を読んだ。その四股名《しこな》の由来《ゆらい》が「栴檀《せんだん》は双葉より芳《かんば》し」と知って「僕も栴檀だよね！」と華子に話すと、なぜかため息をつかれた。

当時は「何で喜んでくれないんだろう」と不思議だったが、テキ屋の件といい、谷崎潤一郎の件といい、普通の子供と違ったことは明らかだ。今になって母の気苦労をあらためて慮《おもんぱか》り、「親孝行せねば」と思う日々である。

やることにはキリが無かったが、それでも夜十時には寝ていた。

学級委員長や児童会役員にも当然の如く選ばれた。といっても全《まった》く優等生《ゆうとうせい》タイプではなく、いたずらの天才だった。校庭に犬の糞《ふん》入りの落とし穴を掘ったところ、不運にも校長がはまり校長室に呼び出され、校長直々《じきじき》に殴《なぐ》られるという栄誉《えいよ》に浴《よく》した。当時、体罰《たいばつ》は普通にあったが、校長直々というのは滅多《めった》にあるまい。

とにかく好奇心《こうきしん》の塊《かたまり》であった。

ある時、宮崎市の大淀川《おおよどがわ》に架かる橋の橋脚《きょうきゃく》によじ登り、そこにあった鳩《はと》の巣に鶏《にわとり》の有精卵《ゆうせいらん》を入れて鳩に抱かせてみたらどうなるか実験してみた。

「ヒヨコが出てきたら、鳩はさぞびっくりするだろう」

「ヒヨコは大人の鶏になっても飛べないから、高い橋脚の上でどうするのだろう」

「ひょっとしたら、鳩を見倣《みなら》って飛ぶかもしれない」

興味は尽きなかった。

毎日橋脚によじ登って確認していたところ、河川管理の職員に見つかり、実験の結果を見る前に阻止された。

通報を受けた担任教師に、頭の形が変わるほど叩かれた。俊久が「教師ならば、僕の科学的探究心《たんきゅうしん》を褒めるべきじゃないか」と弁明したのが火に油を注ぎ、一カ月間、放課後居残り教室掃除という厳《げん》罰《ばつ》に処せられた。

ただ、華子は全く怒らなかった。本当に危険なこと、さらに弱い者いじめをしなかったからだ。

授業においては教師の上をいくこともしばしば。授業の間違いにとどまらず、教科書やテスト問題の間違いを指摘し、同級生も分からないことを教師ではなく俊久に聞きにくる始末《しまつ》。教師にとっては鼻持《はなも》ちならぬ、大変扱いにくい児童だったのは想像に難くない。

身体は小さく痩せていたが、文武両道《ぶんぶりょうどう》で話題豊富《ほうふ》、ギャグや冗談《じょうだん》が大好き。勉強ができることを鼻にかけない。優等生タイプではなく、いたずら好きで教師に媚《こ》びない。仲間のためなら喧嘩《けんか》も辞さない。

男子の人気もさることながら、これで女子にモテないわけがない。女子からのバレンタインのチョコレートは毎年凄《すさ》まじい量で、律儀《りちぎ》にその場で全て食べて鼻血が出て机の上が血の海になったこともある。普段もラブレターを受け取ったり交換日記の申し込みがあったり、まさに順風満帆《じゅんぷうまんぱん》という言葉がぴったり、充実《じゅうじつ》の日々が過ぎていった。

ただ、今に至る俊久の人生において、こんなに楽しかったのは小学生の頃だけであった。

＊＊＊

一時期名古屋等にも住んだ後、小学五年生になった時に、公務員だった父・隆義の地元、宮崎に移住した。小学校は神奈川も名古屋も宮崎も、公立である限りさしたる違いは無い。転校当初は「言葉が違う」といじめられたが、「大人になったら困るのはお前達だよ」とどこ吹く風。成績優秀でスポーツ万能、さらにユーモアに溢《あふ》れるということですぐに人気者となり、いじめられなくなった。もちろん、一部のしつこいいじめっ子をボコボコにして屈服《くっぷく》させたことは言うまでもない。「腕力」の裏付けが無ければ張子《はりこ》の虎《とら》だ。

その二年後の中学校入学は、一大分岐《ぶんき》点であった。当時、都会・地方を問わず公立中学校は「荒れて」いた。さらに、地方の公立中学校においては男子は皆「丸坊主《まるぼうず》」にしなければならなかった。今どきの男子中学生は丸坊主ではないが、当時は野球部等の運動部員でなくとも全員丸坊主にさせられる。青光りするクリクリ坊主で溢れる教室は、いかにも「昭和」の風景だ。

俊久は、それが物凄《ものすご》く嫌だった。身体が小さく、小学六年生時でも小学校低学年に間違われていた。丸坊主にしたら、「一休さん」等といった身体が小さいクリクリ坊主系のあだ名がつくことは請《う》け合いだ。かといって、宮崎には荒れておらず丸坊主にしなくてもいい、都会のいわゆる「名門私立中学校」のような中学校は無かった。

「荒れた状態」と「丸坊主」から逃《のが》れられる中学校は宮崎市には無いと諦《あきら》めていたある日、華子が井《い》戸端《どばた》会議で、市内で一校だけ該当する中学校、それも公立中学校があるという情報を仕入れてきた。そこは学力水準《すいじゅん》が高く荒れておらず、また、丸坊主にしなくていい。ただ、普通の公立中学校とは違い、校区《こうく》が宮崎市全体及びその周辺地域に設定され、さらに入学試験があった。

入学試験があることを知り、華子が願書《がんしょ》を出そうとしてその中学校に電話すると、なんと願書締《し》め切り一日前。慌《あわ》てて小学校の担任教師に依頼して書類を作成してもらい、翌日夕方の受付締め切り時間ギリギリに、最後の出願者《しゅつがんしゃ》として願書を提出した。

インターネット時代の今なら、一瞬で、遥《はる》かに時間の余裕を持って分かることだろう。しかし、逆に言えば、締め切り一日前にその中学校の存在を知ったことは運があったとも言える。華子が井戸端会議をしなければ、また、願書が間に合わなければ、俊久の人生は全く違うものになっていたに違いない。

受験日まで二週間も無く、受験勉強の時間はほとんど無かった。そのため、受験勉強をしないどころか、受験のために何をしていいかさえ調べもしなかった。それでも、絶対合格すると思っていた。数年前から名門中学校の「お受験」準備を始める都会の小学生とは大きな違いである。

生まれて初めての入学試験。

筆記試験は問題無く通った。

ただ、その中学校独特な制度として、「一定以上の学力を持つ範囲内である程度幅広い生徒を入学させる」という教育的実験の見地から、筆記試験では定員の倍の人数を合格させ、その後、合格確率二分の一のくじ引きがあった。俊久は、子供の頃から今に至るまで、こういうものに落ちたことが無い強運の持ち主《ぬし》である。絶対通ると確信してくじを引き、当然通った。このくじ引きを通過したことが、俊久のその後の人生を決定付けた。

「人生の多くのことは運で決まる」という研究があるが、華子の井戸端会議の件とともに、まさにその通りだ。

校区が宮崎市全体及びその周辺地域となっており、それぞれの公立小学校の優秀な生徒が入試を突破《とっぱ》して集まってくる。つまり、この中学校は市レベルの秀才の集まりとなる。そんな中、当然順位がつく。公立小学校の一位が百人居れば百位まで順位がつく。そこで初めて、自分の才能が「それぞれの校区の一位」レベルであったことを知り、傷付く生徒も多かった。

その中学校が優秀な生徒の集まりだとしても、やはり、その中で成績が下だといい気分はしない。「鶏口牛後《けいこうぎゅうご》」の言葉通り、低レベルの学校での一位の方が、高レベルの学校でのビリよりマシだとも言える。

入試の順位は非公開で分からない。それまで学習塾にも行かず遊び回っていた俊久は、自分がどのくらいの学力がありどのくらいの位置なのか分からず、急に不安になった。

そこで、五月にある中学一年生の最初の中間試験前、一週間ほど、生まれて初めて「試験勉強」というものをして試験を受けた。

ただ、夕食《ゆうしょく》より後には勉強をしなかった。教科書とノートを読んで復習した程度だ。結果は学級で四十人中三位、学年で百六十人中八位。市内の秀才が集まる中でのこの順位について、俊久は、拍子《ひょうし》抜けしつつも「このくらいでいいか」と思う一方、「あれだけ遊んでいてこの順位なら、もうちょっと勉強すれば一位になれるかもしれない」と思い、欲が出た。この「欲」もまた、俊久のその後の人生に大きな影響を与えた。

試験前の勉強期間を一週間から二週間程度に延《の》ばし、夕食より後にも勉強し始めた。他方、友達との遊び、部活、テレビ、漫画、ゲーム、出回り始めたパソコン、プラモデル作り等々、やりたいことは多い。

さらに、俊久は今で言う「ロングスリーパー」で、生まれつき、そして今でも十時間は眠らないと頭が機能しない。だが、一日は二十四時間しかない。そのため、勉強以外のやりたいことを削《けず》らざるをえなくなった。つまり、人生で初めて、勉強のために何かを犠牲にすることを覚えた。

その成果があり、俊久は、ほどなく学級一位、さらには学年一位になった。やればやるほど成績が伸び、全科目で二位以下を寄せ付けなかった。それまで全然勉強をしていなかった分、伸びしろが大きかったと言える。

とくに得意な科目は社会と数学で、暗記力もあり論理的思考力もあり、文系理系関係無くオールマイティだ。ただ、学習塾には相変わらず行かなかった。宮崎にはめぼしい学習塾が無かったこともあるが、そもそも、部活が終わる頃はすでに暗い。家に帰って夕食を食べ、勉強となにがしかの趣味をするのが時間的限界であった。

中学三年生時、宮崎県全体で実施される合同テストで県内一位に輝いた。この時、俊久は、初めて「東大」をリアルに感じた。当時、すでに第一目標として、東大法学部を卒業して公務員、それもいわゆる「官僚」になり、日本・世界のために活躍したいと思っていた。

この時期に俊久の成績が大幅に飛躍した理由として、元々持っていた能力を勉強に活《い》かすことに成功したことが挙《あ》げられる。

まずは、その凄まじい記憶力。幼稚園の頃からいろんなことを自然に即座《そくざ》に覚えた。歴代天皇、歴代総理大臣、歴代横綱等の「歴代シリーズ」。歴史年表、世界の国々の国旗と首都、プロ野球の各種記録、果てはウルトラマンシリーズの登場怪獣《かいじゅう》や全国の特急列車《れっしゃ》の名称と走行区間等々、数え上げればキリが無い。たまにテレビで「スーパー小学生」とか言っていろんなことを暗記する子供が登場するが、俊久もその類《たぐ》いであった。

往々《おうおう》にして、マスコミに取り上げられるそのような子供達は成長するに従って「ただの人」になる。しかし、俊久は、成長するとともにその能力が一層開花していった。

一般的に、暗記方法としては、とにかく書く・音読《おんどく》・語呂合《ごろあ》わせ等、いろんな方法がある。しかし、俊久は、見たものをそのまま覚えることができた。見たものをそのまま覚える能力については、時として「サヴァン症候群」と称され、たとえば山下清《やましたきよし》画伯《がはく》がその例とされている。

だが、俊久の場合はちょっと違った。見たものをそのまま「頭に焼き付ける」のではなく、その画像をスキャンしてソートし、それぞれ頭の中にある棚に分類別に移動、整理番号を付けてファイルに閉じ込んでいくような覚え方をするのだ。後で思い出す時には、そのファイルが画像として頭の中に浮かんできて必要な情報を取り出す。もちろん補足的に手で書くとか音読とか語呂合わせ等も駆《く》使《し》したが、それは「頭の中へスキャンしてソートして分類」するための補助作業だ。

さらに、本を読むスピードが圧倒《あっとう》的に速かった。小学生の頃からかなりの読書をしたが、せっかく本を買ってきてもあっという間に読み終わる。隆義も華子も本代だけは全くケチらなかったが、それでもお金がかかる。そこで俊久は図書館に通い、また、身体を鍛《きた》えるのと一石二鳥《いっせきにちょう》だという理屈で本屋で立ち読みをして、一日十冊は読んでいた。

そんな俊久が本格的に勉強するということは、猛烈なスピードで教科書や参考書を読み、頭に知識のファイルがどんどん増えていくことになる。元々論理的思考力・判断力も抜群であったため、試験においては蓄《たくわ》えた知識を組み合わせ簡単に解答することができた。

この能力は大学生の頃がピークだった。その後は年齢とともに衰《おとろ》えていったが、俊久の今の職業である大学教授になるための、また、なった後の論文執筆《しっぴつ》に活かされている。

さらに、勉強・仕事にとどまらず、たとえばおニャン子クラブ、モーニング娘。、ＡＫＢ48《エーケービーフォーティーエイト》、乃木坂46《のぎざかフォーティーシックス》等アイドルグループのメンバー情報を記憶することにも役立った。要するに、俊久の人生を豊かなものにしている。

当時も今も、この能力を驚かれ羨《うらや》ましがられる。しかし、必ずしもいいことばかりではない。見たものを全て覚えるというのは、大変な苦痛を伴う。覚えたくないものも、見たら覚えてしまうのである。

すなわち、嫌な事柄《ことがら》を見た場合、また、聞いた場合であっても、即座に記憶してしまい削除できないのだ。ふとした瞬間に数十年前の嫌な記憶が甦《よみがえ》り、まさに現在のことのように追体験《ついたいけん》してしまう苦痛はなかなか理解されない。

対策としては、嫌な事柄は事前にできるだけ回避《かいひ》し、遭遇《そうぐう》してしまった場合は極力《きょくりょく》逃げる・見ざる・聞かざるということしかない。それでも、どうしても嫌な事柄を避けられない場合がある。嫌なものに限って、目に入ったり耳に入ったりしてくるものだ。すなわち、俊久は、今までの人生において記憶から消せない「傷」を多数受けており、トラウマや嫌な記憶を多数抱えている。

人間は、適度に忘れることにより精神のバランスを保っているという。さすれば、この桁外《けた》れの記憶力及び想起《そうき》能力は、精神のバランスを損《そこ》なう能力であり、いわば諸刃《もろは》の剣《つるぎ》と言える。「忘れる」ことができる人工知能（ＡＩ）についての研究があるが、このことは、忘れることも重要ということの証左《しょうさ》である。

俊久の成績が大幅に飛躍したさらなる理由として、一度やり始めたことはやり終えないと気が済まない、また、完璧《かんぺき》でないと気が済まないという完璧主義の性格も挙げられる。

たとえば、幼稚園の頃から物を集めるのが好きで、集め始めたら止まらない。当時、お菓子やソーセージに付いていた「プロ野球選手カード」をコンプリートするために、どれほどの量を買ったものか。いまだに、テレビでも漫画でも第一回から順番に見たり読んだりして最終回まで行きつかないと落ち着かない。ゲームでは、ありとあらゆるアイテムやイベントを全て出した上で数種類のエンディングも全て見ないと気が済まない。

勉強についても、やり始めたら文字通り「気が済む」「不安が消える」までやり、時間がある限り抜けが無いかチェックしまくる。順位も、学級一位になったら次は学年一位、さらに市内一位、県内一位、全国一位……とキリが無くなる。さらに、合計点の一位のみならず、全科目個別に一位にならないと気持ち悪い。この状態を、俊久自《みずか》ら「完全なる一位」と呼んでいた。そうなると、次は二位以下につける点差の記録が気になる。二位に、一科目の試験を受けなくとも一位になるほどの点差をつけたことも度々《たびたび》あった。

当然ながら、この性格は非常に危険な性格だ。「いい加減《かげん》にする」「そのままにしておく」ことができないのだ。一歩間違えると精神のバランスを損なう。勉強についてはこれがプラスに作用《さよう》したが、生活全般については明らかにマイナスに作用する。非常に疲れる性格であり、現在に至るまで、俊久の心身の摩耗《まもう》の最大の原因と言っても過言《かごん》ではない。

要するに、成績面においては順風満帆な中学生時代だが、他方で「記憶し過ぎ」「完璧主義的性格」により苦しむ兆《きざ》しが見られた。

さらに、俊久の人生に翳《かげ》りを落とす出来事が発生していた。勉強への傾倒《けいとう》が原因かは定かではないが、中学校入学時百三十センチそこそこというあまりにも低過ぎる身長が、一向《いっこう》に伸びない。中学校卒業時でも百五十センチに達しなかった。友達より頭一つ分小さい。

好きな女子もできたが、この身長では相手にされるわけがないと思い込んでしまった。二十歳《はたち》になった年の同窓会で、実はその女子も俊久のことが好きだったと分かったが、中学生の当時は知る由《よし》も無かった。

部活に関しては、身長が原因で好きな野球を諦め、テニス部に入った。プロ野球選手になるという目標を、この時断念《だんねん》した。俊久にとって、子供の頃の夢の一つが初めて消えた。さらに、身体が小さいため、生徒会役員や学級委員長等の役職を引き受けなくなっていった。

二十五歳で日本人男性の平均身長である百七十センチになったので、身長が伸びる時期が遅かっただけだ。ただ、当時、身長が伸びるかどうかは当然分からない。長い間、大きなコンプレックスとなった。小学生の頃とはうって変わり、まさに青春の初期段階において、女子に対して鬱屈《うっくつ》した感情を抱かざるをえなかったこと、スポーツや生徒会役員・学級委員長等本来できるはずのことができなくなっていったことが、俊久の後の人生に大きな影響を与えた。

＊＊＊

中学生の頃から若干《じゃっかん》の困難の兆しは表れていたものの、俊久の成績は順調に伸びていった。高校は、宮崎県には有名私立高校が無いため他県の有名私立高校への受験・進学の話もあったが、結局地元の県立高校に進学した。といっても、その高校の普通科ではなく、「特別進学科」である。この「特別進学科」には県内全体から優秀な生徒が入学し、「普通科」とは別の少数精鋭《せいえい》で超一流大学を目指す。

同じ高校でも普通科とは全く違う。いわば、中国における香港のような「一国二制度」みたいなものだ。

俊久は、その高校がたまたま運良く自宅《じたく》近くにあったので、自転車で通学できた。ただ、県内各地から単身《たんしん》入学し、高校近くに下宿《げしゅく》する生徒も多かった。すなわち、中学校が市内のトップの集まりだとすると、高校は県内のトップの集まりということになる。

そんな精鋭が集まる中、俊久の入学試験の成績は、宮崎県の県立高校入試制度始まって以来という「全科目百点満点、合計五百点満点での一位」。入学式では、新入生代表として「誓《ちか》いの言葉」を読み上げる栄誉に浴した。

それでもなお、実際に入学した後の最初の定期試験はやはり緊張した。「新入生代表」は、絶対に「学年一位」でなければならない。それまでになく気合を入れて勉強し、結果は学年一位。ホッとするとともに、戦いの場はすでに県レベルを超え全国に向かっていた。

この高校生の頃の生活が、俊久の心身に今に至る多大な悪影響をもたらした。その高校では、徹底した詰め込み・管理教育が行われていたのだ。朝早い午前七時から二時間課外《かがい》があり、午前九時から午後五時まで七時間授業。その後、午後七時まで二時間課外。休み時間も勉強、勉強、また勉強。

さらに午後七時の課外終了後、数学・英語等の課題を解《と》くまで家に帰れない。最も早く終わっていた俊久でも、家に着くのは午後九時頃。遅い生徒の帰宅は深夜で、午前様になるのもザラであった。

その上に山のような宿題が出て、俊久が寝るのは早くて午前二時頃、徹夜の生徒も珍しくない状況だった。土曜も同じだ。

平日の自宅での勉強時間は五時間以上、休日は十二時間以上であった。一度「何時間連続で勉強できるのか（トイレは可）」を実験したところ、十八時間を経過《けいか》した時点でフラフラし始め、二十二時間目で力尽きた。その後数日は体調不良で、かえって勉強時間が減った。普通に考えれば当然の結果で、今思えば無謀《むぼう》なことをしたものだ。ただ、自らの限界を知るという意味はあったと思われる。

さらに夏休み・冬休み・春休みは無く、同じような「課外」授業。もはや課外でも何でもない「通常」授業である。自宅での勉強も含め、「受験勉強一色の生活が三年間続いた。

特別進学科の生徒の多くは医大・医学部その他理系の学部への進学を希望しており、授業は理系科目に重点が置かれていた。そのため、東大文系受験に必要な二科目目の社会（日本史）は独学であり、逆に、不要な二科目目の理科、さらに数学では理系向けの高度で広範囲な授業を受けなければならなかった。

当然、部活は時間的に無理である。スポーツ少年でもあった俊久の日焼けした肌は、急速に白くなっていった。

「せめて高校において勉強以外に何かしたい」と、こっそり有志《ゆうし》を募《つの》り「百人一首《ひゃくにんいっしゅ》同好会」を立ち上げたが、あえなく露見《ろけん》し強制解散に追い込まれた。あたかも、ナチス占領下のパリにおけるレジスタンスの取り締まりのようなものである。さらに言えば、勉強自体についても高校の勉強が忙し過ぎた。仮に当時の宮崎にあったとしても、学習塾・予備校に行く暇《ひま》は無かったであろう。最低限のテレビ、パソコン、ファミコン、漫画等で気分転換を図《はか》ることもあったが、その間も常に頭の中は「勉強せねば」と考えており、全く楽しめなかった。

パソコンを持っていることが教師に知られ、「そんなもので遊ばないで勉強しろ」と説教《せっきょう》された。小学校でパソコンを習う今の時代では考えられないが、当時、パソコンは「おもちゃ」ぐらいにしか考えられていなかった。

また、俊久ら数人の生徒がファンクラブに入っていた「おニャン子クラブ」の解散コンサートに行くことも、泣く泣く断念せざるをえなかったことは言うまでもない。

女子との楽しい時間なんて、望むべくもない。そもそも、「特別進学科」には女子が五人しか居なかった。さらに、女子と話したり遊んだりする時間は無いし、仮に時間があったとしても女子とかかわること自体が勉強の邪魔《じゃま》と咎《とが》められる。

そんな高校でも、修学旅行はあった。高校二年生の夏、京都の清水寺《きよみずでら》に行ったときのことである。「音羽《おとわ》の滝」すなわち学業成就《じょうじゅ》・恋愛成就・延命《えんめい》長寿の願い事が叶《かな》うという三本の滝において、教師監視のもと、普通科を含む一学年四百人余りの生徒が一人ずつ自分の願いの滝に向かうこととなった。「学業成就」を選んだおおよそ七割の生徒はお咎め無し。「恋愛成就」を選んだ三割ほどの生徒は、直《ただ》ちに教師に叱責《しっせき》された。いわば、「絵踏み（当時の教科書等の用語では踏み絵）」のようなものだ。

俊久の順番になった。

「君は学年一位で影響力が大きいので、絶対学業成就の滝を選んでくれ」

近寄ってきた引率《いんそつ》教師に依頼され、俊久の生来の反骨心《はんこつしん》に火が点《つ》いた。シレッとして、「延命長寿」の滝に手を伸ばしたのだ。学年一位の選択に注目していた生徒・教師陣にどよめきが起こった。「延命長寿」を選んだのは、学年で俊久一人だけだった。

狐《きつね》につままれたような顔をした教師が、期待を裏切られた怒りというより、むしろ怪訝《けげん》そうに俊久に尋ねた。

「なぜ延命長寿の滝なんだ？　身体がどこか悪いのか？」

「別にどこも悪くありません。小さい頃から、人生の目標は健康で長生きしたいということです。神仏《しんぶつ》の前で嘘《うそ》はつけませんから」

あえて木で鼻を括《くく》ったような態度で答えた。

もちろん、強圧《きょうあつ》的な教師を煙《けむ》に巻いてやりたいという気持ちはあった。思想統制にもほどがある。

ただ、実際、俊久は物心ついた頃から人生の目標は長生きであり、今でもそうである。小学校の卒業文集に、「巨人のプロ野球選手になった後、総理大臣になって百歳まで生きる」と書いた。小学生の目標として「プロ野球選手や総理大臣になる」というのはあるだろうが（ただ、プロ野球選手になった後で総理大臣というルートはなかなか想定し難い)、「百歳まで生きる」というのは滅多に無いだろう。

ちなみに中学校の卒業文集には「東大に行き、官僚になって日本と世界のために頑張る。または歴史か数学・物理・天文学の学者になって歴史的発見をする。泉重千代《いずみしげちよ》さんの日本最長寿記録を抜く」、高校の卒業文集には「東大に行き、官僚になって日本と世界のために頑張る。古代の天皇の長寿記録を抜き、二百歳まで生きる」と書いている。

プロ野球選手という目標が現実味を失い、削除された。

一方、他の目標はブレていないと言えばブレていない。高校卒業時点では東京大学教養学部文科Ⅰ類に入学することは決まっており官僚コース確定と思っていたため、学者の部分が削除されている。

現在、俊久は官僚を辞めて学者をしているので、人生の目標の辻褄《つじつま》は合っている。ただ、学者になるにしても歴史か数学・物理・天文学の学者であり、法学者・政治学者になるつもりは無かったのだが、いた仕方あるまい。

かつて掲《かか》げた目標中、この後の人生で達成可能な目標は、理論上は総理大臣になることと長生きすることである。

ともあれ俊久は、成績については三年間ずっと学年はもちろん県内でも一位を通し、全国レベルの模試でも並《な》みいる名門高校勢に立ち向かい、常に上位であった。全国一位も取ったことがある。数回受けた駿台《すんだい》・河合塾《かわいじゅく》・代々木《よよぎ》ゼミナールといった予備校主催《しゅさい》の東大模試では、全てA判定・合格確率八十パーセント以上で、成績上位者名簿に名を連《つら》ね続けていた。俊久は、東大入学後、このことはかなりの快挙であったことを知る。超優秀な田舎《いなか》の県立高校生として、本人が知らない間に全国区の有名人になっていたのだ。

この時期に、俊久は、「少なくとも県内一位でなければならない」という観念に捉《とらわ》れ、勉強を止めることができなくなっていた。初志貫徹《しょしかんてつ》で高校卒業まで県内一位を譲らなかったが、心身を非常に摩耗したことは否《いな》めない。

一問でも間違おうものなら、教師が「どうした」と大きなプレッシャーをかけてくる。昨今の流行語風に、「一位でないと駄目《だめ》なんですか、百点満点でないと駄目なんですか」と言おうものなら、「その通り」と切り返されることは確実であった。

「九十点を取ればいい」勉強と「百点満点を取らねばならない」勉強は、質量ともに全く異なる。九十点でいいのなら、一通りさっと勉強すれば多少抜けがあってもクリアできる。他方、一問も落とせないとなると、ありとあらゆる問題を想定し、抜けが無いように対応しなければならない。ケアレスミスや誤字脱字の類いも、細心の注意が必要である。

そもそもプレッシャーの程度が桁違いだ。この経験により、俊久の生来の完璧主義的性格に拍車《はくしゃ》がかかった。今に至る過度《かど》の心配性が始まり、さらに、眠れなくなり激しい頭痛持ちとなった。運動もせず、強いプレッシャーの中で過酷《かこく》な勉強ばかりしていたためである。

俊久は、高校からの帰宅時、自転車で遙か彼方《かなた》まで広がる田んぼの中の畦道《あぜみち》を通っていた。家がほとんど建《た》っておらず、人の姿も無い。放課後の課外授業のせいで暗い夜道を帰る際、しばしば「ここはどこだろう、自分は何をしているのだろう」と呆然《ぼうぜん》としていた。幼稚園の頃から時折味わっていた、例の奇妙な感覚だ。

高校生の頃までに本来経験するべきことを経験していない。これは、東大生には多かれ少なかれ当てはまる傾向かもしれない。あるデータによると、東大生は他の大学の学生より一回り体格が劣《おと》り、他方、心身の摩耗率がかなり高いとのことである。

これは、高校生の頃までに経験するべきことが一方では不足し、一方では過剰であることの表れだろう。もちろん、当時も、心身ともに「健全」な東大生は存在した。ただ、俊久については、高校生の頃にかなり心身が摩耗したことは事実であった。

＊＊＊

詰め込み・管理教育の高校生活の集大成《しゅうたいせい》が、大学受験、すなわち俊久の場合は東大受験である。国公立大学の入試で併願《へいがん》できる大学については、当時も制約があった。

俊久の受験に関しては、東京大学教養学部文科I類と京都大学法学部が併願できず、大阪大学法学部を併願することになった。もちろん、事実上は東大一発勝負だ。なお、私立大学は一切《いっさい》受けなかった。

まずは、この年が最後となった「共通一次試験」。

一月二十一日と二十二日に実施されるところ、その直前、昭和六十四年一月七日に「昭和」が終わり、翌日から「平成」という聞き慣れない元号《げんごう》がスタートするという歴史的事件が発生した。俊久は昭和という一時代の終わり・平成という新時代の始まりに際し三日間テレビを観《み》まくり、一切勉強しなかった。今思えば危険な空白期間だが、歴史的瞬間に立ち会った感慨と興味が上回ったのだ。このあたりは、子供の頃からの「好奇心の塊」の本領発揮《ほんりょうはっき》と言える。

新学期初日、俊久は友達と「新学期の校長の訓話《くんわ》で平成を昭和と言い間違えるかどうか」の賭《か》けをやり、予想通り言い間違ったので大笑いして教師に叱責された。このあたりのいたずら心もまた、子供の頃のままだった。

世の中が「平成」に慣れるまで、数年はかかった。その「平成」も終わり「令和」となった今、遠い昔の話だ。

この年は、共通一次試験そのものでも歴史的事件があった。理科の科目ごとに難易度が違い過ぎるとして、得点調整されたのである。俊久も理科の生物が非常に不本意《ふほんい》な点数であり、調整により少しマシになったが、やはり満足できない点数だった。それでも、他の科目は満点または一問ミス程度の高得点を叩き出した。当時、順位等は開示されない。模試を受けた時に知り合った予備校担当者によると、「全国五位以内は間違いなく一位の可能性もある」とのことだった。

そこから一カ月、俊久は風邪《かぜ》をひかないように授業を結構サボって（さすがにこの時期はサボっても咎められなかった）勉強に励み、まずは大阪大学法学部入試に向かった。腕試しと、受験の雰囲気に慣れるためである。

試験は易《やさ》しく合格しているであろうと確信し、実際、後日《ごじつ》合格していた。しかし、あくまで目標は東大だ。他の受験仲間が新幹線で東京に移動するのを横目に、俊久は、大阪伊丹《いたみ》空港から一人、最終《さいしゅう》便《びん》で宮崎に帰った。東大入試前にもう一度母・華子の顔を見たかったし、自分の家から東大入試という決戦の地に向かいたかったのである。

俊久は、自宅の机で最後になるであろう、いや、最後にしなければならない受験勉強を行い、いよいよ東大入試のため宮崎を出発する日が来た。試験日の二日前だ。試験が二日間なので、何かあったとしても、遅くとも一週間後には入試が終わって戻ってくるはずである。最後の、最後の戦い。いや、最後にするためには絶対合格しなければならない。もう一年、あんな勉強はできない。いろんな思いが交錯《こうさく》する中、朝、自宅を出発した。

当時も親が子供の入試に同行するケースはあったが、俊久は一人で行くことにした。華子は、万歳三唱《さんしょう》と、火打石《ひうちいし》でカチカチ切《き》り火《び》をして見送った。出征兵士壮行会《しゅっせいへいしそうこうかい》や殴り込みみたいだが、東大入試もそのようなものかもしれない。

空路《くうろ》到着した東京の宿《やど》は、神田淡路町《かんだあわじちょう》のホテルであった。大阪や他の受験地から東京に直行した東大受験生達が、ちょうどロビーに集まっている。「ホテルでは落ち着かず勉強できなかった」とのことで、宮崎に戻って最後の復習をして正解だったと確信した。

翌日すなわち試験前日、俊久を含む東大受験生達は、試験会場の下見《したみ》に向かう。理系は東大本郷キャンパスだが、文系は東大駒場キャンパスだ。地下鉄の淡路町駅から丸ノ内線で赤坂見附《あかさかみつけ》駅に行き、向かいのホームの銀座線に乗り換え渋谷駅へ。かなりの距離を歩いて京王井《い》の頭《かしら》線に乗り換え、すぐに駒場東大前駅に到着した。俊久は、小学生の頃に本郷キャンパスに行ったことはあったが、駒場キャンパスは初めてだ。春休み中で学生や教職員の姿はほとんど無いが、下見の受験生の姿がちらほら見られた。

俊久の緊張は、否《いや》が応《おう》でも高まった。ホテルの夕食が喉《のど》を通るはずがない。他の連中《れんちゅう》と話す気もしない。部屋で教科書等を見直しても頭に入らない。布団《ふとん》に早めに入ったが、緊張のためなかなか寝付けない。予想していたとはいえ、人生で最も長く苦しい夜になった。

＊＊＊

東大入試一日目の朝。

ほとんど寝ていない真っ赤な目で俊久がホテルの食堂に行くと、他の東大受験生達も同様《どうよう》であった。朝食《ちょうしょく》も全く喉を通らない。いかにも受験生らしい黒の学生服を着込み、ありったけの教科書・問題集・ノート等とお守りの詰まったカバンにホテルの昼食《ちゅうしょく》用弁当を詰め込んで、文系の受験生全員で出発だ。地に足がついていない。現実感が全く無く、夢の中のような気分だ。例の、自分が自分でないような感覚が襲ってきた。

（本当に今から東大入試なのか……）

俊久の中の、もう一人の俊久が戸惑《とまど》っていた。

会場の東大駒場キャンパスに着くと、受験生で溢れている。歴史を感じさせる古びた教室にフワフワした足取りで辿《たど》り着く。ホテルから一緒に来た受験生の受験番号はバラバラで、それぞれの教室に一人ぼっちだ。最後に要点をまとめたノートを読み返す。お守りを握《にぎ》り締め、ひたすら神仏に祈り心を落ち着ける。

試験は国語から始まった。それほど難しくはない。小論文も無難にまとめられた。現代文はどう採点されるか分からないが、古文・漢文は完璧である。

「これは幸先《さいさき》がいい」と思いつつ昼食の弁当を食べたのも束《つか》の間《ま》、午後の数学にとんでもない展開《てんかい》が待っているとは知る由も無かった。

俊久が高校で所属していたのは理系科目重視の「特別進学科」であり、東大文系の入試に際しては、数学に絶対的強みを持つはずであった。実際、同じ「特別進学科」の東大文系受験生達は各種模試で数学において圧倒的高得点を叩き出し、仮に他の科目が平均点並みであったとしても東大合格圏内という成績を得ていた。ただ、逆に言えば、数学で失敗すると途端《とたん》に危機に陥《おちい》るという非常に危《あや》うい構造であった。

これに対し、俊久は、数学限定ではなく全科目において強みを発揮しており、最大二科目失敗しても合格できるようにしていた。それでも、やはり数学は当然の得点源と考えていた。

東大文系入試の数学は、全四問の八十点満点だ。俊久、さらに「特別進学科」の東大文系受験生達は、各種模試では五十点以上を取って科目別順位で全国の上位に入っていた。すなわち、少なくとも二問を完答して残りは部分点を積み上げるという具合である。

それが、こともあろうに、この年の東大文系入試の数学はとんでもなく難しかった。傾向が全く変わりさらに難度も上がり、まさにダブルパンチだ。当時、入試の得点開示は無かったが、各種合格体験記ではどの執筆者も言及《げんきゅう》し、入学後の新入生の間でも「入試の数学は難しかった」としばらく話題になるほどインパクトのあるものだった。

インターネット上にある数学の入試分析サイトやその他の各種分析・回想によると、東大文系入試の数学で、平成では二番目に難しい年であったとされている。一番難しい年は翌年の平成二年とされているが、前年までとは傾向が大幅に変わったという転換の年ということを含めれば一番難しい年だったと言える。

試験開始とともに問題を見た瞬間、俊久はどす黒い塊のような嫌な予感に襲われた。とりあえず全ての問題に目を通す。過去にあまり見たことが無いタイプの問題が目に飛び込み、眩暈《めまい》を覚える。実際解き始めると全然答えが出ない。

「こういう時は解ける問題からやる」

受験の鉄則《てっそく》を思い出して別の問題に取り掛かるが、それもまた答えが出ない。焦《あせ》ってさらにこんがらがる。噂《うわさ》に聞いたことがあったが、本当に問題文の文字が躍って見える。「阿波踊《あわおど》り、いや、宮崎だからひょっとこ踊りだ」という冗談を思いついてなぜか笑い出したくなったが、そんなことを考えている場合ではなかった。それだけ混乱していたということだ。

最終的に答えが出たのが一問だけしかない。とにかく他の問題はできるだけ部分点を積み上げる作戦に切りかえたが、「予定した点数のせいぜい半分程度しか取れないだろう」と試験中に分かった。試験終了の合図を聞いた瞬間、俊久は、全身に脂汗《あぶらあせ》・冷《ひ》や汗が出て身震《みぶる》いしていた。

これは駄目だ。仮に全ての受験生にとって難しかったとしても、数学で差をつけて逃げ切る作戦はもはや破綻《はたん》しているわけだ。試験終了後、東大駒場キャンパスから神田淡路町のホテルまでどう戻ったか覚えていないくらい頭が真っ白だった。

ホテルに戻ると、他の東大文系受験生も全員青ざめており、緊急会議が行われた。とくに文科I類受験者はお互いライバルではあるが、そう言っている場合ではない。「過ぎたこと、切りかえろ」と言うは易《やす》し。気持ちを落ち着かせるために、とにかく話し合うしかない。実際、ほとんどの者が一問も答えられなかった。

引率教師の一人にそのことを話すと、慰《なぐさ》める・励ますどころか、「授業をちゃんと聞いていないからこういう目に遭《あ》うんだ」と冷笑《れいしょう》された。明日も試験があるのにである。こういう時に人間の器《うつわ》・人間性が出る。女子の受験生も含めて全員怒り狂い「部屋に襲撃に行こう」となりかかったが、翌日の二日目の試験が終わってからということになった。

このことが原因で、この年に東大文系に落ちた受験生とその親は、この教師に卒業式でもその後も一切挨拶も連絡もしていない。

俊久は、他の受験生に数学で差をつけることができなくても十分合格可能であるので焦らなくていいわけだが、さすがにへこみ浪人《ろうにん》を覚悟した。宮崎の母・華子に一時間電話をして気持ちを落ち着ける。気力を振り絞《しぼ》り、翌日の科目である社会二科目と英語の参考書に「泳いでいる目」を辛《かろ》うじて通す。

そして早く寝ようと思ったのに、何を思ったか間違って栄養剤を飲んでしまった。ただでさえ不安と緊張で眠れそうにないのに、ますます眠れなくなる。このあたり、自分でも何をやっているか分かっていない。支離滅裂《しりめつれつ》・周章狼狽《しゅうしょうろうばい》とは、まさにこの状態を指すのだろう。ウトウトしたが、嫌な夢ばかり見る。朝五時には起きてしまったので、風呂に入って気合を入れ直す。まだ戦う気力はあった。絶対に諦めるわけにはいかない。

入試二日目。もはや開き直るしかない。できることをやる。数学頼みの受験生とは違い、まだ致命《ちめい》的ではない。数学の失敗に気を取られ、他の科目も連鎖《れんさ》的に失敗するのが一番怖い。俊久は自らにひたすらそう言い聞かせ、まずは社会二科目の試験に向かう。社会は小学生の頃から得意中の得意だ。地理・日本史とも、解答欄の限界まで書きまくる。手応《てごた》えは十分で、少し落ち着きを取り戻した。

昼食を挟《はさ》み、最後の科目は英語である。東大入試の英語は、じっくり取り組めばそう難しいものではない。攻めの華麗《かれい》な解答ではなく、「間違わないこと」に尽きる。つまり、減点を防ぐ、いわばサッカーのイタリア代表の如き堅い守りの解答をすることが肝要である。俊久も、過去に出題された問題、いわゆる過去問《かこもん》等の傾向からそのことは分かっており、無難に解答は進んでいった。心配していたリスニング（当時はヒアリングとも呼ばれていた）の問題は時刻表の話で、大の鉄道好きの俊久にとっては非常に簡単であった。すなわち、英語についてはかなりの高得点が期待できた。見直しを繰り返し、終了の合図。

「これで終わった。なんとしても受かっていてほしい。来年もこの場にいるのはまっぴらだ」

俊久が深呼吸をして周《まわ》りを見ると、「田舎から出てきたのかな」と思われる受験生が隣に居た。お互いに名乗《なの》り、「これも何かの縁《えん》。合格したら友達になろう」と約束して握手で別れた。その彼は、残念ながら不合格であった。翌年、一学年下に名前を見つけたが、連絡は取らなかった。先輩後輩になるので、気まずかったからだ。

外に出ると、駒場東大前駅に続く受験生の群《む》れがはっきり見えた。前日も目に入っていたはずだが、全く覚えていない。

夜、高校の一年上の東大生主催で慰労《いろう》会が行われることになっていた。しかし俊久は一刻《いっこく》も早く宮崎に帰り、両親とくに母・華子の顔を見たかった。いや、正確には無性《むしょう》に東京を離れたかったのだ。ホテルに一旦《いったん》戻り、荷物をまとめて他の受験生達と教師に別れを告《つ》げる。

元々、入試が終わった当日に宮崎に帰るかどうか分からなかったので、飛行機の予約はしていなかった。当日に帰る場合、JRにしようと決めていたのだ。当時、寝台特急は混むこともあったが、一人くらいならどうにかなるだろうと思っていた。もし寝台特急が満席ならば、翌日の飛行機（全便満席はありえない）で帰るつもりだった。

受験前に出発時間や予約状況を検討した結果、東京駅から新幹線に乗り、途中で寝台特急「彗星《すいせい》」に乗り継《つ》ぐのが一番早く、それも、寝台で横になって宮崎まで戻れると分かっていた。新幹線の方が寝台特急より遙かにスピードが速いので、新大阪駅ではなく岡山駅まで新幹線で行って「彗星」に乗り継ぐ方が、東京駅発の時間が遅くて時間的余裕がある。地下鉄の淡路町駅から丸ノ内線で東京駅に向かい、ＪＲの窓口でしっかり学割《がくわり》の切符を買い新幹線に乗り込んだ。新幹線から電話してみたかったので家に一報《いっぽう》を入れた後、疲れが出ていつしか眠っていた。

肩を叩かれて目覚《めざ》めたのは岡山駅直前だった。念のため、起こしてもらうように車掌《しゃしょう》に頼んでいたのだ。岡山駅で降り、「彗星」に乗り込むと、向かいの席の老夫婦から「受験生？　岡山大学を受けたの？」と尋ねられた。俊久が「東大を受けた」と答えると、まだ合格もしていないのに拍手喝采《はくしゅかっさい》。翌朝、弁当やら何やらご馳走になった。昨今の寝台特急の廃止により、このような旅情《りょじょう》が今や風前《ふうぜん》の灯《ともしび》である。

宮崎駅に降り立ち、タクシーで自宅に帰る。タクシーの中からの風景が妙に懐かしく、また、眩《まぶ》しい。家に帰ると華子が泣きながら出迎《むか》え抱き付く。さながら、戦地《せんち》からの帰還兵《きかんへい》のようだ。

一週間も経っていない出発の日が、遙か昔に思えた。

＊＊＊

ともかくも、東大入試という「戦場」「異界《いかい》」から、無事に日常に帰ってきたことになる。昼風呂に入り華子が淹《い》れた濃い緑茶を飲むと、安堵《あんど》感とともにどっと疲れが出た。夕方までとにかく眠る。寝台特急は横になることができるとはいえ、やはり眠れないものだ。

近所に住んでいる祖父母から差し入れがあり、夜には父・隆義が寿司をぶら下《さ》げて帰ってきた。東大入試が終了したささやかなお祝いである。

俊久がテレビを観ていると、二重の意味で宮崎に帰ってきたと実感する。自宅でテレビを観るという日常に戻ったという意味と、地上波《ちじょうは》の民放が二局しかないので東京と異なり番組がスカスカであるという意味においてである。

俊久は中学一年生の頃から六年間勉強していたが、もう勉強する必要は無い。しかし、夕食後風呂に入ってそそくさと寝る習慣はついていないので気持ち悪い。高校には、東大受験生のうち東京残留組が行くであろう三日後に行けばいい。

疲れを取るため三日間寝倒すことにしたが、翌日には合格しているかどうか不安になり、気もそぞろで全く休まらない状態になった。「合格発表までこの状態が続くのか」と思うとうんざりする。

三日後に俊久が高校に行くと、他の東大受験生、それも文系受験生達が不安そうに寄ってきた。皆、数学頼みの数学がやられたので、不安でたまらないのだ。東京のホテルで数学について暴言を吐《は》いた教師については、二日目の夜も襲撃はしなかったとのことだ。ただ、帰り道では一切口をきかなかったらしく、宮崎に帰ってからも全員無視していた。

俊久は他の教師からいろいろ尋ねられたが、「数学以外はできたけど、合否《ごうひ》は五分五分《ごぶごぶ》でしょうかね」と曖昧《あいまい》な答えをしておいた。一々説明するのが面倒だからではなく、落ちていた場合の予防線でもなく、偽《いつわ》らざる本音《ほんね》だった。

合格発表まで、実質的な授業は無い。卒業式は合格発表の後だ。卒業式・その際の歌の練習やら、文集《ぶんしゅう》・校内新聞の卒業版の作成やら、謝恩《しゃおん》会の打ち合わせやらで日々は過ぎていった。

やはり、合格発表まで何をしても楽しくない。

俊久は、頭の中で「数学が駄目としても、国語で何点、社会は……」と考え、「なんとか合格している」と自らに言い聞かせることを繰り返していた。

久しぶりにファミコンをやっても操作《そうさ》が上手《うま》くできず、すぐゲームオーバーになる。やむをえず、急な操作が不要なパソコンのシミュレーションゲーム『三国志』『信長の野望』を延々《えんえん》と続けた。テレビを観ても頭に入らない。というか、宮崎では観るテレビ番組がほとんど無い。漫画を買って読んでもつまらない。

家の中では、「落ちる」「滑《すべ》る」等の言葉は使用禁止になった。「物が上から下に移動する」「物が横に動く」等と言い換えるという、戦時中の敵国語（敵性語）禁止の如き言論統制だ。さらに家中の鏡に指を濡《ぬ》らして「東大合格」と書き、合格するまで鏡を拭《ふ》いてはならないとした。三種の神器に「八咫鏡《やたのかがみ》」があることからして、鏡には魔力《まりょく》があると信じていたし、今も信じている。

また、墓参りや宮崎神宮《じんぐう》等の神社仏閣《ぶっかく》への合格祈願《きがん》、お守り収集に余念《よねん》が無かったことは言うまでもない。とにかく、「人事を尽くして天命《てんめい》を待つ」である。

それでもいたたまれなくなり、俊久は、合格発表の五日も前に山のようなお守りをカバンに詰め込んで母・華子ともども東京に出発した。合格発表は、家に居ても「レタックス」で通知が来る。しかし、自分の目で合格発表を見るのが礼儀というか、けじめのように思えたのだ。

華子が同行したのは別の理由もあった。

「落ちていた場合、俊久が短絡《たんらく》的な行動をとるかもしれないので、宮崎までちゃんと連れて帰らなければならないから」

そのような理由で華子がついてきたとは、後日分かった。

なお、父・隆義もせめて合格発表当日だけでも来るように誘ったが、案《あん》の定《じょう》、「年度末《ねんどまつ》で仕事が忙しいから無理」とのことだった。

合格発表後の手続きまで考え、一週間、市ヶ谷《いちがや》にある「宮崎県東京寮」の一室に宿泊する。合格発表まで毎朝毎晩お守りを取り出して一時間ずつ祈願を行い、さらに、湯島天神《ゆしまてんじん》や明治神宮をはじめ、名のある神社仏閣に合格祈願行脚《あんぎゃ》を敢行《かんこう》した。傍《はた》から見れば「そこまでしなくても」というものだったが、俊久と華子は真剣であった。

＊＊＊

合格発表前夜、俊久はほとんど眠れず午前五時には目が覚めた。お守りを取り出し、正座・伏拝《ふくはい》で二時間、最後の願掛けだ。寮の食堂には、出張と思われる県庁職員に交じって、やはり合格発表を見にきたと思《おぼ》しき受験生親子の姿もある。東大入試の日の朝と同じく、いや、それ以上に、朝食が喉を通らない。寮の職員は、俊久が東大合格発表を見に行くことを知っており、出発時には「いい顔で帰ってきてね」と声をかけてきた。

俊久は冬物の濃紺《のうこん》のトレーナーと細身《ほそみ》のジーンズ姿、華子は冬物のベージュのセーターと黒のロングスカート姿だ。

学生服やスーツ等の正装《せいそう》で出向《でむ》くことも考えたが、合格していた場合、おそらく、かなり動き回らなければならない。つまり、動きやすい服装がいいわけだ。実際、前年までの合格発表シーンでは、合格者本人も保護者も結構ラフな格好《かっこう》で胴上げされていた。

母と息子はそれぞれ震える手足を抑えつつ、合格発表の地である東大本郷キャンパスに地下鉄で向かった。

丸ノ内線の本郷三丁目駅で降りて、足がすくむ。合格発表を見に行く受験生やその家族、マスコミ関係者が無数に東大を目指している。赤門を過ぎ、やっとの思いで正門に辿り着き、合格発表時間のちょうど五分前に正門から構内に突入する。意識はほとんど飛び、雲の上を歩いている気分だ。ただ、俊久は、華子とはぐれないようにしっかり手を握っていた。その部分だけは冷静であった。

正面に見えている安田講堂《やすだこうどう》の手前で右、すなわち南に曲がる。総合図書館と三四郎池《さんしろういけ》の間の通路に、大きい、白い看板が見える。人だかりがしている。まさに、あれが合格者発表掲示板だ。

まだ幕がかかっている文科Ⅰ類の合格者発表掲示板の前に立つ。華子の手を握り締め、数十秒後の瞬間を待つ。もし落ちていれば、あと一年もまた苦しい受験勉強が待っている。否《いな》、来年必ず合格する保証は無いので、あと一年とは限らない。あと数十秒か一年(ひょっとしたら一年以上)か。運命の分かれ目。口が渇《かわ》き、汗が出、手足がガクガクと震える。こんなことは後にも先にも無い。

幕が下《お》りた。名字《みょうじ》の最初が「ま」だから受験番号は真ん中あたり、中央付近にあるはずだ。

「あった!」

俊久は母・華子に指差して、「あったよ」と叫ぶ。今と違い、当時は受験番号の下に名前も掲示される。間違いない。何度見ても名前がある。そう、この瞬間、俊久はたしかに東大に合格したのだ。

第二章　嬉し恥ずかしの十六夜月《いざよいづき》気分

――コンパと合宿《がっしゅく》と入学式

合格発表は、受験勉強からの解放、高校からの解放、戦いの終焉《しゅうえん》を意味する。合格発表の歓喜の胴上げから少し冷静になると、俊久はその意味で安堵した。まさに「終戦」だ。

再度胴上げしてもらって写真を撮り、合格者発表掲示板も撮影した。

当時デジカメやスマホは無かったため、失敗しないように三台カメラを持参していた。三十六枚撮りフィルムも大量に準備している。心ゆくまで記念写真を撮りまくった。

合格者発表掲示板の裏にある「三四郎池」に行き、大声で「万歳」と叫んで走り回る。周りでも合格者が快哉《かいさい》を叫んでいる。

「まさに極楽《ごくらく》。この三四郎池は極楽浄土《じょうど》にある宝の池だ」

俊久がそう思った瞬間、すすり泣きが耳に入ってきた。

周りをよく見ると、不合格者がうずくまっていた。隣では、都内の高校名の入った黒いカバンを持った濃紺のブレザー姿の女子高生が、人目もはばからず目を真っ赤にして泣きじゃくっている。同年代の女子が渋谷や原宿《はらじゅく》で遊んでいた間、勉強に励んできたのかもしれない。その心情を察するにあまりある。この宇宙には、彼女との合否が逆転しているパラレルワールドもあるだろう。そう考えると俊久はいたたまれなくなり、華子とともにそそくさとその場を後にした。

こういう時、「自分は合格者だ、勝利者だ、勝てば官軍《かんぐん》だ」というくらいの神経があった方がいいのかもしれない。一般的に、東大生にはそのようなタイプが多いと思われている。

しかし、俊久の東大での四年間の生活で出逢《であ》った東大生は繊細《せんさい》なタイプが多かった。妬《ねた》みを恐れ、東大生ということもできるだけ言わない。だが、それは「類は友を呼ぶ」で、俊久の周りの東大生だけだったのかもしれない。

三四郎池から戻り総合図書館前の噴水《ふんすい》広場に行くと、マスコミ各社が取材していた。わざと周りをウロウロしていると、テレビ局のカメラが間近《まぢか》に接近して去っていった。「取材され損ねた」と落《らく》胆《たん》したことすら忘れていた五年後、とあるドラマをテレビで観ていたら、登場人物が東大受験して合格発表を見に行くシーンで俊久と華子のアップが流れた。二人はテレビの前で腰が抜けるほど驚いたが、世の中、こんなこともあるものだ。

当時、携帯電話が全く普及《ふきゅう》していない。大規模な大学の合格発表においては、NTTが臨時でかなりの数の公衆電話を設置《せっち》していた。喜色満面《きしょくまんめん》でNTT職員に合格を誇らしげに話す合格者の長蛇《ちょうだ》の列があった。俊久も並び、宮崎の職場に居る父・隆義に電話をかけた。この時、隆義が電話の向こうで泣いていると分かった。泣いているのを隠そうとしていることも、手に取るように分かった。やはり親子だ。気配《けはい》で分かる。後日聞いたところによると、隆義は、泣きながら親戚《しんせき》に俊久の東大合格を電話していたとのことだ。

俊久も隆義も恥ずかしがり屋で、結局、隆義が生きている間はほとんど話をしなかった。話すとすぐ喧嘩だ。仕事人間で寝なくても頑張ることができる隆義と、多趣味で多眠の俊久では、価値観にかなりの隔《へだ》たりがあった。父親と息子なんて、そんなものかもしれない。ただ、俊久は、隆義が生きている間にもっと話しておけばよかったと今でも悔やんでいる。

俊久が合格したのは「東京大学教養学部文科Ｉ類」である。東大は、原則的に、一～二年生が駒場キャンパスの教養学部、三～四年生が本郷キャンパスの専門の各学部となる。三年生になり各学部に進学する際に成績等の条件があり、「進振り《しんぶ》」（正式名称は当時は進学振分け、今は進学選択）と呼ばれる。つまり、希望する学部に進学するにはいい成績を揃《そろ》えなければならない。

文科Ｉ類の学生はほぼ全員、「東大法学部」に進学することになる。進振りはあることはあるが、他の学部に行こうと思わない限り、普通に単位を取れば三年生になる時に法学部に進学できる。その意味で、文科Ｉ類合格は憧《あこが》れの東大法学部進学を手にしたも同然ということで、俊久の喜びもひとしおであった。

赤門前でも写真を撮った。かつて東大を見にきた日の、「八年後の東大合格の時に赤門前で写真を撮る」という誓いを実現するために。赤門は小学四年生だった八年前と変わっていなかったが、俊久は本当に東大に合格していた。

写真撮影が一段落《いちだんらく》したところで臨時の窓口に行き、入学手続き等の各種書類を受け取った。各種書類を提出し、入学金等を納入《のうにゅう》しなければ入学できない。それなのに、例年、本当に忘れる合格者が居る。合格と聞いて、全てが吹っ飛んで忘れるとしか考えられない。

その横で、「生協」が加入手続きを受け付けていた。四月からすぐにお世話になるので、当然加入する。入っていない東大生は居ないと考えられる。というのも、加入者は書籍一割引き、さらに食堂のメニューが組合員価格となるのは大きな魅力だ。

さらに、四月に入ったら駒場キャンパスに行って各種手続きをしなければならないこと、入学式が日本武道館《にっぽんぶどうかん》で行われること等を確認した。

一連の行事が一段落して帰ろうとしたところ、不意に呼び止められた。

「出版社の者ですが、合格体験記を書いてくれませんか」

そう、俊久が毎年購入し擦《す》り切れるまで読んでいた、憧れの『東大合格体験記』の執筆依頼である。

二つ返事で了承《りょうしょう》し書類を受け取った。

後日、俊久の書いた合格体験記は見事掲載《けいさい》され、生まれて初めて執筆者となった。ただ、出版社の担当者によると、読者たる高校生の間ではそこに列挙《れっきょ》されている参考書や問題集があまりに多過ぎ、「とても真似《まね》できない」という評判だったとのことである。

嵐のような時間が過ぎ、俊久と華子の両手は持ちきれないほどの書類で埋まった。

急に空腹を覚え、正門前の喫茶店に入る。ここは知る人ぞ知る名店だが、合格発表時はそのような店とは知らなかった。二階に上がり窓外《そうがい》を見やると、歩道が人波《ひとなみ》で溢れている。

店内は合格発表を見にきた親子連れ等で一杯だ。手に持っている荷物で、合格者と一目《ひとめ》で分かる。

手短《てみじか》に食べられ、かつ、名物《めいぶつ》と聞いたばかりのカレーを注文する。朝は食事が喉を通らなかったのが嘘のように、二人ともあっという間に平らげた。

「まだ食べたいけど、どうしようか」

「そうね……。今日は忙しそうだから遠慮《えんりょ》した方がいいわね」

満席の店内を動き回る若い女性店員の姿を見ると、とても追加注文できない。

「ありがとうございました。入学したら、また来てくださいね」

会計《かいけい》時、店員の一言が心地良かった。

合格発表の余韻《よいん》に浸《ひた》りつつ、これからの日々に思いを馳《は》せつつ、山のような書類を抱え、雲の上を歩くように本郷三丁目駅に向かった。

＊＊＊

合格発表帰りの受験生等でごった返す本郷三丁目駅で、俊久と華子は現実に引き戻された。すぐにでも住むところを探し、家財道具を揃えなければならない。普通は二月あたりに首都圏の私立大学を受験し、そこに合格した段階でとりあえず住むところを確保する。しかし、俊久は首都圏では東大しか受験しなかったので、どこに住むか決まっていない。かなり無謀である。東大の合格発表が遅過ぎるのだが、仕方あるまい。

教養学部の二年間、目黒区にある駒場キャンパスに通う。さらに遊びも飲み会も考慮し、渋谷・新宿へのアクセスが重要だ。よって、地方出身の東大生は、親戚宅や各種学生寮に住む場合を除けば、駒場キャンパス周辺、「駒場東大前」駅がある京王井の頭線沿《ぞ》い、京王井の頭線の下北沢《しもきたざわ》駅乗り換えで小田急線沿い、明大前駅乗り換えで京王線本線沿いに住むことが多い。

「大学が斡旋《あっせん》する物件がいいだろう」ということで、俊久と華子は山のような書類を抱えたまま駒場キャンパスに向かうことにした。一旦、宿に荷物を置きに帰ることも考えたが、書類の提示《ていじ》を求められることがあるかもしれないと思ったのだ。そもそも貴重品《きちょうひん》のため、駅のコインロッカーに預ける気はしなかった。

本郷三丁目駅から地下鉄丸ノ内線で赤坂見附駅に行き、向かいのホームの地下鉄銀座線に乗り換え渋谷駅へ。京王井の頭線に乗り換えて駒場東大前駅に向かった。当時の渋谷駅は建て替え前だ。京王井の頭線に向かう通路から右手に見える、センター街前のスクランブル交差点の人混みが眩しい。

つい二時間前は合格発表前だった。今はもう住む部屋を探している。子供の頃から味わっていた、自分が自分でないような感覚が急に襲ってきた。さらに、緊張が途切れたせいか吐き気を催《もよお》し、駅の洗面台で嘔吐《おうと》する。鏡を見ると、合格発表の余韻と嘔吐時の血流で元々白い顔が真っ赤だ。

気を取り直して京王井の頭線の各駅停車に乗り込み、渋谷から二駅目の駒場東大前駅で降りる。入試の時以来で感慨深い。渋谷寄りの階段上の改札《かいさつ》を出て左側すなわち北側に、俊久がこれから二年間通うことになる駒場キャンパスがある。本郷キャンパスの安田講堂と似た時計台が、来訪《らいほう》者を出迎える。

俊久と華子は正門の前で記念写真を撮り、二人三脚のように揃って構内に入った。

「この一歩は、小さな一歩だが、僕の人生にとっては偉大な飛躍である」

月面着陸時におけるアポロ宇宙飛行士「ニール・アームストロング」の言葉に倣い、高らかに叫ぶ。

構内にはサークル、運動部、政治団体、宗教団体等々、いろんな立て看板が所狭《ところせま》しと立ち並び、学生が新入生向けに早速《さっそく》勧誘ビラを配っていた。昨今、駒場キャンパス・本郷キャンパスを問わず構内での政治・宗教団体の立て看板は大幅に規制されているが、当時は古き良き、いや、ある意味「古き悪《あ》しき」時代であった。

俊久と華子は政治・宗教団体には巻き込まれないようにしつつ、正門から向かって右すなわち東に行く。その正面には今は無き駒場寮がそびえており、その手前を左折《させつ》して生協に向かった。

生協に臨時に設けられている、新入生向け物件の紹介専用窓口に行って驚く。合格者と保護者がごった返し、百人以上待ちだ。まさに出遅れたと言わざるをえない。本郷で食事をした分、さらに出遅れたことは明白である。うろたえているうちにも、みるみる決まっていく。中には資料だけで判断し、物件を見ないで決める者も居るとのことだ。一人の男子学生に声をかけると、「仮に住んで、入学後、数カ月かけてじっくり本気で住む部屋を探すつもりだ」と話す時間さえ惜しいように走り去った。

とてもじゃない。渋谷の不動産屋に行くことにして、生協を後にした。

東大生は、不動産屋・大家《おおや》からは歓迎される。家賃滞納《たいのう》はしないだろうし、勉強好きで比較的《ひかく》おとなしい。恋人を連れ込む可能性も（東大生の立場からは「残念ながら」だが）低い。そういうわけで、不動産屋に行って東大生であることを明かすと、いわゆる「表に出ない、上客《じょうきゃく》限定の優良物件」を紹介してもらえる。実際は理屈っぽかったり神経質だったりするので必ずしも上客ではないのだが、世の中の見方はそんなものだろう。

俊久と華子が飛び込みで入った不動産屋の若い営業マンは、ラフな服装の母子を一瞥《いちべつ》して見下《みくだ》したように言い放った。

「こんな時期に部屋探しとはのんびりしてますね。ロクな物件はありませんよ」

しかし、大学名を明かし合格を証明する書類を見せると態度が一変した。奥の事務室から出てきた上役《うわやく》が、いかにも勿体《もったい》付けて「表には出していない物件ですが」といくつかの物件を紹介してきた。

元来警戒心《がんらいけいかいしん》が強い俊久だし、まして生《い》き馬《うま》の目を抜く東京だ。

（ひょっとしたら、不人気物件を契約させるための芝居《しばい》なのかもしれない……）

そう思いつつも、四の五《しご》の言っていられないので、候補の中から一つの物件を見に行くことにした。

時期的に人手《ひとで》が足りないようで、「勝手に見に行ってください」と地図と鍵を渡された。営業マンに気に食わない物件をネチネチと勧《すす》められるよりいいという考えもあるが、トラブルの可能性を考えれば非常に問題ある対応だろう。

その物件の所在地は、京王井の頭線に再度乗り、明大前駅で京王線本線に乗り換えて八王子《はちおうじ》方面に三駅目、上北沢《かみきたざわ》駅北口徒歩五分だった。築浅《ちくあさ》のワンルームマンションの一階で家賃は月額七万円。バブル期とはいえ、やはり高い。宮崎なら余裕で広い一軒家を借りることができる。

真新《まあたら》しい鉄筋コンクリート造《づくり》の三階建てマンションが、春の陽射しに白く輝く。

その姿に心躍らせ室内に入ると、通路の右に狭いキッチンがあり、左に風呂・トイレ・洗面台が一緒のいわゆる三点ユニットバスが目に入った。噂には聞いていたが、いかにも狭い。シャワーカーテンがかかっているとはいえ、風呂とトイレが同じ空間にあるのは大きな驚きだった。当時は流行だったが、今では不人気の間取りである。水回り関係では、洗濯機置き場が室内外いずれにも無く、共同のコインランドリーだったことも難点《なんてん》だ。

通路の奥の木製の扉《とびら》を開け、八畳のリビングに入って目を疑った。部屋は「一階」とされていたのに、実際に見てみると容積率《ようせきりつ》や高さ制限の関係のため、「半地下」でほとんど日が入らない。窓の外を見ると、驚くべきことに目線の位置が地面となっている。掃《は》き出し窓を開けると、ちょうど通りかかったオスの黒猫に「ニャー」と挨拶された。

南向きの室内は、晴れているのに薄暗い。在宅時、電気を常に点けなければならないことは確実だ。天井のシーリングライトを点けると、白っぽい昼光色《ちゅうこうしょく》の灯《あか》りにブラウンのフローリング床とアイボリーホワイトの壁・天井のクロスが浮かび上がった。

さらに、日が入らないため寒い。備えつけのエアコンで暖房を入れると、カビ臭い温風《おんぷう》が吹き出てきて咳《せ》き込む。梅雨時《つゆどき》に限らず、湿気がこもることが予想された。

今なら、敷金《しききん》・礼金《れいきん》・仲介手数料・家賃保証会社保証料等の諸経費が全てゼロでも入居者が居るかどうか怪しい。

ただ、周辺環境は好ましいものだった。各駅停車しか停まらないこぢんまりとした駅だが、駅前商店街に最低限の店は揃っている。駅の南には静かな住宅街が広がり、桜並木が歓迎する。かなり有名な桜並木とのことで、その桜がちょうど咲き始めていた。さらに、かの長嶋茂雄元巨人軍監督所有の中曽根康弘《なかそねやすひろ》元首相の家があった。当時は「前」首相で現役の大物衆議院議員《しゅうぎいんぎいん》であるため、要人警護《ようじんけいご》の「ポリスボックス」がある。

俊久と華子は警備の警官に声をかけ、その家の前で記念写真を撮ってもらった。このあたり、典型《てんけい》的「おのぼりさん」だ。若い警官が微笑《ほほえ》みながら手を振り、見送ってくれた。

その後しばらく付近をウロウロしつつ逡巡《しゅんじゅん》したが、時間的制約もあり、ここに住むことにした。先ほど挨拶してくれた黒猫が決め手となった。黒猫は西洋ならば不吉だが、日本では幸運の象徴だ。どんな物件でも一長一短《いっちょういったん》あるものなので、決める動機《どうき》は案外《あんがい》こんなものなのかもしれない。

渋谷の不動産屋に戻り、申し込み即契約。敷金・礼金で家賃の二カ月分ずつ、仲介手数料が家賃の一カ月分と前家賃《まえやちん》二カ月分、その他諸経費でざっと五十万円を、郵便局のATMで下ろして支払う。東大生が入居したということで、不動産屋が連絡した大家は大喜び。「時期的に急ぎたいので明日引っ越したい」と無理を承知《しょうち》で頼むと、東大生を逃したくないのか超特急で入居審査し、必要書類は後日宮崎から郵送という特例扱いとなり、直ちに鍵を渡された。「東大の信用は絶大」と初めて実感する。

その日は、そこまでで夕方になった。

俊久と華子は、再度、東大駒場キャンパスに向かう。すでに夜の気配が漂《ただよ》い、学生の姿はほとんど無い。三月下旬の東京の夕暮《ゆうぐ》れは肌寒い。俊久がふと見上げると、東の渋谷方面の空に、円《まる》い月が浮かんでいた。春の朧《おぼろ》げな空に、ぼんやりと浮かんでいた。藤原道長《ふじわらのみちなが》の歌に倣えば、まさに「この世をば我が世とぞ思う　望月《もちづき》の　欠けたることも　なしと思へば」だなと思った瞬間、その日あったことが全て幻《まぼろし》であったかのような不思議な感覚に捉われた。

「明日、朝、目が覚めたら全部夢だったとかにならないかな……」

「そんなことないわよ。ほら、痛いでしょ」

言いしれぬ不安が襲ってきて身震いする俊久の頬《ほお》を、華子がギュッとつねる。いまだ興奮冷めやらぬせいか、痛くない。本当に夢の中なのかもしれないと不安が増大する。

いや、たしかに、今日あったことは現実のことだ。あまりの非日常的なことにより、精神と肉体が乖離《かいり》したようだ。

（そうだ、この日の月。この月を覚えておこう、一生頭に刻《きざ》みつけておこう）

心の中で繰り返す。あたかも精神と肉体を再び結びつけ、現実に戻ろうとするかのように。

＊＊＊

俊久と華子が夜遅く「宮崎県東京寮」に戻ると、数人の職員がまだ起きていた。「合格した」と報告したところ、時間外にもかかわらずデザートの差し入れがあった。ただ、同じ宿に泊まって東大や他の大学の合格発表を見に行った受験生が全て合格したわけではないので、ひっそりと祝う。帰るまでは部屋でどんちゃん騒ぎしたいと思っていたのだが、夢のような一日の疲れがどっと出てきた。いずれにせよ、おとなしくする方が得策《とくさく》だ。

俊久は、寝るのが怖かった。帰り際《ぎわ》に急に頭に浮かんだように、翌朝に目が覚めた時、「実は全てが夢でした」となるんじゃないかと不安だった。各種書類を何度も見直し、なかなか興奮が収まらず華子とずっと話し続けた。

睡魔《すいま》に襲われたのは明け方だったが、二時間ほど寝て目が覚めてしまった。一瞬、自分がどこに居るのか分からずうろたえる。はっきり目が覚めると、嬉しいことに、前日にあったことは夢ではなく現実だった。頬をつねると痛い。テレビのニュースも新聞も翌日の日付だし、何より入学手続きの書類・不動産屋の書類等が枕元にある。案外、こういうところで実感が湧《わ》くものだ。

そこから怒濤《どとう》の日々が始まった。

まず、すぐにでも家財道具を揃えねばならない。当時、物流《ぶつりゅう》は発達しておらず、宮崎から東京へ大量の荷物を送る場合、どのくらい日数がかかるか想像もつかなかった。つまり、宮崎で家財道具を購入し輸送する時間は無い。そこで、俊久が小学生の頃に行って以来となる新宿に買い出しに行くことになった。合格発表があった前日とはうって変わって寒い。

新宿駅西口に出て見上げると、「スバルビル」に掲げられた二十一世紀まで四千三百日ほどのカウントダウンの電光掲示板が目に飛び込んできた。今となっては「二十一世紀になった日」は遠い過去のことだが、当時の俊久には二十一世紀になる日が遠い未来のように思えた。

人によってはうるさく感じるであろう量販店《りょうはんてん》の騒がしい音楽が、東大合格者の耳には心地良い。

冷蔵庫やテレビといった家電の他、食器類、服、さらに、机と本棚も必要だ。数店を回り買い揃える。新宿から上北沢は近いということで、即日夕方に配達された。家具類等は買う時は小さく見えたのに、いざ配達されてみると部屋は満杯だ。まだまだ夢の中に居るような気分だったが、新生活が始まる期待に胸が膨《ふく》らむ。

ここで一区切りということで、俊久と華子は翌日宮崎に帰ることにした。前日の合格発表が、遙か昔の出来事に感じられた。二日前には、まだ合格していなかったのだ。

その夜、合格発表を見にきていた同じ高校の東大受験生達が宮崎県東京寮に集まり、食堂を貸し切って食事会が行われた。やはり数学が響いたのか、文系の受験者は壊滅《かいめつ》状態だ。合格者は新生活の準備をする一方、不合格者のうちの大部分は、翌年の東大受験を目指して東京の予備校への入学手続きを済ませていた。

不合格者のうち、俊久が中学生の頃から東大に一緒に行くことを約束していた親友の天知《あまち》は、すっぱり東大を諦め、東京の他の大学に入学すると淡々《たんたん》と語った。本当は一緒に東大に行きたかったのだが、東京でともに大学生活を送れることになり心強い。

その他の不合格者達は少し吹っ切《ふき》れたようだったが、俊久は余計《よけい》な慰めの言葉はかけなかった。もう一年、それも親元を離れて東京で受験勉強すると考えるだけでゾッとする。まさに、合格発表が人生最大の分かれ目だったことを実感するにあまりある状況だ。

翌日の昼下がり、俊久と華子は宮崎空港に降り立った。当時は改装前の小さい空港ビルだった。あいにくの曇り空だが、東京のくすんだ空気と異なりどこか清々《すがすが》しい。というか、たった一週間前に合格発表を見に行くために宮崎空港を発《た》った時とは、空気にとどまらず何もかも違うように感じる。

帰宅し家の中に入った瞬間、俊久は華子と泣き崩《くず》れた。風呂に入って疲れを取り、いつもの居間のいつもの炬燵《こたつ》に入る。それ自体は一週間前と変わらない。しかし、全てが違う。認識の客体は変わっていない。認識の主体である俊久自身に劇的な変化が発生したため、認識自体が変化しているのだ。物理学・宇宙論でいうところの「人間原理」とは、こういう現象を表現しているのであろうと実感した。

父・隆義は仕事のため不在だった。夜、帰ってきた時、泣きそうな笑い顔をしていた。俊久が生まれて初めて見る顔だ。

(そんなに喜ぶなら、合格発表を一緒に見に行ってくれればよかったのに)

その顔を見ながら思ったが、口には出さなかった。隆義は仕事人間なので仕事を優先《ゆうせん》したのだが、このあたりは父と息子で価値観が違う。

(自分だったら、仮病を使ってでも、飛行機でとんぼ返りしてでも、一時間だけでも、東大ではなくとも、子供の大学合格発表に同行するだろうに)

俊久は、隆義の笑顔を見つめながら妙に醒めた頭で考えていた。

翌日、俊久が高校に行くと、全教職員から祝福を受けた。それまで不仲であったのも、この時ばかりは氷解《ひょうかい》とはいかないまでも棚上げだ。廊下には各大学ごとに合格者の名前が掲示されており、東京大学教養学部文科I類の欄には、「前田俊久」という名前が誇らしげに掲げられている。記念撮影をしていると、多くの下級生から握手を求められた。あやかりたいと集まる下級生にもみくちゃにされ、渡り廊下で胴上げだ。戸惑いながら宙に舞う俊久は、芸能人とプロ野球の優勝監督の気持ちがほんの少しだけ分かった。

今も週刊誌が高校別の東大合格者数を掲載する特集号を出しているが、当時は、合格者全員の実名も掲載されていた。俊久は宮崎市内中の本屋を巡《めぐ》り、名前が載《の》っていることを確認して手当たり次第に購入したことは言うまでもない。

東京で撮りまくった写真はすぐ現像《げんぞう》に出し、それがあがってきてたしかに撮れていることを確認してあらためて感慨に浸った。デジカメ・スマホがある今の時代では考えられない行動だが、当時は、写真が撮れているかどうかは現像してみないと分からなかった。

卒業式は喜色満面。どの大学であれ、合格者はお互いに抱き合って親子教職員ともども万歳で卒業である。これに対し、不合格者はどんな気持ちで卒業式に出席したのだろう。もちろん欠席者も居た。さらには一部の大学の追加募集の入試直前で、卒業式中にも参考書を読んでいる卒業生も居た。まさに悲喜《ひき》こもごも。「残酷な卒業式」と言えばそれまでである。

これで、高校に行くことはもう無い。管理教育からの卒業だ。尾崎豊《おざきゆたか》の曲『卒業』が脳内でリフレインし、思わず口ずさむ。

その後の数日間、昼に夜に、親戚や近所のお祝いの飲み会が続いた。ハウスメーカー造の小ぶりな和風平屋《ひらや》に、入りきらないほどの数の来訪者の歓声が響く。

「絶対合格すると思っていたよ」

「さすがだね」

「花火でも上げるか」

大袈裟《おおげさ》にも思われる祝福の言葉が飛び交《か》う。

中には「この人誰だっけ?」という祝福者も紛れ込んで飲み食いしていたが、それもまためでたいことだ。

俊久自身、遅くとも中学生の頃から、周りの全ての人々から絶対東大に合格すると思われているのが分かっていたので、物凄いプレッシャーだった。実際合格するまで、何が起こるか分からない。それだけに、これだけ多くの人々の祝福を受け、肩の荷が下りた気がしていた。

(もうすぐ東大生なんだ)

祝宴《しゅくえん》が一段落すると、あらためて喜びが込み上げる、嬉しくてたまらない。早く入学式を迎えたい。そんな中、「よく考えると、まだ東大生ではない。事故等に遭わないように入学式を迎えなければならない」という考えが浮かんだ。あまり出歩きたくなくなり、必要以外の外出は避け、家にこもるようになった。

東京へは、墜落《ついらく》の可能性がある飛行機ではなく、ＪＲの特急と新幹線で行くことにした。三月末の早朝《そうちょう》、華子とともに朝陽《あさひ》が眩しい宮崎駅から、いよいよ新天地に出発した。日向《ひゅうが》・美々津《みみつ》から東征《とうせい》に出発する神武《じんむ》天皇もこのような気持ちだったのであろうか。まさに旭日昇天《きょくじつしょうてん》、天にも昇る心地だった。

＊＊＊

四月初め、入学式までまだ数日ある。この期間、何も無いわけではない。新生活の準備の合間《あいま》を縫《ぬ》って、新入生は「東大生」としての洗礼《せんれい》を受ける。

合格発表日、俊久は、駒場キャンパスに手続きのために「出頭《しゅっとう》」するように案内を受けていた。要するに初登校である。いよいよ、夢の東大に「登校」するのだ。

朝、新調《しんちょう》した濃紺のスーツに袖《そで》を通す。パステルブルーのネクタイの締め方がぎこちないのが、いかにも新入生らしく初々《ういうい》しい。

華子も、春らしい明るいベージュのレディススーツを身にまとう。「初登校は正装で」ということと、入学式前に一度着て服を馴染《なじ》ませるためでもある。

外に出ると、春の陽射しが眩しい。

二人は心躍らせ、東大駒場キャンパスへ向かった。

そう、駅で、電車で、東大で、華子と記念写真を撮るために一緒に行ったのだ。俊久は、普段から、マザコンと言われようが一向に構わないという信念を持っている。世界の共通認識としては、この行動は「親孝行」だ。日本人は、母と息子が一緒に行動すると「甘えん坊」「親離れ・子離れができていない」と笑う。しかし、それは、自分達がそうしたくてもできないことのもどかしさの裏返《うらがえ》しと言える。

明大前駅で京王井の頭線の渋谷行きに乗り換えると、新東大生らしき学生で車内は満員だ。東松原《ひがしまつばら》、新代田《しんだいた》、下北沢、池ノ上と一駅一駅近づくにつれ胸が高鳴り、ついに駒場東大前駅に到着した。

ドアが開きホームに降り立つ。俊久は大きく息を吸い、未知なる大海《たいかい》に漕《こ》ぎ出した。駒場キャンパスには入試、さらには合格発表の日に来ていたが、やはり「登校」となるとまた感慨深いものがある。一生の記念である。二人で正門で記念写真を撮った。もちろんカメラ三台で。

構内はごった返していた。サークル等の立て看板がひしめき、勧誘とビラ配りで真っ直《す》ぐ歩けない。脇目《わきめ》も振らず、指定された事務室に向かう。華子は「渋谷に行って食事する」と去っていった。元々東京に住んでいたので心配は無い。

事務室の窓口で名前を告げる。

「前田さんですね。学生証はこちらです。文科Ⅰ・Ⅱ類　中国語七組と書いてある受付に行ってください」

小柄で若い女性職員から、愛想《あいそ》良く書類一式を渡された。

入学後二年間の駒場キャンパスでの教養学部では、「クラス」が存在する。入試の願書を提出する際、入学後にどの第二外国語、つまり、英語以外のいくつか指定された外国語のうちのどれを選択するかを記入する。この選択自体は、合否には関係無い。入学後、各所属類別《るいべつ》・第二外国語ごとに一クラス三十人から四十人程度を目途《めど》としてクラス分けされる。

一応、各クラスには担任教員が居る。ただ、高校までの担任と違い、ほとんど顔も合わせない。その任務は、学生がたまに持ち込む各種書類に目も通さずに印鑑を押すか、学生が何かしでかした場合に尻拭《しりぬぐ》いすることである。

クラスのメンバーが一堂《いちどう》に会《かい》するのは、語学と体育の授業くらいだ。ただ、毎週何度かは必ず顔を合わせるので、クラスは友達を作る重要な「場」となる。

文科Ⅰ類（法学部進学予定）は文科Ⅱ類（経済学部進学予定）と合同クラスなので、所属クラスは「文科Ⅰ・Ⅱ類　○○語△△組」となる。

第二外国語については、俊久は元々中国というか三国志ファンだったので、中国語にしていた。当時、中国ブームであったことと、中国語がドイツ語・フランス語と比べて簡単とされたことから、中国語選択者が急増しているとのことだった。ただ、その年の入学直後の天安門《てんあんもん》事件で翌年以降激減し、バルセロナオリンピックに向けてスペイン語選択者が急増した。つまり、結構時流《じりゅう》に左右されるものである。

俊久が「文科Ⅰ・Ⅱ類　中国語七組」の受付に行くと、いかにも東大生っぽい黒縁眼鏡《くろぶちめがね》をかけた二年生の男子から、「おめでとうございます。男子クラスです」と笑いながら説明された。

東大生全体で女子は少ない。そして、その数少ない女子は文科Ⅲ類（文学部等進学予定）が多く、文科Ⅰ類・文科Ⅱ類は少ない。さらに女子はフランス語選択者が多い。したがって、文科Ⅰ類・文科Ⅱ類で中国語選択という女子は極めて少なく、全体で二人しか居なかった。よって、俊久が所属した中国語七組は男子のみ四十人、いわゆる「男クラ」だ。

俊久は軽い眩暈を覚えた。女子が少ないのは予想通りだが、さすがに一人も居ないというのはちょっと困る。東大生女子は怖そうなイメージがあったが、ノートを借りたりする場合、やはり女子が居た方がありがたいからだ。

やや動揺《どうよう》していると、その二年生から「必ず来てよね」と、「オリエンテーション合宿」という名称の合宿のパンフレットを手渡された。オリエンテーション合宿とは、大学生活に先駆《さきが》けて、その導入《どうにゅう》としてクラス単位に行われる顔合わせ合宿だ。多くの大学が、何らかの形で行っている。東大の場合、二年生の担当幹事が直下《ちょっか》のクラスの一年生を引率して泊まりがけで行うことになっていた。

この合宿は、強制参加ではないが、参加しないとまずい。不参加だと入学直後からクラスの中で孤《こ》立《りつ》し、とくに地方出身者で同じ高校出身者が少ない場合は何かと厄介《やっかい》だ。その情報を俊久は入手《にゅうしゅ》していたので、迷わず「参加」に丸を付けてその場で提出した。

さらに、合宿に先立ち翌日午後七時から新入生歓迎コンパをするということで、案内のビラを手渡された。

「コンパ」

この言葉を聞いて、俊久はあらためて大学生になったと実感した。場所は渋谷の居酒屋《いざかや》だ。当時、新入生歓迎コンパで大量に飲酒し、急性アルコール中毒になることが問題となっていた。もとより酒が出てくることは分かってはいる。それでも一応「未成年なんですが」と探りを入れると、その二年生の幹事は「居酒屋でもジュースも飲めるよ」と笑った。

理論上、現役または一浪の新入生は未成年であるはずだ。ただ、二浪以上の新入生は二十歳を越《こ》えている。

新入生歓迎コンパを居酒屋でやることで、未成年が流れで飲酒するかもしれないが、常識的な範囲内での飲酒は大目《おおめ》に見るということだ。今の基準ではアウトなのかもしれないが、当時はどの大学もそのようなものだった。

その二年生の幹事は、「めでたい席、野暮《やぼ》なことは言いっこ無し」という気配だ。俊久は、万一《まんいち》酒を飲むように迫られたらその時断ればいいと判断し、それ以上は話さなかった。

＊＊＊

外に出ると、サークルや運動部の勧誘でごった返していた。とりあえず、大学生と言えばテニスサークルだ。幸いにも、俊久は、中学生の頃、部活でテニスをやっていた。しかし、ここで大失敗をしでかした。神奈川県生まれで標準語を話すとはいえ、長く宮崎に住んだ後で東京に出てきたということで、都会の高校出身で東大に入った学生にコンプレックスがあった。そのため、おそらくは都会出身者が多いであろうお洒落《しゃれ》なテニスサークルに入ることに引け目を感じたのだ。実際、テニスサークルの勧誘をしている女子学生は、綺麗でやたらと眩しい。

後日、これは大きな勘違いであったことが分かった。テニスサークルの勧誘の女子学生が綺麗に見えたのは当然で、実は他大学の女子学生であった。東大のテニスサークルは、男子は東大生限定、女子は東大生「以外」限定（つまり東大生女子は入れない）というものが多かったのだ。

さらにその「他大学の女子学生」の中でも、新入生獲得のために綺麗どころを厳選《げんせん》して勧誘にあたらせていたのだ。このあたり、夜の街の客引きと変わらない。華やかに見えたのは当たり前で、気後《きおく》れする必要は無かったのである。

さらに言えば、東大に入るような男子学生は、都会出身だろうがどうだろうがテニス経験者がほとんど居ない。体格が貧弱《ひんじゃく》とはいえ、テニス経験者の俊久は全く引け目を感じる必要は無かったのだ。すぐに主力選手となり、他大学の女子学生と楽しい大学生活を送れたかもしれない。

俊久がこのことに気付いた時には激しく後悔《こうかい》したが、時すでに遅し。サークルは、せめて一年生の五月初め、ゴールデンウィーク明けあたりまでに入らないと馴染むのは困難だ。この勘違いは、その後の二年間の駒場での学生生活に大きな影響をもたらした。

今ならばインターネットで調べるなりして事前に分かったであろうことだが、当時は事前にそのような実情を知ることは困難だった。俊久は、華やかに見えたテニスサークルを避け、とある武道系の運動部の受付に行った。身体が小さかった俊久は、強くなりたかった。さらに、和風好きだったため、「袴《はかま》」が格好良く見えた。当時、どの運動部も部員減少に悩んでいて大歓迎とのことだったため、稽古《けいこ》を少し見学して、早速入部を決めてしまった。

俊久は、東大入学で舞い上がっていて地に足がついていなかったのだ。冷静に考えれば、百人一首経験者である。袴を穿《は》きたければ、軽いテニスサークルと掛け持っての「百人一首同好会」という選択肢があった。物事はスタートが肝心《かんじん》だ。気付いた時には取り返しがつかないことも多く、後の祭りである。

＊＊＊

入学早々《そうそう》に「運動部」という大変な世界に飛び込んでしまったことに俊久自身が気付かないうちに、翌日の夜、クラスの初顔合わせとなる新入生歓迎コンパが開催《かいさい》された。

すでに四月になっているとはいえ、まだまだ肌寒い午後五時。お洒落も何も知らない俊久は、合格発表時と同じ濃紺のトレーナーと細身のジーンズ姿で家を出た。新入生は無料だったが、「二次会」に行く場合を考え一万円を握っている。コンパに限らず大学生活のノウハウ本等を読んで予習する新入生も多かったが、俊久はそういうものは読まない主義だった。インターネットも無い時代、ぶっつけ本番だ。

上北沢駅から京王線本線に乗り、明大前駅で京王井の頭線の渋谷行きに乗り換える。車内は、これから下北沢や渋谷に遊びにいくであろう乗客でほぼ満員であった。

電車が動き出すと、濃い化粧《けしょう》をした二十歳そこそこの女性が俊久に密着してきた。いい香りがした。小柄でまだあどけない。乗り物と言えば、つい一カ月前まで、宮崎で誰も乗っていないバスにたまに乗るくらいだった。宮崎で電車（今でも電化《でんか》されていない区間があるので「汽車」だったりする）に乗ることは滅多に無い。それが今、東京で夕方の満員電車に乗っている。一瞬、俊久は自分がどこに居るか分からなくなった。

時間に余裕を持って出たため、午後六時前には渋谷に着いてしまった。早過ぎたので、少し街を歩いてみる。小学生の頃、両親に連れられ数回来たことはあったが、事実上初めての夜の渋谷である。凄い数の人だ。センター街前のスクランブル交差点が、人で埋め尽くされている。目に見えている範囲だけで、田舎の「町」の全人口の人数に匹敵《ひってき》する。元々都会生まれである俊久でさえ人に酔った。まして、十八歳まで田舎で育った若者が突如この大都会に来たら、男女問わずまさに「呑《の》まれる」ことは間違いない。

会場となる居酒屋の地図は渡されていたが、「場所が分からないときは、ハチ公前に行くと札《ふだ》を持った幹事が立っているので声をかけるように」ということだ。俊久は方向感覚に非常に優《すぐ》れ、見知らぬ土地でも道には絶対迷わないので、居酒屋に直《ちょく》で行くことはできた。しかし、夜の渋谷は危ないかもしれないし、事前に情報を仕入れるためもあり、あえてハチ公前に向かった。

そこには、「東大文Ⅰ・Ⅱ　中国語七組　新入生歓迎コンパ」という札を持った幹事と思しき男子学生が立っており、その周りに数人の男子がたむろしていた。俊久が声をかけると七人目とのことだ。コンパ開始まで一時間ある。肌寒いが、他の新入生と少し話してみることにした。新入生の東大生と話すのは実質的に初めてで、「どんな奴《やつ》らだろう」と興味津々《きょうみしんしん》だ。

まず声をかけたのが、文Ⅰで東京都内の名門高校出身、現役合格の堀本《ほりもと》だった。結構背は高く、少し茫洋《ぼうよう》としたところがある。おぼっちゃまとまではいかないが、人は悪くなさそうだった。

堀本と話していると、横から、これまた長身で関西弁を話す村野《むらの》が会話に入ってきた。文Ⅰで、兵庫《ひょうご》県の名門高校出身、やはり現役だった。俊久が「僕は文Ⅰ、現役で、宮崎の県立高校出身だ」と簡単に自己《じこ》紹介すると、「同じ西日本ということで仲良くやろう」と肩を軽く叩いてくる。

名門高校出身者はその出身者でつるむのかと思っていたが、必ずしもそうではないようだった。クラスが同じということは、いろんな意味で重要な要素だ。遠くの親類(他の学部や他のクラスに居る高校の同窓生)より近くの他人(同じクラスの初対面《しょたいめん》者)、という感覚に近い。

俊久としても、クラスには同じ高校出身者どころか宮崎県出身者も居なかったので、いきなり二人と話せたのは心強い。おまけに名簿を見ると、名字が「ほ」と「む」で始まる二人は俊久の前後だ。何かの縁だったのであろう。この二人は、俊久の駒場生活にとどまらず三〜四年生の本郷生活、さらに就職活動にまでかかわっていくことになる。

そもそも新大学生、まして新東大生となると、都会出身者であれ、地方出身者であれ、名門高校出身者であれ、無名高校出身者であれ、現役であれ、浪人であれ、皆、どこかしら不安なのだ。しばしば名門高校または東京・首都圏の高校出身でないと東大入学後に孤立するとか授業についていけないとか報道されたりするが、実際はそんなことはなく本人次第だ。

そうこうするうち二十人ほど集まったということで、会場直行組がどのくらい居るか分からないが、とりあえず会場の居酒屋に行くことになった。まだ携帯電話が一般には普及していない時代である。ハチ公前には、札を持った二年生の幹事が残ることになった。今となっては考え難いが、当時はそれが当たり前だった。

スクランブル交差点を斜めに渡り、センター街に入る。センター街の治安《ちあん》は当時も良くなかったが、物騒《ぶっそう》な事件が発生するのはもう少し後のことである。煌《きら》びやかなネオンが溢れ、多くの通行人が行き交い賑《にぎ》やかで楽しそうだ。人っ子一人おらず街灯《がいとう》も無い宮崎の夜の田んぼより、よほど安全だ。

女子高生らしき制服でうろついている学生も多い。宮崎なら、こんな時間に制服で繁華街《はんかがい》をうろつけば間違いなく補導《ほどう》される。それに、男女問わず宮崎の同年代の学生より遙かに大人びて見える。

「新東大生一行」がキョロキョロしながら歩いていくと交番があり、その前に会場となる居酒屋が入っている飲食《いんしょく》ビルがあった。全てのフロアが居酒屋で、ビルの入り口にはすでに多数の客がたむろしていた。

新大学生・新社会人の歓迎会が集中して行われる時期だけに、付近の居酒屋も路上《ろじょう》も若者でごった返している。まだ宵《よい》の口にもかかわらず、すでに酔って正体を失っている集団が通路に座り込んでいた。

その間を抜けてエレベーターに乗り、会場の居酒屋に入る。俊久は、居酒屋に入るのは初めてだ。

当時、酒がメインの飲食店には子供を連れていかないというのが常識だった上に、父・隆義も母・華子も酒を飲まないので居酒屋に行ったことが無い。

初めて入るその空間には、酒の臭いとともに、俊久が大嫌いな煙草《たばこ》の臭いが充満《じゅうまん》していた。料理と煙草の煙で視界《しかい》が霞《かす》み、東大生らしからぬ視力《しりょく》すなわち両眼《りょうめ》とも2・0を誇る裸眼《らがん》に沁《し》みる。同時に、同行した新東大生の眼鏡率の高さにあらためて驚く。

店内の酔客《すいきゃく》の大声・歓声が鼓膜《こまく》にダイレクトに響き、一瞬にして高揚感に包まれた。大人の世界に足を踏み入れた感覚に酔ったのかもしれない。

俊久は、東大に入ったこと、東京に来たことをあらためて実感した。

＊＊＊

座敷《ざしき》に案内されると、アイウエオ順の指定席で座卓《ざたく》に名札が置いてある。名字が「ま」で始まる俊久は、堀本、村野に左右を挟まれる形になった。これもまた縁なのだろう。宴会が進めばバラバラになるのだろうが、とりあえずの席としては上々だ。畳の上の座布団に胡坐《あぐら》をかくと、一層気分が高揚する。

ほぼ全員が揃ったということで、なし崩し的に宴《うたげ》が始まった。

成人すなわち二十歳になっている二浪以上の新入生及び一浪以上の二年生幹事は、当然の如く酒を飲んでいる。中には未成年も飲んでいるかもしれないが、手元の名簿には年齢が記載されておらず、確認のしようが無い。

俊久は高校生の頃、親戚の飲み会で酒の成分を吸い込んで気分が悪くなり、病院に担《かつ》ぎ込まれたことがある。その時の検査で体内にアルコール分解酵素《こうそ》が無いと判明《はんめい》し、医者からは「絶対に酒を飲んだらいけない」と言われていた。

生まれた時から家の中に酒が無かったこともあり、俊久は酒の存在自体大嫌いだった。ただ、「未成年が居るから酒を出さないでくれ」という野暮なことを言える状況ではない。会場が居酒屋という時点で、仕方無いと言えばその通りだ。周りではビールが飲まれていた。また、「サワー」という、聞き慣れない「アルコール液体」を店員が続々《ぞくぞく》と運んでくる。

各種の酒の臭いが漂う中、「自己紹介」の時間となった。アイウエオ順に簡単な自己紹介をするということである。

しばらく時間が経過し、堀本が自己紹介をした。出身高校を言うと、「めいもーん（名門）！」と掛け声が飛ぶ。

続いて俊久の番だ。烏龍茶《ウーロン》が入ったグラスを持ち、すっくと立ち上がる。出身高校は名門ではない。にもかかわらず、出身高校を言うとお約束の「めいもーん！」と掛け声が飛んだ。ありきたりだが趣味等を話した後、将来の目標を話す。そこで、すでに酔った二浪と思われる新入生が立ち上がり、絡《から》んできた。

「お前、気に入った！　ビール飲めよ！」

「僕は酒が飲めない体質だから勘弁《かんべん》してくれ」

「飲んで訓練すれば強くなるから飲め」

俊久の弁明を逆手《さかて》に取り、ワアワアはやし立てる。

コンパの雰囲気を悪くしたくはない。「未成年は酒を飲んじゃ駄目だ」という建前《たてまえ》論は言いたくなかった。この状況でストレートに言えば、酒を飲んでいる新入生は未成年ではなく二浪以上だと明らかにすることになる。さらに言えば、こっそり・流れで・進んで酒を飲んでいる未成年学生が居た場合、思い切り気まずくなる。いずれにせよ、せっかくのコンパはぶち壊しになってしまう。なんとか、穏便《おんびん》に済ませたかった。

「ほら、座ってくださいよ」

「俺《おれ》の酒を飲まないって、なんて自分勝手な奴だ」

大きな身体を揺すらせながら、さらに食ってかかってくる。太った体型を体現する弛《たる》んだ顔は真っ赤で、銀縁《ぎんぶち》眼鏡の奥の細い一重《ひとえ》の目は据《す》わっており、酒癖《さけぐせ》が悪いことは明白だ。

「ビール、ビール、ビール！」

他の飲酒組が酒臭い息を吐きながら、学生運動のようにシュプレヒコールする。

それまでの他の新入生に対しては、このようなことを言っていない。その様子から、酔いが回ってきた頃合いに登場した、子供みたいな田舎者・俊久をからかうニュアンスが見て取れる。直前に挨拶した、長身の都会人・堀本には何も言っていないことからも明らかだ。

その時、俊久の頭の中で何かがキレた。

「俺は未成年だから酒を飲んだら駄目なんだよ。東大に入るくらいの頭があるのに、そんなことも分かんねーのか。あんたらは二十歳越えて大人だから飲んでいいんだろうけど、そんなところは子供だな。幹事さん、居酒屋でコンパするのはいいとして、酒を飲んでいい年齢の奴の席は分けとけよ！」

会場がシーンとなった。「なんと無粋《ぶすい》な」ということよりも、一見おとなしそうな俊久が激しい言葉遣《づか》いをすることに驚いていた。喧嘩の時は一人称が「俺」になる。子供の頃によく喧嘩していた経験が、ここぞの時に役に立つ。

「そんなことしたら、固まって酒を飲んでる新入生は二浪って馬鹿にされるじゃねーか！」

すでに二十歳になっている新入生達は、それぞれ口を尖《とが》らせ気色《けしき》ばむ。

店内を見渡すと、隣の座敷も、テーブル席も、他の大学の新入生歓迎コンパをしていた。全員当たり前のように酒を飲んでいる。当時、未成年の大学生も、高卒すなわち未成年の新社会人も、酒を飲むのは当たり前だった。

今ならどうなのだろう。表向《おもてむ》きは俊久が言うことが正論《せいろん》ということになる。しかし、酒を飲んでいる未成年の新入生は居るだろうし、俊久のような正面から正論を言う人間は仲間外れにされるだろう。

当然、場はシラケた。絡んできた酔っ払いはすっかり酔いが醒めたようで、聞き取れないほど小さな声で捨て台詞《ぜりふ》を言い残して自分の席に戻った。

「とりあえずよろしく」

蚊《か》の鳴くような声で、正論を言い放った新東大生の自己紹介は終了した。思い切り雰囲気が悪くなった。俊久が言っていることは正しいのだが、その場においては正しくない。

憤然《ふんぜん》とする俊久に、堀本が諭《さと》す。

「言っていることは正しいけど、雰囲気というものがある。やんわりと断れないのか」

前半部分はたしかにその通りだが、後半部分は明らかに的外れだ。

「見てただろ。何度もやんわりと断ったけど、あんな酔っ払い、怒鳴《どな》らないと無理だよ」

ムッとした俊久が反論したところ、沈黙《ちんもく》してしまった。

(これは総スカンだ。全員の自己紹介が終わったから帰ろう……)

そう思って俊久が帰り支度《じたく》をしていたところ、後ろから声がかかった。

見た目おとなしいのに、あの状況で大胆な発言をした俊久に一人の新入生が声をかけてきたのだ。それを口火《くちび》に、次々と新入生が集まってきた。どんな変人か、様子見《ようすみ》だったのかもしれない。

その話題で一番多かったのは、「よくそんな田舎の県立高校から文Ⅰに現役で入れたな」という率《そっ》直《ちょく》なものだった。それはそうだ。自己紹介では、開成とか灘《なだ》とか筑波《つくば》大附属駒場等々、九州ではラ・サールや久留米大附設《くるめだいふせつ》といったそうそうたる高校出身者がずらり。出身高校の比較では、俊久なんて、プロ野球のオールスターに出ている二軍選手のようなものだ。

俊久に声をかけてきた少なからぬ数の新入生が名前を再度確認し、しばらく黙って「ひょっとして、全国模擬《もぎ》試験とかでいつも上位だった前田君？」と尋ねてきた。俊久が「そうだ」と答えると、一《いち》様《よう》に見る目が変わった。俊久は、自分の知らないところでかなりの有名人だったのだ。

「芸は身を助ける」ではないが、高校生の頃の成績が身を助けた。東大において人物がどう評価されるかの基準は、出身高校ではなく実力すなわち成績であった。ちょっと意味合いは違うが、将棋で名人が間違った手を指しても「名人が指す手なのだから正しいのだろう」と思って対局相手も間違うが、弱い棋士《きし》が間違った手を指した場合「やはり弱いな」と思われそのまま投了《とうりょう》に追い込まれるようなものだ。

身体が小さく子供みたいな顔をしている俊久が、新入生に一人の知り合いも居ないアウェーの場・初対面の場で、はっきり自己を押し通し正論を言う度胸《どきょう》があるという評価に一変した。

先ほどまではやし立て気色ばんでいた連中までが一挙《いっきょ》に押し寄せ好意的に話しかけ、烏龍茶を、オレンジジュースを、それぞれ俊久のグラスに注ぐ。

こういう話題はあっという間に広まる。俊久は、その後、クラスどころか学年でも一目置かれる存在となった。ただ、それはあくまで怪我《けが》の功名《こうみょう》と言うべきものだった。もし、高校生の頃の成績が知られていなければ、俊久はクラスの中で孤立していただろう。

俊久は、酒が飲めないことと煙草が大嫌いということが原因で、以後の人生において、官僚を辞めたり女性と知り合っても進展しなかったりロクなことが無かった。当時は、世の中のほとんどの職場で酒を飲まない・飲めない人間への理解が無く、また、煙草は吸い放題《ほうだい》で煙の中で仕事することを強《し》いられていた時代であった。

今になってようやく酒が飲めない人間の立場が理解され始め、また、社会全体の禁煙化が進んだ。俊久は、二十年早くこの世に生まれてしまった。今の社会常識ならば、違う人生があったに違いない。

＊＊＊

コンパが進む中、俊久と気が合う同級生がさらに三人登場した。

まずは気の良さそうな浅尾《あさお》。文Ⅰ、愛知県出身、現役だ。俊久は小学生の頃名古屋に住んだことがあり、名古屋弁を話せるので話が弾《はず》んだ。育った家庭環境も似ており、仲良くなれそうと直感した。

さらに、真面目《まじめ》な中にも人の良さが伝わる里中《さとなか》。文Ⅰ、群馬県出身、一浪ということで少し年の差を感じたが、官僚志望ということで話が合った。

そんな中、特筆《とくひつ》すべき同級生として大湊《おおみなと》が居た。広島県出身で、他の大学卒業後あらためて東大文Ⅰを受験し、合格したので大学一年生として大学生活を新たにスタートさせるということだった。当時すでに絶滅危惧種《ぜつめつきぐしゅ》の「七三《しちさん》分けの髪型」と黒縁眼鏡が象徴するように非常に真面目そうで、これまで苦労してきたことが言葉の端々《はしばし》から滲《にじ》み出る。俊久とは四歳差あるわけだが、それでもすぐにタメ口で話す関係になった。

以後、駒場すなわち教養学部の二年間、先の堀本・村野に加《くわ》えて彼ら三人とともに行動することが多かった。

俊久は、初対面でその人物がどんな人間か、気が合いそうかが分かる。第一印象で、「この人と合うか合わないか」の判断には自信がある。一通り全員と話した中で、俊久と気が合いそうなのはおおむね五分の一くらいだった。一癖《ひとくせ》ありそうな人物が多く、ある意味さすが東大と実感した。

なお、文科Ⅱ類、すなわち経済学部進学予定の新入生とは、このコンパのみならず、以後の教養学部二年間を通じてあまり交流が無かったのは仕方無い。どうしても、文Ⅰは文Ⅰ、文Ⅱは文Ⅱと分かれるのだ。さらに、現役か浪人か、出身高校、出身地すなわち都道府県・地方・広くは東日本か西日本か、都会出身か地方出身か、また、将来の進路や所属サークル等で塊ができ、分かれる。しばらくすると、彼女(女子学生の場合は彼氏)が居るかどうかでも塊ができる。このあたりは、東大も他の大学も同じようなものだろう。

コンパも終盤に近づいた時、異変が起きた。俊久は酒は一切口にしなかったのになぜか頭が痛くなり、白い腕に真っ赤な蕁麻疹《じんましん》が出始めていた。鏡を見ると、白い顔がまだらに紅潮《こうちょう》している。それも当然だ。店内は酒の臭いで満ちている。酒類そのものからもアルコールが気化しているし、飲んだ連中の息(呼気《こき》)はアルコール成分だらけだ。呼気の中にアルコールがあるから、警察は飲酒運転を取り締まることができるわけだ。

つまり、酒を飲んでいないにもかかわらず、アルコール成分を多量に吸い込んだことで酔ってしまっていた。いわば「空気酔い」だ。俊久にとってみれば、父・隆義も母・華子も酒が飲めないので家の中に酒は無かった。料理に使う酒は、すぐにアルコールを飛ばすので別物《べつもの》である。俊久の家では正月のお屠蘇《とそ》も酒ではなく、酒に見立《みた》てたお茶だった。高校生の頃、親戚の飲み会で気分が悪くなったことが思い出される。

こんなに気持ち悪いのは、生まれて初めてだ。身体の色がおかしい。激しい悪寒《おかん》が総身《そうしん》を駆け巡った直後、急に喉奥に湧き上がる大きな塊を感じた。トイレに駆け込むや否や、当時はまだ多かった和式の便器に薄黄色の濁流《だくりゅう》が迸《ほとばし》った。嘔吐の音と呻《うめ》き声を聞いて駆けつけた男性店員に抱えられ、座敷の隅《すみ》に横たわる。気分は悪いし頭は痛い。紅潮していた顔は一転して蒼白《そうはく》となり、口の周りは吐瀉《としゃ》物《ぶつ》まみれ、腕の蕁麻疹は増えていく一方であった。

コンパ終了時、もはや動くことさえ困難な俊久は、数時間前には見ず知らずだった数人の東大生に抱えられて外に出た。午後九時過ぎ。周りは酔っぱらいでごった返している。入店前、飲み過ぎで倒れている人々を見て笑っていた俊久は、それ以上の悲惨《ひさん》な状態となって店を後にした。

二次会はカラオケとのことだ。どうするか迷ったが、家に帰るのはとても無理だ。電車の座席や床が汚物《おぶつ》の海になる可能性が高い。結局、二次会にくっついていって「空気酔い」が醒めるのを待つことにした。辛うじて回っていた頭の中で導《みちび》き出した答えだった。会場がどこだったか、また、そこへの道筋《みちすじ》等、全く覚えていない。

田舎では、ようやくカラオケボックス等が普及し始めた頃だ。俊久は、高校生の頃は勉強漬けの日々だったこともあり、カラオケに行ったことは無かった。つまり、生まれて初めてカラオケで歌ったことになる。元々音楽は得意で、歌にも自信があった。実際、かなり上手かったらしい。ただ、当の本人は、何を歌ったか全く覚えていない。後日判明したところによると、光《ひかる》GENJI《ゲンジ》の曲『ガラスの十代』を歌ったとのことだ。この歌は俊久の十八番《おはこ》となり、今はカラオケに行くと必ず『ガラスの五十代』として歌っている。

参加者が一通り歌ったところで二次会もお開きとなり、それぞれ終電《しゅうでん》で帰っていった。しかし、俊久はまだ電車に乗ることができる状況ではない。普段も車酔いするタクシーはもってのほかだ。車内が大惨事《だいさんじ》になる。かといって、渋谷から上北沢まで歩くのは距離的に困難だし、夜中に見知らぬ道を歩くのは避けたい。

そうこうするうち二年生の幹事が公衆電話で話をつけ、酔いが醒めるまで、おそらくは始発《しはつ》電車まで、東大駒場キャンパスにある駒場寮の空き部屋に帰宅不能者五人で厄介になることになった。

渋谷から駒場キャンパスまでは、徒歩で十五分ほどだ。俊久が宮崎においてもその名を耳にしたことがある、道玄坂《どうげんざか》のラブホテル街のネオンが輝いていた。全員で、中に入るカップルをはやし立てた。それは、そのようなところに入るカップルが純粋に羨ましいことの裏返しだった。

＊＊＊

駒場キャンパスに入ったのは、午前一時を過ぎていた。駒場寮は正門を入って右奥にあった。現在はすでに取り壊されたが、かなり年季《ねんき》の入った、ある意味、駒場キャンパスを象徴する建物だ。食堂もあり、風呂・トイレは共同、相部屋《あいべや》で光熱費・水道料金込みの月額家賃約五千円。地方出身者で、生活費を安くあげたい学生が入居するのが通例《つうれい》だった。

実際は、各種サークル・運動部や各種団体の本部・東大支部となっている部屋も多い。さらにそこかしこで朝っぱらから酒盛《さかも》りが続き、音楽や何かを叩く音等が一日中響いている部屋もあった。そのため、俊久にとっては住む部屋としては候補にすらならなかったが、どんなところなのか興味があった。一晩くらい泊まってみるのも悪くない。

通された部屋は、思いのほか広かった。当然の流れとして、誰かがコンビニで買ってきた酒とジュースとつまみで三次会だ。帰宅不能者五人と幹事の中に、酒が飲める・酒を飲みたい奴が居たのだ。俊久は意地でもジュースを飲んでいたが、歩いたことでようやく「空気酔い」が醒めてきたのに、再度アルコール成分「吸入《きゅうにゅう》」である。頭が痛くなり、さらに疲れで眠気が襲ってくる。酒を飲んでいた連中も含め、全員いつしか寝てしまった。

頭を締め付ける痛みで目が覚めると午前四時。まだ外は暗い。気分は猛烈に悪い。他の連中もうつらうつらしている。周りを見渡すと、なぜかバドミントンセットが部屋にあった。誰言うともなしに、「記念にバドミントンをやろう」ということになった。「何の記念か」とかいう野暮なツッコミは無しである。東大に入学した喜び、初めての飲み会での高揚感。この非日常的な感覚ついでに、何かもっと非日常的なことをしたかったのだ。明け方の東大駒場キャンパスでバドミントンをする。幼稚ではあるが、こんな非日常的なことはあまり無いだろう。

全員フラフラになりながらのバドミントン大会だ。吐く奴、座り込む奴、地面に寝てしまう奴。滅《め》茶苦茶馬鹿《ちゃくちゃ》げているが、無性に面白かった。俊久が冷たいアスファルトに寝《ね》っ転《ころ》がって見上げると、月がかかっていた。歓喜の合格発表から時は経ち、月齢《げつれい》は進み、細い月がまだほの暗い春の東の空に昇り始めていた。暗闇の宙を舞うバドミントンのシャトルと、太古の昔から変わらぬ月。その妙な取り合わせが自身をも取り込んだ一枚の絵となり、いまだに俊久の記憶に鮮明《せんめい》に残っている。

ほどなく始発電車が動き始め、三々五々《さんさんごご》、帰宅することになった。駒場東大前駅から乗り込んだ京王井の頭線の始発電車は、飲み明かした学生・サラリーマンや水商売と思われるお姉さん達で思いのほか混んでいた。宮崎の通勤通学時間帯並みである。ここでもまた、俊久は、自分がどこに居るのか分からなくなる不思議な感覚に捉われた。たった一カ月前まで宮崎の高校生だったのに、今、たしかに東大生として東京に居て、飲み会で徹夜をして始発の電車に乗っているのだ。環境の激変をあらためて実感するには、十分過ぎるものだった。

やっとのことで明大前駅で乗り換え、人もまばらな早朝の上北沢駅に辿り着いた。わずかな時間の乗車でも振動でさらに気分が悪くなっていたため、ホームの水飲み場において、朝の澄んだ空気に響き渡る轟音《ごうおん》とともに大量に「リバース」した。まさに東大入学の祝砲《しゅくほう》である。

頭から水をかぶりうがいをしていると、目の前のスーパーに商品を搬入《はんにゅう》しているトラックの運転手と目が合った。お互いに苦笑《にがわら》いをしたが、その運転手にとってみれば時折見る光景《こうけい》だったのかもしれない。

母・華子は、起きて待っていた。怒るどころか、喜んでいた。飲み会で朝帰り。俊久が少し大人になったように見えたのだ。

翌日は「オリエンテーション合宿」である。俊久は、少しでも早く寝なければと思いつつも興奮冷めやらず、頭も痛く、ほとんど寝付けなかった。

ウトウトして目が覚めたら夜。合宿への出発まで十時間を切っていた。再度眠りについたが、まだ頭が痛かったのか、夢の中で相撲を取り、力士の「麒麟児《きりんじ》」と「富士櫻《ふじざくら》」に前後から張り手を食らっていた。

＊＊＊

コンパの興奮冷めやらぬというか、むしろ疲労が増しているうちに、オリエンテーション合宿の日がやってきた。コンパは前々日だったにもかかわらず、俊久の頭は猛烈に痛み、時折吐く。

「駒場キャンパス正門に朝七時集合って、早過ぎだろ……」

靄《もや》のかかった頭でブツブツ独り言《ご》ちながら荷物を担いでいくと、男子ばかりのむさくるしい集団がすでにたむろしている。コンパ時と同様、全員ラフな格好だ。春物の若草色のニットとカーキ色のチノパン、歩きやすい青のスニーカーを合わせた俊久も含め、やはりダサい。

合宿は伊豆にある温泉宿を貸し切って行われるが、その前にいくつかの観光地に立ち寄ることになっている。

酒とは別の意味で酔いそうな大型観光バスに乗ると、すでにコンパの際になんとなく形成されていたグループごとに座席を陣取《じんど》っている。ただ、それとは関係無く、乗り物に弱い学生は前の方に固まっていた。乗り物がてんで駄目な俊久は、当然のように最前列に座った。

新東大生一行を乗せたバスは、ほどなく東名《とうめい》高速に乗った。そのあたりで、後ろの方で酔って騒ぎ始める輩《やから》が居る。酒好き成人集団は酒を持ち込んでおり、後部座席で朝七時から飲み会を始めているのだ。多摩川を渡り神奈川県に入る頃にはすっかりでき上がって、大きな歓声が響いてくる。俊久のような酒も駄目な上にバスにも酔う人間からすると、実に羨ましい体質と言うほかない。

観光といっても、伊豆の名所数カ所を回るだけだ。北海道出身者が珍しがっていた熱帯《ねったい》植物園は、俊久のような南国《なんごく》出身者にとってみれば日常風景である。俊久は、バス酔いと、後部座席から漂ってくるアルコール成分を吸い込んだせいで地面がフワフワして見学どころではない。

バスの中で嘔吐するとゲロの連鎖を招く。胸のムカムカをなんとかこらえ、ようやく宿に到着した。吐き気が収まるまでゆっくりしようと思いきや、なんと、到着直後の午後三時から五時までバレーボール大会をすると幹事が触れ回っている。酒に酔った連中はとてもじゃないし、バスに酔った連中もとてもじゃない。常に何人かが吐きながらやる、グダグダのボール遊びになったことは言うまでもない。

温泉に入り汗を流し、ようやく気持ち悪さが収まった。

いよいよ飲み会だ。参加者は皆、この飲み会を楽しみにしている。俊久も、飲み会でまたひどい目に遭うことは予想できたが、それでも羽目《はめ》を外したい衝動《しょうどう》があった。まして、酒好きな連中において は言わずもがなである。

それはさておき、早速煙草を覚えている新入生達が居た。隅でスパスパやっている集団から紫煙《しえん》が漂い、白雲《はくうん》が迫りくる。

「煙が目に沁みる」と楽曲《がっきょく》やドラマに思いを馳せ、気取《きど》っている場合ではない。浪人したために年齢的に吸っても構わない新入生も居るのだが、その喫煙《きつえん》者に対して未成年かどうか問いただすのは、酒の場合以上に野暮であるし敵を増やすだけだ。大の煙草嫌いである俊久は、必然的に、喫煙者からは離れた席に座らざるをえなかった。

二年生の幹事が壇上《だんじょう》で声高《こわだか》に叫ぶ。

「ようこそ東大へ！　今夜は騒ごう！」

その瞬間、長い受験勉強から解放され東大生になった喜びが爆発した。コンパと違い、宿一軒貸し切りだ。いくら騒いでもいい。あっという間に狂乱《きょうらん》状態となった。

成人している酒飲み集団により、ビールが、日本酒が、サワーが、焼酎が、ウイスキーがみるみる消えていく。ところどころで一気飲みの掛け声がかかる。シラフの学生も含め、立って踊って騒ぎまくる。笑い、泣き、時にはなぜか怒る。

俊久も、後で苦しくなるのは覚悟で一緒に騒いだ。烏龍茶を飲んで騒ぐ。シラフではあるがそれでも楽しい。視界が霞み、耳が遠くなる。意識が薄らいでいく。泣きながら誰かと抱き合って笑う。洒落にならないレベルで殴り合っている連中が居る。素《す》っ裸《ぱだか》の奴が居る。女性に抱き付いている奴も居る。男子クラスなのになぜ女性かと思ってよく見ると、宿の仲居《なかい》さんだった。

何か類似《るいじ》のものはと言えば、プロ野球の優勝のビールかけだ。実際、ビールかけしている連中も居る。と思ったら、俊久もいきなり頭からビールをぶっかけられた。もはやカオスだ。また頭からビールを浴《あ》びせられたらかなわない。宿の風呂からシャンプーハットを持ってきて頭にかぶって防御すると、今度は背中にビール瓶《びん》を突っ込まれた。皮膚《ひふ》からアルコールが吸収され、口から飲んでもいないのに激しく酔ってしまった。

俊久にしてみれば、ほんの一カ月ほど前に入試を受けていたのが、ほんの二週間ほど前に合格発表だったのが、ほんの一週間ほど前に宮崎を後にしたのが、まさに夢のようだ。

いつしか寝入ってしまい、目が覚めると午前三時。周りには撃沈《げきちん》して寝ている者多数。元気な連中は温泉に入ったり街に出ていっているとのことだった。そうこうするうち、起きた者達が集まっていきなり真面目な話が始まった。ありきたりなネタである将来の目標等だが、内容がハンパない。明け方まで、今(当時)の日本、未来の日本について青臭《あおくさ》い議論が続いた。重い内容に耐えかねた俊久が合間に発した、「おニャン子クラブの誰が好きだった?」という質問が黙殺《もくさつ》されたことは言うまでもない。

宴会後の午前三時に熱く日本の未来を語る。この熱さこそが日本を引っ張るんだろうと、妙に納得した。

東大生には、いわゆるオタクが多い。何かに熱中することをオタクと称するならば、勉強オタクであると言える。実は、東大生にはアイドルオタクもゲームオタクも多い。往々にして「東大生は勉強ばかりで他のことを知らない」と言われるが、そんなことはない。むしろ、極めて多岐《たき》にわたる知識と教養を持っている学生も少なからず居る。ステレオタイプで東大生を揶揄《やゆ》し、悦《えつ》に入《い》るのは恥ずかしいことだ。

高校生の頃まで勉強優先で大志《たいし》を抱《いだ》いて東大に入った以上、日本の未来を語りたくなるのももっともである。俊久にしてみれば、こんな熱い連中がライバルになるのかとあらためて気合が入った瞬間でもあった。

全員、翌日はグダグダ状態だ。俊久は這《は》うようにして家に帰った後に高熱を発し、数日の間、泥のように眠っていた。合格発表以来、いや、受験勉強の疲労が全て出たようだった。

＊＊＊

そして、いよいよ俊久が正式に「東大生」になる日が来た。憧れの日本武道館で入学式が挙行《きょこう》される。当然ながら父・隆義にも出席してほしかったのだが、「年度初めで仕事が忙しいから無理」とのことだ。合格発表時は、「年度末で仕事が忙しいから無理」だった。年度末が年度初めになっただけだ。相変わらずの仕事人間で、俊久も華子もがっかりというより辟易《へきえき》としていた。

二人は、駒場キャンパスへの初登校の日と同じ出《い》で立《た》ちで、晴れの場に出発する。何度か足を運び、すでに顔馴染みになりつつある近所の定食屋《ていしょくや》の女将《おかみ》と店の前で出くわした。

「あら、入学式ですか?」

「ええ」

「どちらの大学?」

「東大です」

「えっ⁉　そうだったんですか!　あんた、前田さん、東大生なんだってよ!」

奥から主人が店頭《てんとう》に出てきて、夫婦を挟んで三人で記念撮影だ。

東京でも東大生は珍しいようで、俗な話だが、この瞬間はやはり気持ちいい。

勇躍《ゆうやく》到着した地下鉄九段下《くだんした》駅から日本武道館の周りまでは、新入生やその親兄弟姉妹のみならず、祖父母・一族郎党《ろうとう》勢揃いも珍しくない。町全体が来たのではないかという一団もあった。陽光の中で万歳三唱している集団が掲げる日の丸が眩しい。

同じクラスの新入生達と出くわす。新歓コンパとオリエンテーション合宿を経《へ》ているのでタメ口である。ただ、それぞれ親の手前、取り澄ましているさまが滑稽《こっけい》だ。あれだけの醜態《しゅうたい》を晒していた奴が、真新しいスーツをビシッと着こなし大人びた言葉で挨拶する。

初めて入った日本武道館の内部は、思ったよりも傾斜《けいしゃ》がきつい。すでに混み合っており、やむなく正面二階席に陣取った。俊久も華子も、それぞれ記念写真を撮りまくる。

入学式の開会後、総長の式辞《しきじ》があった。

「天下《てんか》の東大総長だ。どんな気の利《き》いた話をするんだろう」

俊久は聞き耳を立てたが、全然面白くない。高校までの校長の話と同じレベルだ。周りが居眠りを始めている。高校の全校朝礼《ちょうれい》の校長の話と違い、着席のままだったのは幸いである。古今東西《ここんとうざい》問わず、手短に面白い話をするトップというのは稀有《けう》な存在なのだとある意味納得した。

その後、東大の応援団が応援歌を歌い、そそくさと入学式はお開きになった。東大に「校歌」が無いのは後で分かった。あっという間の入学式だ。俊久も華子も拍子抜けしていた。あれだけの苦しい受験勉強を乗り越えてきたのだ。荘厳《そうごん》で厳粛《げんしゅく》な、合格の喜びをさらに深く実感できるような入学式であってほしかった。

ともかく、これで俊久は名実《めいじつ》ともに東大生だ。ようやく、いろんなところに出歩く気になった。手始めに皇居《こうきょ》を見学後、東京タワーに上《のぼ》り、浅草寺《せんそうじ》へ。典型的な「おのぼりさん」だが、それもまた良しである。

夜には千鳥ヶ淵《ちどりがふち》で夜桜《よざくら》見物と洒落込む。南西の空にかかる上弦《じょうげん》の月が水面《みなも》に映る。屋台の電灯が桜を幻想《げんそう》的に照らし出し、遠くには日本武道館の屋根が浮かぶ。半年後、この年の秋にリリースされた爆風《ばくふう》スランプの曲『大きな玉ねぎの下で ～はるかなる想い』の歌詞を聴《き》いた時、まさにこの情景《じょうけい》を想起した。

俊久は、夜桜を見ながら、西行法師《さいぎょうほうし》の「願はくは　花のもとにて　春死なむ　その如月《きさらぎ》の　望月のころ」の歌に思いを馳せていた。桜の木には魔物《まもの》が棲《す》むという。たしかに魔物が棲んでいてもおかしくない。不思議な感覚に捉われた。

「霊的な気配を感じる」として元々桜が苦手な華子は、桜には目もくれずベンチで「たこ焼き」を食べている。傍から見ればなんとも滑稽な風景だが、俊久にとってみれば、魔物が棲む異界から急に日常に戻った気がして安堵できた。このあたり、絶妙の相性《あいしょう》の母子と言える。

道すがらコンビニで買い物をすると、先日《せんじつ》までは無かった「消費税」について、隣の客がテレビ局の取材を受けていた。

「こんな税金廃止してほしい」と型通《かたどお》りの回答をしている。続いてインタビューを受けた俊久と華子は「日本の未来のためになる消費税を払えて嬉しいです」と神妙《しんみょう》な顔で答えたが、当然、ニュースではカットされていた。元来二人ともヘソ曲がりだが、三十年以上経過した現在の我が国の財政状況からして、必ずしも誤った発言ではないだろう。

第三章　新生活は更待月《ふけまちづき》とともに

――一年生の春から夏

入学式をもって入学イベントは一段落し、いよいよ授業が始まった。

東京大学教養学部文科Ⅰ類の学生は、一～二年生時に英語と第二外国語・体育・一般教養科目の所《しょ》定《てい》の単位を取れば、三年生になる時に法学部に進学できる。成績は、上からA、B、C、Dで、Dは不合格だ(当時)。語学・体育等の必修《ひっしゅう》科目を落としてはいけないし、全体の単位数が所定単位数に不足してもいけない。ただ、逆に言えば、必修科目を含む所定単位数を取りさえすれば、全て「C」でもほぼ確実に法学部に進学できる。

この点が、三年生になる時に希望の学部に進むにはいい成績を揃えなければならない文Ⅲ・理Ⅰ・理Ⅱと違い(理Ⅲは普通にやれば医学部に進める)、楽なところである。

ちなみに、文Ⅱも所定単位を取りさえすればほぼ確実に経済学部に進学できる。文Ⅰと同じ条件だが、天下の東大法学部に進む文Ⅰより楽とされ、暇な順に「文Ⅱ、猫、文Ⅰ」とか、「猫より暇な文Ⅱ」と称される(当時)。ただ、猫もああ見えて結構忙しい。パトロールや猫の集会には出かけねばならないし、オス猫は年に数度、メス猫を求めて彷徨《さまよ》い歩かなければならない。さすれば、文Ⅱはもとより文Ⅰの学生についても、どんな成績でもとにかく進学すればいいと割り切るのならば、猫より暇とも言える。

語学と体育の授業はクラス別で受け、出席も取られる。語学は夏(当時は九月)と冬(当時は一～二月)に試験がある。一般教養科目の授業は文Ⅰ全体、さらには他の科類《かるい》の学生も受けることがあるため、人数が多過ぎて出席は取らない。一般教養科目のうち四単位の通年《つうねん》科目は冬に試験、二単位の半期完結科目はそれぞれ夏または冬に試験がある。

二年生になると、身分上は教養学部文科Ⅰ類の学生ではあるが、進学予定の法学部の専門科目の授業もいくつか受けることができる。というか、事実上は受けなければならない。法学部の教員が、本郷キャンパスから駒場キャンパスまでやってくる。法学部科目の成績は上から優、良上、良、可、不可で、不可は不合格だ（当時）。

二年生時点で法学部科目の単位を取らなくとも、語学・体育・一般教養科目の単位の条件を満たせば法学部に進学できる。しかし、駒場キャンパスで授業が行われる法学部科目（とくに法学部としての必修科目・選択必修科目）の単位を取らないと、法学部進学後も駒場キャンパスに通う羽目になる。要するに、法学部の前倒しで行われる科目も二年生時に単位を取得しなければ、三年生・四年生時にわざわざ駒場キャンパスに通い、下級生に交じって授業を受ける通称「駒バック」と呼ばれる惨事を招く。

教科書等指定された書籍は、生協の書籍部で売っている。それぞれ受講予定の一般教養科目の教科書等を揃えると数万円になるが、必要経費で仕方無い。東大生はほぼ全員生協組合員となっているため一割引きだ。

英語の授業は、高校の英語の授業より楽だった。長文の英語の本を読んでいくだけだ。そのような授業でも単位を落とす学生が居たのは、俊久にとっては驚きであった。

中国語は一から勉強するということで、一人は日本人男性教授、一人は中国人女性教授が担当だ。この時、「中国語を選択して良かった」と多くの学生が実感する。簡単なのだ。少なくとも、他の外国語よりも。語尾が多数に分かれ、動詞等も変化しまくるドイツ語・フランス語のクラスでは、試験前にすすり泣きや嗚咽《おえつ》が聞こえるらしい。

当時、中国で民主化運動が激化し、天安門事件が発生する時期であった。日本人の男性教授は授業そっちのけで中国情勢の話を毎回熱弁《ねつべん》し、中国好きの俊久にとっては非常に興味深かった。

他方、中国人の女性教授は、北京《ペキン》の街角《まちかど》にでも居そうな見るからに人の良さそうなおばさんであった。日本語は喋《しゃべ》らず、中国語のみで授業が進められた。人が良さそうだし日本語が分からないと思ってナメてかかってサボっていた学生が、不合格を意味する「D」という成績を見て愕然《がくぜん》とするのは半年後のことである。

語学は出席を取るので最初は全員出席するが、数回も授業が進むと、毎回出席、たまに出席、全く来ないの三グループに分かれる。出席を取る授業でさえそうだ。まして、出席を取らない一般教養科目では、すぐに三つのグループに分かれる。授業は遅刻・途中退席・居眠りが結構ある。ただ、さすがに東大と言うべきか、それとも当時の大学はまださほど乱れていなかったのか、私語《しご》や飲食は無かった。また、携帯電話を持つ学生はそもそも存在していなかった。

試験前になると、出席していたかどうかにかかわらず、学生はノート集めに奔走《ほんそう》する。各クラスでは、「シケタイ」と略される「試験対策委員」が任命され、授業のまとめを作成して過去問の分析を行う慣習がある。さらに、徒党《ととう》を組んで授業を交代制で録音・テープ起こしをし、外部に流出させたものは厳罰に処するという秘密結社が複数存在していた。また、優秀な学生のノートコピーを仲介して金銭を受け取るブローカーのような学生や、さらには一つのノートを基に交換していき全科目の優秀なノートを揃える「わらしべ長者」学生等々が見受けられる。このように熱心に試験対策を練るのは、東大生ならではであろう。

俊久は、当然ながら必修科目は全て出席した。さらに一般教養科目は興味の赴くままに出席し、興味無い科目と満員電車がきつい一時限目の科目、さらに、成績判定が厳しい「鬼」と呼ばれる教員の科目は極力避けた。このあたりは、今の学生と大差無い。

東大だからといって、面白い、また、物凄く分かりやすい授業なんてそれほど無い。有名な教授の授業だからといって素晴らしいというものでもないし、熱量が全く無い授業もある。他方で、若手教員や無名教員の授業が面白かったりする。東大の教員といっても異常に厳格だったり変人ばかりなわけでもないし、かといって愛想が良いわけでもない。俊久は、堀本、村野、浅尾、里中、大湊らとなんとなく固まって授業を受けながら、そんな当たり前のことに軽い失望感を覚えつつ、四月が過ぎていった。

＊＊＊

この時期に、新入生アンケートが行われた。大学当局《とうきょく》、生協、東京大学新聞（東大の学内新聞）や自治会等が主催する。それぞれ項目に差はあるが、現役・浪人の別、出身県、出身高校、塾・予備校に行っていたかどうかはもちろん、家族構成、親の学歴・職業・年収や一族に東大卒・東大生が居るか等、結構な数の質問に対し記名・無記名で回答する。

今なら「プライバシーの侵害だ」と拒否する学生も多いだろうが、当時はまだそれほど敏感《びんかん》ではなかったのか、強制ではなく任意《にんい》のアンケートなのにほぼ全員が真面目に答えていた。

俊久が答えた中で異色《いしょく》扱いされたのが、親の学歴だった。父・隆義は私立大学卒で、母・華子は高卒であった。俊久の親の世代は、経済的理由もあって男女とも大学進学率が低い時代であり、高卒も珍しくない。しかし、そこは東大生の親である。父親が東大卒のみならず、両親とも東大卒も居た。

さらに、塾・予備校に通ってないこと、地方県立高校出身であること等の条件が加わっての文科Ⅰ類現役合格は珍しいケースであった。

考え方によっては、親が東大卒、本人は都市部の有名高校出身で塾・予備校にも通っていた学生より、いわば逆境《ぎゃっきょう》から勝ち上がった俊久の方が偉いとも判じられる。ともかく、この話はあっという間にクラス内外に広まった。高校生の頃の模試で全国トップレベルの成績だったことはすでに知られていたので、俊久は、クラスにおいて、また、他のクラスの新入生達からも、しばらくは珍獣《ちんじゅう》を見るような目で見られた。

ただ、一般的に東大生の親は高学歴で高収入が多く、学力は経済力の差と言われているが、実際は必ずしもそうではない。結局、本人の努力次第である。裕福《ゆうふく》な家庭でも勉強しない学生は勉強しないし、低収入の家庭でも勉強して東大に入る学生はたしかに存在する。むしろ、普通の家庭・低収入の家庭の子供には、人生を好転させるために東大を目指すという強いモチベーションがあるとも言える。

また、出身高校が地方県立高校とか無名高校である場合、都会の高校・有名高校出身者に比べて東大での学生生活が不利かというと、これまた必ずしもそうではない。東大の授業についていけるかどうかは本人次第だ。また、人間関係においても、授業やサークルに出てこなければ存在自体忘れ去られるのは、有名高校出身者であれ無名高校出身者であれ同じである。

それに、有名高校出身者は高校時代の人間関係・序列《じょれつ》を引き継いでいるケースもある。一からスタートを切ることができる無名高校出身者の方が人間関係において有利と思えることも、実際に多々《たた》あった。

無名高校出身で不利なこととして、アルバイトで塾・予備校の講師をする時に不採用となるケースがある。俊久は塾・予備校講師のアルバイトはしなかったが、同じクラスの地方県立高校出身である文Ⅰの学生が不採用となり、有名私立高校出身の文Ⅲの学生が採用された。看板としては文Ⅰの方が文Ⅲより上なのだが、塾・予備校に通う高校生には有名私立高校出身の東大生の方がウケがいいとのことだった。

受験界隈の評価はそんなものかもしれないが、俊久にとっては地方県立高校出身ということは不利にならず、都会の高校・有名高校出身者も含めて気が合う仲間ができたことは幸いであった。

＊＊＊

俊久が東大生となって初のゴールデンウィークは、運動部の合宿で潰《つぶ》れた。昼間は稽古、夜は飲み会（運動部には当然ながら二十歳以上の学生も多い）続きで散々《さんざん》な目に遭った。さらに行きも帰りも凄まじい渋滞《じゅうたい》のため疲労困憊《ひろうこんぱい》となり、そのまま連休が終わってしまった。俊久は、入学後初めて「虚《むな》しさ」を感じた。ただ、それが後々《のちのち》まで続く虚しさの始まりとなるとは思いもよらなかった。

連休明けになると、入学直後の喧騒《けんそう》が落ち着き、日々の生活がパターン化してくる。これに伴い大学の様子も見えてくると、東大生としての生活は、入学前に想像していたほどには面白くないということに気付く。とくに、受験勉強から解放されたと思ったのも束の間、東大でも授業と勉強、さらに試験があるので、手放《てばな》しで遊ぶことができないのだ。当たり前である。東大入学はゴールではなく、長く続く道の一里塚《いちりづか》、中継点《ちゅうけい》のようなものなのだ。

この頃から授業をサボる新入生は本格的にサボり始めるところ、俊久のように真面目な性分《しょうぶん》のせいで授業に出る分には忙しい。月曜から土曜（当時の大学は土曜も授業があった。今も、土曜に授業を行う大学もある）まで朝早く起き、朝食は簡単に済ませる。宮崎ではありえない満員電車に揺られ、三十分ほどかけて駒場キャンパスに到着する。授業は一日三～四コマ（「コマ」とは「授業の数」のことで、「時間」ではない。大学や授業によって異なるが一コマ九十分等である）程度出席し、昼食・夕食を適当に食べ、帰る。家では、誰も居ない部屋でテレビを観たり、ゲームをしたり、漫画を読んだりしつつ時間が過ぎて眠り、翌朝また起きて登校する。

なんとも単調な毎日だ。家族と離れ、一人になってしまっているので話し相手も居ない。新しい環境と生活への対応で心身が面食《めんく》らっている上に、長年の受験勉強の疲れ、受験勉強から解放された安堵感、さらには不安と焦り等がまさに綯《な》い交ぜの状況だ。こうした状況が精神状態に悪影響を及ぼすことは、想像に難くない。

高齢者が突如違う環境に行くと、混乱して認知症《にんちしょう》等を発症《はっしょう》するきっかけとなることがあるという。さすれば、環境の劇的な変化が忙しさと高揚感に紛れていた四月が過ぎ、ふと我に返る五月こそ、まさに「五月病《ごがつびょう》」の落とし穴に陥りやすいと言える。竜宮城《りゅうぐうじょう》という夢の世界から現実に戻った浦島太郎もかくやである。

俊久は、新入生・新社会人について「五月病」という現象があると知っていた。それでも、憧れの東大に入学して嬉しくてたまらないし、生まれてから小学四年生までは都会で暮らしていたので「五月病には絶対ならないだろう」と思っていた。しかし、五月半《なか》ばから徐々に憂鬱感《ゆううつかん》に苛《さいな》まれ始めた。分かりやすいところでは、お笑い番組を見ても笑えなくなっていく自分に不安が増していった。

体調も優れなかった。宮崎は空気が綺麗で水も美味《うま》い（もっとも、宮崎県内で比較すると、宮崎市は他の市町村と比べると空気は汚く水も不味《まず》い）。俊久が子供の頃からはかなり改善したが、やはり東京は空気が淀《よど》み水も不味い。実際、大学入学や就職で宮崎から上京《じょうきょう》した若者は、「水が合わない」の言葉通り少なからず体調を崩す。

元々都会で暮らしていたとはいえ、宮崎での生活が長かったために、俊久の身体は「浄化」されていたようだ。東京の空気と水で喉・気管支《きかんし》をやられてしまった。五月半ばに咳が止まらなくなり発熱し、出席を取る必修科目の授業だけ這うようにして出席していた。

まさしく、心身両面に及ぶ「五月病」の発症だ。

それでもなお、入学早々に早まって入ってしまった運動部の稽古には参加していた。しかし、次第に居心地が悪いことに気付いた。新入部員が二分化《にぶんか》してきたのだ。授業に出席せず、稽古時間以外もずっと駒場寮内の「部室」にたむろする「多数派」と、俊久のように授業に出て稽古に参加する「少数派」の間の溝が急速に広がっていった。多数派には女子も居る。すなわち、東大女子も授業をサボりグダグダするのだ。入学前には予想もしなかったその醜態は、ある意味新鮮な発見であった。

上級生主導で毎晩のように居酒屋や駒場寮内の部室で、文字通りの「酒盛り」が続く。多数派の新入部員は皆勤賞《かいきん》で、上級生とすっかり打ち解《と》けている。体質的に酒を受け付けない俊久は、参加すらできない。

他方、テニスサークル等に入った連中はちらほらと彼女ができたり、また、楽しげな「合コン」の話をしたりしている。やはり十八歳、楽しい方に心が動くのは当然だ。サークル選びを失敗したという悔恨《かいこん》が頭をもたげてきた。さらに悪いことに、元々ガタイが大きくないので、稽古により体中が痛くなってきた。稽古に行くのが心身ともに苦痛になるのは当然だ。

五月下旬のある日、決定的な事件が起きた。本郷キャンパスで毎年五月に行われる学園祭、いわゆる「五月祭《ごがつさい》」において「発表会」を行った日のことだ。その打ち上げは卒業生も含めた形ばかりのもので、滞《とどこお》りなく過ぎた。その後、多数派との「溝」をなんとか埋めようと、駒場寮内の部室での夜の飲み会に少数派の仲間とともに俊久が参加した時のことである。

いつもは参加しない少数派の新入部員が参加したということで、多数派の新入部員、さらに上級生は大喜びだ。酒がじゃんじゃん出てきた。午後七時に始まった飲み会は、ビールに始まり、日本酒、サワー、焼酎、ウイスキーと進み、午前三時を過ぎる頃にはウォッカへと至った。

俊久と一緒に行った少数派の部員は、多数派や上級生とすっかり仲良くなり大騒ぎをしている。

他方、俊久自身は苦しんでいた。泥酔《でいすい》した上級生が酒を勧めるたびに断り、気まずくなる。このままでは「空気酔い」することが分かっているので帰ろうと思ったが、他の少数派の部員が多数派や上級生と仲良くなったら、以後の活動においてまさに俊久が孤立することは明白だ。なんとか頑張って飲み会が終わるまで居ようと無理して残っていたところ、異変が生じた。

あらゆる種類の酒が「気化」し、また、大人数の「呼気」のアルコール成分が充満した空気を吸い込んだ結果、激しい頭痛が起こり、全身が赤くなって蕁麻疹が大量に出てきた。先の新入生歓迎コンパやオリエンテーション合宿の飲み会を超える、横になることさえできない状態になった。横になって嘔吐すると窒息《ちっそく》してしまうからだ。酒を飲んでもいないのに、なぜこんな目に遭うのか。俊久は、自分の体質が恨《うら》めしかった。さらに、飲み会に出席しないと仲良くならない・なれないという運動部、いや、日本の文化がおかしいと腹が立ってきた。

夜が明けてきたので、なんとか家に帰らなければならない。始発に乗るべく、這いながら駒場東大前駅の改札をくぐった。しかし、そこで力尽きた。階段途中で動けなくなり、激しくえずく。かろうじてホームの水飲み場まで辿り着き、胃の中の物体を全部ぶちまけた。

無人のホームの水飲み場で口を濯《すす》ぎ、割れるように痛い頭を冷やす。ふと見上げると、すでに明るくなりつつある初夏の南の空に下弦《かげん》過ぎの月が浮かんでいた。

その時、俊久は確信した。

「こんなことをしてちゃ駄目だ」

翌日、退部届を提出した。大学生活を運動部の活動だけで埋め尽くすことはできない。酒が苦手なのに、無理に付き合う必要も無い。授業をサボることを美徳《びとく》とする連中に、合わせる必要も無い。

「せっかく苦労して東大に入ったんだ、もっと楽しもう」

帰途《きと》、誓うように呟《つぶや》き、大きく深呼吸した。

この時、「運動部の憂鬱」は終了した。しかし、その後、もっと大きな憂鬱がやってくるとは知る由も無い。

運動部を辞めたことにより、心理的・肉体的負担は激減した。しかし、生活に大きな穴が空いてしまったかのようだ。そもそも、東大に入るために全ての力を傾注《けいちゅう》し、その目標を達成してしまったのが大きい。次の目標は国家公務員試験とはいえ、それは三年後。まだ先の話であり、考える気すら起こらなかった。

いや、それだけではない。受験勉強の疲れ、入学後の疲れ、全てに疲れ何もする気が起こらなくなった。

駒場キャンパスのテニスコートを駆け回る男女学生の歓声が、トボトボ歩く俊久の耳に入る。

（テニスサークルとかに入っておけば楽しかったんだろうな……）

電車の中で考えると一層落ち込む。その時期からサークルに入っても、なかなか馴染めない。それでもいくつかのサークルに連絡を取って顔を出してみたが、入学後わずか二カ月余りでも、その間に培《つちか》われた結束《けっそく》は強く、入り込む余地《よち》は無かった。かえって猛烈な孤独感を覚え、正式に参加する気にはなれずじまいだ。

四月の喧騒が過ぎ、五月に心身が不調となり、さらに運動部を辞めたことにより六月になって完全な五月病になってしまった。当たり前だが、六月であっても「五月病」だ。五月病で済めばいいが、この孤独感は、俊久のそれまでの人生で味わったことが無いものだった。家に帰っても話し相手が居ない。目が覚めても自分が自分じゃないような気がする。大学に行ってもサークルに入っていないので居場所も無い。授業の合間にクラスの連中と話すが、共通の話題はそれほど無い。

本郷キャンパスにおいては、法学部の希薄《きはく》な人間関係は「法学部砂漠《さばく》」と呼ばれる。長年の勉強の疲労と将来への不安やプレッシャーも相俟《あいま》って、心身に変調《へんちょう》をきたす学生も少なくない。しかし、駒場キャンパスでの教養学部においても、受験勉強の疲労、いわゆる「燃え尽き」症候群《しょうこうぐん》、さらに生活環境の変化で心身に変調をきたす学生は存在する。そう、俊久も、その闇、「駒場砂漠」とでもいうようなものに呑み込まれつつあったのだ。

＊＊＊

俊久は、日に日に落ち込んでいった。

（この状態は普通ではない。なんとかしなければならない）

考えれば考えるほど、さらに落ち込んでいく。未成年ということを別にしても、酒は飲めないので、酒で紛らわすことはできない。とにかく何かしなければならない。手当たり次第に気が紛れそうなことをやっていった。

まずは麻雀だ。駒場キャンパス周辺には数軒の雀荘《じゃんそう》があった。麻雀は高校生の頃までゲームでやったくらいで実践経験は無かったが、クラスの麻雀グループのメンツに加えてもらい雀荘に入り浸るようになった。時には徹夜であったが、酒が無い分、運動部の飲み会よりマシだ。また、異常に面白かったのも事実である。一カ月ほど、寝ても覚めても麻雀をしていた。

しかし、麻雀仲間というだけでは真の友達になるべくもない。孤独感・虚しさは癒《いや》されず、むしろ増した。俊久の麻雀があまりにも堅実《けんじつ》で、かつ、ほとんど勝っていたことも真の友達関係に発展しなかった理由だ。次第に誘いの声がかからなくなった。

麻雀は性格が如実《にょじつ》に出る。ひたすらガードを固めて大物手を狙《ねら》わず、早上がりとベタオリを繰り返す麻雀は「専守《せんしゅ》防衛自衛隊麻雀」と揶揄され、一緒にやっていて面白くないとのことだった。

麻雀は、法学部に進学後、さらに官僚になってからも嗜《たしな》む程度の趣味にはなり、ほとんど負けることが無かったのは、この時の修業《しゅぎょう》の成果と言える。ただ、大学教授になった後は打っていない。今の学生がほとんど麻雀をしないのは幸いである。もし学生と麻雀をすれば、勝っても負けても何かと問題になりかねない。

ギャンブルと言えば、定番《ていばん》はパチンコだ（厳密《げんみつ》にはギャンブルに分類されないが）。俊久は、子供の頃から「十八歳になったらパチンコに行こう」と楽しみにしていた。宮崎県は全国一のパチンコ県ということも影響したのかもしれない。小学校の卒業式の日、担任教師に「大人になったら何をしたいか」と一人ずつ訊《き》かれた際、月並《つきな》みな回答では面白くないと考えて「パチンコをしたい」と答え、教室全体を沈黙させたことがある。

それ以来ずっと、十八歳になりパチンコに行く日を心待ちにしていた。しかし、実際に行ってみると煙草の煙が凄まじい。禁煙のパチンコ屋もあったのかもしれないが、当時は発見できなかった。マスクをして何度か通ったが、服や髪の毛にも付く煙草の臭いにげんなりしてしまい足が遠のいた。俊久が再びパチンコに行くようになるには、禁煙のパチンコ屋が増えてくるまでなお数年の時が必要だった。

そんな暗中模索《あんちゅうもさく》の日々の中、駒場キャンパスの自治会の掲示板で、一条《いちじょう》の光となるビラが目に留まった。

「巨人ファンのサークルを立ち上げます。賛同《さんどう》して発起人《ほっきにん》となってくれるメンバーを募集します。学年・学部・性別問いません。興味がある人は、今度の神宮球場でのヤクルト戦に行きましょう！当日は駒場東大前駅渋谷側改札に午後二時集合です」

「これだ！」と俊久は瞬間的に思った。普段は自治会の掲示板なんて政治関係のビラしか貼《は》ってなくて見もしないのに、この時に限ってよく見たものである。

今から新設《しんせつ》されるサークルなら、馴染めないということはない。初期メンバーになれる。呼びかけ人の男子学生は一年生なので、上下関係も無い。それより何より、俊久は生まれついての熱狂的巨人ファンであった。子供の頃、巨人の多摩川《たまがわ》グラウンドによく練習を見に行っていた。その後、引っ越した宮崎は、言わずと知れた巨人のキャンプ地だ。

東大には、それこそ山のようにサークルがあった。もちろんプロ野球のファンサークルもあったが、なぜか阪神《はんしん》ファンとヤクルトファンのサークルだけだ。東京の大学で、また、プロ野球ファンで最も多いのは巨人ファンなのに、巨人ファンのサークルが無いというのはおかしな話である。

当日、俊久が勇んで集合場所に行ってみると、十人ほどの学生が集まっていた。意外にも、わずかながら女子学生の姿もある。簡単に話すとそれぞれ学年も学部もバラバラで、誰もが初対面だ。ただ、お互いに「巨人」という共通の話題があるため、すぐに打ち解けることができた。

「誰のファン？」

「私は原《はら》（辰徳《たつのり》）よ！　カッコイィッ！」

「僕は桑田《くわた》（真澄《ますみ》）だな。エースナンバーにふさわしい」

「マジ？　俺は斎藤雅樹《さいとうまさき》だ。最近すげーよな」

「今年は藤田《ふじた》（元司《もとし》）監督になってどうかな？」

「優勝だ！」

「日本一だ！」

先ほどまでお互いに見ず知らずだった東大生集団は、和気藹々《わきあいあい》と京王井の頭線に乗り込んだ。車内では、言い出しっぺの一年生男子が巨人の選手の応援歌の楽譜と歌詞のコピーを配り、即席《そくせき》で練習だ。

俊久がプロ野球公式戦を見に行くのは、名古屋に住んでいた当時、巨人ファンであることを隠してひっそりとナゴヤ球場に何度か行って以来である。

渋谷駅で地下鉄銀座線に乗り換え外苑前《がいえんまえ》駅で降りると、そこここで双方《そうほう》のファンが気勢《きせい》をあげている。チケットとメガホンやハッピ等を買い込み、巨人側すなわちレフト側の外野席に陣取る。試合が始まり覚えたての応援歌を歌っていると、ついこの間まで宮崎のテレビで観ていた球場に自分が居ることの非現実感が強く襲ってきて、思わず吐き気を催す。しかし、すぐ我に返り大声を出していると、何か吹っ切れたような気がしてきた。

試合は巨人が勝った。サークル立ち上げの日、そして俊久の新たな出発の日に幸先がいい。

その後、渋谷の居酒屋で祝杯《しゅくはい》をあげつつ自己紹介、さらにサークルの役員決めや今後の方針等を話し、最後は巨人の球団歌《きゅうだんか》『闘魂《とうこん》こめて』を大合唱してお開きだ。楽しかったというより、自分の居場所ができたという安堵感が大きい。また、酒を飲まなくとも他のメンバーから何も言われなかったことも嬉しかった。

このサークルは、他大学への勧誘活動、さらにテレビ出演等によりどんどん規模が大きくなり、大学卒業時には二百人規模、三十年以上経った現在ではOB・OG総数は千人を超えている。活動は首都圏で行われる巨人戦観戦が中心だったが、シーズンオフも活動し、飲み会、カラオケ、合コン、旅行、海水浴、スキー等多様な活動を行った。もちろんメンバー同士での恋愛もあり、俊久の大学生活の重要な一面を占《し》めるに至った。

その年の巨人は王貞治監督から藤田元司監督となり、「スルメ野球」というキャッチコピーで「地味ながらも確実に勝つ野球」にシフトしていた。開幕前の予想を覆《くつがえ》しセ・リーグ優勝。さらに近鉄との日本シリーズでは、宮崎市の北にある佐土原町《さどわらちょう》（現・宮崎市）出身の近鉄・加藤哲郎《かとうてつろう》投手の「巨人はロッテより弱い」発言（本人によると発言していないということだが、実際、三戦目までの巨人はあまりにも不甲斐《ふがい》なかった）により、三連敗後の四連勝を成し遂《と》げ、日本一に輝くという一番いい年に当たったのも幸運だった。巨人の選手の顔触れは今振り返ると懐かしい面々《めんめん》で、月日《つきひ》が経つのは早いものである。

＊＊＊

俊久にとっては待望《たいぼう》のサークルという居場所ができたとはいえ、普段の生活が大幅に変化したわけではない。サークルのメンバーは学年も学部もバラバラであり、頻繁《ひんぱん》に顔を合わせるわけでもない。携帯電話が普及していない時代だ。「時間が空いたからちょっと呼び出して飯《めし》でも食べよう」とはならない。

七月になり気温が上昇してくると、暑さによりさらに心身の憂鬱が増していった。夜、なかなか寝られない。コンクリートで固められた大都会・東京の方が、自然が残る宮崎より夜は暑い。

さらに、宮崎と東京では「時差」がある。東京の方が日の出・日の入り時刻が三十分ほど早いが、体《たい》感《かん》的にはもっと時差があるように感じる。なかなか寝られないでいるうちに、夜が明けてしまう。百人一首における清原深養父《きよはらのふかやぶ》の歌に倣えば、「夏の夜は　まだ宵ながら　明けぬるを　雲のいづこに月宿るらむ」である。外が白々《しらじら》としてくるともう眠れない。睡眠不足が俊久の疲労を倍加《ばいか》させた。

狭いワンルームに一人居ると、「東大に入ったからといって全てがバラ色というわけではない」という当たり前のことが嫌でも身に沁みてくる。ワンルームではなく、広めの部屋を借りた方が気分的には良かったのかもしれない。たとえば京王線本線ならば、調布《ちょうふ》駅以遠《いえん》で各駅停車しか停まらない駅付近の物件なら、同程度の家賃で広い部屋を借りられたはずである。さらに、元々「痩せの大食《おおぐ》い」を地《じ》で行く大食いなのに、食費の面から腹一杯食べることもできない。東京に居ても、夏休みをともに過ごす友達も、もちろん彼女も居ない。

折しも、消費税・リクルート事件等により参《さん》議《ぎ》院《いん》選挙で自民党が大《たい》敗《はい》し、世の中が騒《そう》然《ぜん》としてきた。

世の動きもさることながら、俊久にとっては東京に居ること自体が苦痛だ。夏休みになるとすぐ、逃げるように宮崎に帰った。宮崎までは飛行機で一時間半ほどだが、陽射しが、空気が、水が違う。四カ月ぶりに家に帰ると懐かしい。帰ったその日から、美味いものを腹一杯食べた。

高校の同窓生達も、どんどん帰ってきていた。お互いに電話で連絡を取り、朝からボウリングやバッティングセンター、ゲームセンター、さらには海、食事、カラオケと、文字通り明け方まで遊びまくった。勉強しなくていい夏休み。小学生の頃は宿題の『夏休みの友』や自由研究等があったので、小学生の頃より自由な夏休みだ。

友達と遊ばない日は夕方まで寝たり、ゲームをしたり、漫画を読んだり、心ゆくまでのんびりできた。浪人していれば、そういうわけにはいかない。俊久及び大学に合格した者達にとってみれば、本当に合格して良かったと思える日々であった。

八月になると、高校の教師から、「東大を目指す三年生に受験の心構えや東大生としての生活について話をしてくれないか」と依頼された。高校生の頃は苦しい日々だった。気分的には高校には行きたくもないし、教師達の顔も見たくない。しかし、いわば凱旋《がいせん》である。教師達がどのような対応をするかの興味もあり、顔を出すことにした。

久しぶりに行った高校は、俊久の目には妙に眩しく見えた。在学中は灰色のイメージしかなかった。卒業式の日も「もう二度と来るもんか」と、さっさと帰宅した記憶が甦る。しかし、東大生となって行くと、風景が全然違って見える。三月の東大合格発表後に宮崎に帰った時と同じく、認識の主体である俊久の変化により、認識の客体である高校についての認識が変わったのだ。

俊久は勇んで職員室に行き、数人の教師と大学生活について若干話したが、話はそれほど盛り上がらなかった。当たり前だ。元々反感を持っていた教師にいくら愛想良くされても、そう簡単に敵意は消えない。猫嫌いがいくら優しく声をかけても、猫が逃げていくようなものだ。逆に、俊久は、いくら猫を怒鳴ったり威嚇《いかく》したりしても、猫の方から擦り寄ってくる。全ては以心伝心《いしんでんしん》、気配で伝わるのだ。

講演では、夢を持っているであろう高校三年生に対し、東大生としての生活について、どの程度本当のことを話していいか分からなかった。「合格で全てが終わるのではなく、まだまだ勉強と苦悩《くのう》の日々がある・ありうる」と話すと、受験勉強のモチベーションが下がるだろう。そこで、東大合格の瞬間がどんなに幸せなものかということを強調し、それを励みに頑張ってほしいと締めくくった。これからどのような受験生活を送るのだろうか。一年前の自分の姿がオーバーラップする。お守りにしたいと求められ、数人の生徒にサインしたが、「宗教の教祖《きょうそ》様みたいだな」と妙な気分になった。受験まで半年、心身を壊さずに無事に乗り切ってほしいと思いつつ、帰途についた。

＊＊＊

お盆《ぼん》に高校の同窓会が行われた。朝八時に高校のグラウンドに集合し、夕方まで延々とソフトボールをし、夕方から宴会だ。通しで参加するのが原則だが、ソフトボールのみでも宴会のみでも参加可能という、かなり異色のスケジュールであった。

このスケジュールはその後も毎年夏の同窓会に受け継がれていったが、真夏にソフトボールを朝から八時間程度やるということ自体、四十歳を超えて以降は体力的に厳しいスケジュールである。昼の部の参加者が年々減少し、とうとうソフトボールは打ち切りと相成《あいな》った。

当時、「同窓会を八月十五日の夜十時（この時間はありえない）から、高校の教室（この場所もありえない）でやるので出席してください」という謎の電話が、俊久の家を含むかなりの数の同窓生の家にあった。「若い男性の声だが誰もその電話の主を知らず、実際に行ってみたら無人」というまさに怪事件である。

この電話は大学四年生時まで続いた。浪人した奴の嫌がらせという説もあったが、四年間毎年続いたので、そうではなかった。今でも謎であり、同窓会で話題になる。

「いたずらにしては期間が長過ぎる。八月十五日の夜が集合時間ということからして、あの世に帰る前の幽霊《ゆうれい》の仕業《しわざ》ではないか」

確認のしようは無いが、そういうことになっている。

そのソフトボールと居酒屋には、懐かしい顔が多数あった。興味深いことに、関東地方に行った者は宮崎弁のままなのに、関西地方に行った者はすでに関西弁になっていた。宮崎人にとってみれば、関西弁は馴染みやすいのかもしれない。

宮崎弁は訛《なま》りが結構きつく、さらにイントネーションが独特である。日本でも滅多に無いタイプの方言《ほうげん》で、言語分類学上特殊な方言とされている。昨今は東国原英夫《ひがしこくばるひでお》元知事により認知度が高まったが、当時はどこに行っても笑われたり通じなかったりで、コンプレックスを持つ者が多かった。その点、俊久は元々標準語を話すので苦労しなかった。頼まれて東京で同窓生を集めて標準語講座を実施したことがあったが、イントネーションだけはどうにもならなかったものだ。

一人ずつ近況《きんきょう》報告をした後、宴会開始だ。高校生の頃は勉強ばかりだった集団だが、わずかばかりの大学生活でいろんなことを覚え、経験し、皆、ほんの少し大人になっていた。大いに話し大いに笑う。男女関係無く、苦しい高校生活を戦い抜いた戦友《せんゆう》だ。

一次会終了時、誰かが「花火をやろう」と言い出した。コンビニで大量の花火を買い込み、大淀川に向かう。宮崎市役所前の橘橋《たちばなばし》のたもとの河川敷《かせんじき》で、次々とロケット花火を打ち上げ、点火《てんか》したねずみ花火を投げつけあい、爆竹《ばくちく》をバンバン鳴らし始めた。高校生の頃は優等生集団だったので、このようなことをするのは初めてという者が多い。数少ない女子もはしゃいでいる。精一杯の羽目外しだ。脳内でドーパミンが出てきて、一同、夢の中に居るようないい気分に酔いしれる。

そうこうするうち、赤色灯《せきしょくとう》が回転しながら近づいてきた。サイレンは鳴らしていないが、パトカーだ。スーッと停まり、年配《ねんぱい》と若手の二人の警官が降りてきて、「花火集団」をジロリと見回す。

「何か事件があったのですか?」

「あんたらの花火が事件だ」

若手警官が花火を指差しながら苦笑《くしょう》した。付近住民に通報されたのだ。うっかりにもほどがある。通報されたと分かっていたら逃げの一手《いって》だったのだが、まさか自分達が通報されると思っていないので、自ら警官に話しかけた。いかにも悪いことをし慣れていない優等生集団らしい。

年配の警官に、「どこの学校ね」と尋ねられた。皆、旧帝大《きゅうていだい》クラスの国立大学や医大・医学部の学生ばかりだ。正直に言ったところ、「そんな大学の学生達が、こんなことをするはずがない」と信じてもらえない。

東大、それも文科I類、すなわち法学部の俊久が、代表として警官と話をつける羽目になってしまった。俊久の選択肢としては、警官とややこしい話をするよりも、一人で一目散《いちもくさん》に逃げる手もあっただろう。しかし義侠心溢れる俊久は、仲間のために正面から警官と向き合った。

あえて堂々と学生証を提示し、掛けあう。

「河川敷でこの時間に集団で花火をする行為が、法律・条例等に違反しているかどうかを確認したいのですが……。仮に違反しているとしても、同窓会後にちょっと羽目を外しただけなので、すぐに退散《たいさん》します」

「法律・条例等には違反していないが、うるさいと苦情が出ているんだ」

「すぐに帰るんで、今回は穏便にしてもらえませんか」

「……ゴミは持ち帰って、気を付けて帰ってください」

年配の警官が最敬礼《さいけいれい》をして話はついた。

無事解決し、朝までカラオケ大会だ。上手い下手《へた》関係無く全員歌いまくる。俊久も喉が裂《さ》けるまで歌いまくった。

お開きになり店外に出た。至る所でカラスがゴミを漁っている夜明《よあ》けのニシタチ（宮崎市最大の繁華街「宮崎市橘通西」のことをニシタチと呼ぶ）に昇る真夏の朝陽が、俊久には妙に眩しく見えた。高校生だった半年前には、こんな時間にここに居ることは無かったのだ。感慨に浸りつつ、始発のバスに乗り込み帰途についた。

＊＊＊

当時、東大の一年生・二年生は、九月上旬に夏学期の試験として、夏学期完結の一般教養科目と、半期ごとに実施されることになっている語学、すなわち英語と第二外国語の試験を受けなければならなかった。お盆が終わり高校の同窓生達がそれぞれの大学の地に戻っていくと、宮崎にとどまっている俊久としてもさすがに試験を意識し、勉強せざるをえなくなる。つまり、「勉強しなくていい夏休み」は終わったということだ。

東大には、東大合格がゴールと思って「もうこれ以上勉強しなくて済む」と考える学生が多い。その結果、燃え尽き症候群になったり、心身に変調をきたしたりすることになる。再度勉強する気を奮《ふる》い立たせるのは、沸騰《ふっとう》して一旦火を消して冷めたお湯を再度沸《わ》かすが如く厄介なものである。俊久は五月半ばごろから心身が摩耗していた上に夏休みに遊びまくっていたため、半年ぶりに試験勉強をするのは非常に苦痛であった。

自宅の机に座ると、不思議な気分になった。半年前までは「東大の受験勉強」をしていた机で、今は「東大の試験勉強」をしているのだ。現実味が無くて、頭に全然入らない。それに、東大の試験がどんなものか全く分からないので、不安だらけだ。夏休み前にクラスの「試験対策委員、いわゆるシケタイ」から過去問と対策をまとめたものは受け取っていたが、担当教員が違うため、今年どのような問題が出て、どのような基準で単位が出されるかは不明だ。

今と違い、インターネットは無く、メールも無い。さらに、当時すでにNTTの他に電話会社が参入していたとはいえ、東大の同じクラスの友達に電話するのも電話代がかさむ時代であった。宮崎で一人で試験のことを考えると、次第に眠れなくなる。

「必要な単位さえ取れれば法学部に進学できる。いい加減にすればいいじゃないか」

心の声が聞こえた。現に多くの学生はそうするであろう。高校までと同じく、東大でもいい成績を取ろうと頑張ったら、際限《さいげん》が無くなる気がする。

「手を抜くなら今だ。高校と大学は違うんだ」

夜、布団の中で何度自らに言い聞かせたことだろう。

しかし、九月初め、東京の部屋で一人、高校生の頃のように徹底的に勉強をしている俊久が居た。悪い成績を取ったことが無いので、悪い成績を取ることがどのようなことか分からず怖いのだ。そんな恐怖に怯《おび》えるくらいなら、納得するまで勉強した方が楽であった。手を抜くのが怖くて手が抜けない。勉強するかどうかで悩むくらいなら、さっさと勉強してすっきりしたい。損な性分でもあり、また、今でもしばしば陥る「もやもや」しがちな精神状態の一因でもあった。

試験は一週間ほどで終了した。思っていたより簡単で、おそらくはいい成績であろうことは確信できた。ただ、意外にも、クラスの他の連中は難しかったと騒いでいる。「わざとそう言っているのではないか」と思ったが、本気で難しく感じたようだ。

試験が終わると、九月一杯の秋休みだ。やることも無く、東京に居ても仕方無いので、再び宮崎に帰った。何のことはない。試験のためだけに東京に出てきたようなものだった。

九月末まで全くのフリーだ。再度宮崎に帰ったはいいものの、高校の同窓生達はほとんど居ない。テレビを観たりゲームをしたり漫画を読んだりくらいしかやることが無いが、これでは東京に居るのと変わらない。

（宮崎ならではのことを何かしたい。それも、無性に身体を動かしたい）

そう思いつつなんとなくテレビを観ていると、サーフィンの風景が映った。

当時も今も、宮崎はサーフィンの聖地《せいち》である。俊久は、元々海が好きだった。幼稚園の頃は水泳が嫌いで泣きじゃくっていたが、小学生の頃に克服して以降、水泳は得意になっていた。

テレビ画面の中のサーファー達は楽しそうだ。これも何かの縁、サーフィンをするしかないと思い立つ。善は急げだ。早速電話帳を見て、宮崎市青島《あおしま》にあるサーフショップに連絡した。サーフボードは中古で三万円ほどで、その後にかかる費用はワックス代くらいだ。金銭的負担はほとんど無い。

ただ、家から青島まで車で三十分はかかるが、自分の車が無い。そもそも、まだ自動車免許を持っていない。たまたま家に居た父・隆義を説得して車に乗せてもらい、サーフショップに急行した。

サーフショップの店長は、脱サラして東京から宮崎に移住したとのことで、綺麗な標準語を話していた。俊久が東大生であることを告げると、「じゃあ、今日から『東大クン』って呼ぶね。東京、懐かしいなー。いろいろ今の東京のことを聞かせてね」とにこやかに受け入れてくれた。この時、俊久は、自分が宮崎人ではなく、すでに東京人になっていることに気付いた。

早速中古ではあるが綺麗に磨《みが》かれた青と白のサーフボードを受け取り、海に出て、簡単な手ほどきを受ける。何回か波を逃した後、サーフボードが波と一体化してスーッと動いた。そこでサッとサーフボードに立ってみたところ、あっさりと直立《ちょくりつ》でき、そのまま波打《なみう》ち際《ぎわ》まで乗り続けることができた。店長によると「筋はかなりいい。すぐに上手くなるよ」ということで、お世辞《せじ》かもしれないが、俊久にとっては嬉しかった。

サーフショップに戻ると、男女入り交じった多くのサーファーが思い思いに喋ったり酒を飲んだりしている。俊久が自己紹介すると、店長が「東大クンって呼んであげてね」と補《おぎな》った。最初は皆、新入り東大生を珍しがったが、しばらく話すうちに普通の人間だと思ったらしい。宮崎弁丸出しのタメ口で話し始める。たまたま家の近所に住んでいるメンバーが居て、俊久が自動車免許を取るまでという条件で、車で送り迎えしてくれることになったのは幸いであった。

その後の秋休み一杯、さらには翌年以降の夏休み等、宮崎に滞在《たいざい》中は、波の状態がいい朝早くに海に出かける生活が続くことになった。かなり上達《じょうたつ》し、大会に出ることも勧められたが、「息抜きのためにやっているのに、大会に出るようになったら息抜きじゃなくなる」と断り続けた。日本人は、趣味でもすぐに大会だとかの目標を作りたがる。サーフィンに限らず、「趣味は本来の仕事等の息抜きであるべきで、息抜きのままにしておくのがいい」というのが、今に至るまで俊久の信念である。

サーフィンで知り合った仲間には、医者、学校の先生、県庁職員等の堅い職業の他、漁師、飲み屋経営者、キャバクラのお姉さん等が顔を並べる。普通に東大の学生生活を送り、普通に就職していたら決して知り合うことは無いであろう人々と交流できたのも貴重な経験となった。

＊＊＊

九月一杯で秋休みが終わると、東京に行かねばならない。しかし、俊久は、どうしても行きたくなかった。東京に、大学生活に、独り暮らしに戻るのが苦痛であった。サーフィンも覚えたし、何より両親と居ることができ、美味い飯を腹一杯食べられる宮崎にいつまでも居たかった。

東京に行く日が迫ってくる九月下旬、宮崎市中心部の橘通りの本屋に行くと、大阪の大学に入学したはずの高校の同窓生・曾我《そが》と出くわした。

サーフィンで小麦色に日焼けした俊久が、真っ白な肌の同窓生に声をかける。

「同窓会に顔を出していなかったけど、どうしたの？」

「大阪に馴染めなくて……。五月病になって宮崎に帰ってきて、今は休学中なんだ。宮崎に居る分にはなんとか元気だけど、大阪に行かなきゃならないと思うと気分が悪くなってどうしても行けない。高校の頃からの疲れも出たみたいで、病院に通っているんだ」

覇気《はき》の無い虚《うつ》ろな目をしつつ、高校の頃、男子のムードメーカーだった明るいキャラとはかけ離れたか細い声で答えが返ってきた。

食事をしながら話すと、高校の同窓生の中には同じような状況に陥っている者が居るとのことだった。心に変調をきたしたり体調を損ねたりで宮崎に戻りそのままとどまり続ける者、それぞれの大学の地には行くものの今でいう「引きこもり」になる者。休学、さらには退学した者も居るとのことだ。過酷な受験勉強の疲れが抜けない、さらに宮崎を離れた新生活に馴染めないのは、俊久だけではなかった。

それにしても、宮崎は暮らしやすい。たしかに若者にとって「面白い」ことは少ない。たとえば、テレビは、当時も、今も、そして未来もそうであろうが、地上波の民放が二局しかない。当時、衛星放送はほとんど無く、ケーブルテレビもインターネットも無い時代だ。情報格差どころの話ではない。また、今でも、欲しい商品を注文しても、届くまでに一カ月くらいかかることもある。遊ぶところは少なく、東京・大阪・福岡まで行かねばならないことがある。世間が狭いため、くだらない話がすぐ知れ渡る。

都会の人は「田舎暮らしに憧れる」とよく語るが、田舎の不便さ・世間の狭さにとても耐えられないだろう。

ただ、そのマイナスを考慮してもなお、俊久にとって宮崎は東京より暮らしやすい。なんといっても空気は綺麗で、水も食べ物も美味い。台風は多いが、晴天率も高い。海に山に自然が溢れている。それで十分と言えば十分だ。それもあって、俊久は首都圏の大学ではなく、地元の大学で教鞭《きょうべん》をとっている。

俊久は、あえて明るく「元気になったらカラオケにでも行こう」と約束して曾我と別れた。ただ、その約束は現在に至るまで実現していない。曾我は元気になることも復学《ふくがく》することもなく、高校の同窓会名簿の音信不通《おんしんふつう》者リストに名前が載っている。

第四章　勉遊《べんゆう》は弓張月《ゆみはりづき》のように半々で

——一年生の秋から冬

やはり東京に行かねばならない。信心深《しんじん》い俊久は、お彼岸《ひがん》の墓参りで先祖代々《せんぞだいだい》にご加護《かご》を願い、意を決して東京に向かった。暑さ寒さも彼岸までというが、九月下旬の宮崎はまだ暑い。しかし、わずか一時間半の飛行時間を経て降り立った羽田空港は、すでに肌寒かった。東京モノレール・山手線・京王線本線を乗り継ぎ上北沢の部屋のドアを開けると、当然ながら真っ暗で、長い間閉め切っていたため湿気がこもり、カビ臭い。台所の排水口《はいすいこう》からはドブのような臭いがした。

壁に「宮崎に帰るまであと九十日」と書いた紙を貼った。まるでアニメ『宇宙戦艦ヤマト』のエンディングだ。冬休みになったら、宮崎に速攻《そっこう》で帰るつもりだった。授業の日程上、十二月二十二日には宮崎に帰ることができるので、正確には「あと八十五日」だ。ただ、クリスマスに東京で女性と過ごすことになった場合を考えて、十二月二十七日を帰省日《きせい》に設定したのは、せめてもの意地であった。

せっかく東大に入った、いや、せっかく東京に居て時間があるのだから、楽しまないと勿体無い。渋谷や新宿等で周りを見渡すと、多くのカップルが目に入る。どこか遊びに行ったり買い物したりするのも、一人では虚しい。男友達と行くのもいいが、やはり女性と行きたいのが人情《にんじょう》というものだ。

昨今はかなり事情が変わったが、バブル期の若者は、クリスマス・イブには恋人と過ごすのが常識だった。お洒落なホテルは予約で一杯、デートスポットもカップルで溢れ、クリスマスプレゼント商《しょう》戦《せん》も華々《はなばな》しく行われていた。そのため、交際《こうさい》相手が居ないとかなり肩身《かたみ》が狭い。

「必ずクリスマスまでに彼女を見つける」

固い決意を書き記し、壁に貼った。今にして思えば、彼女は見つけようと思って見つけるものでも見つかるものでもないが、十八歳の男子なんてそんなものだろう。

いかに女性と知り合うか。通常、大学内で知り合うことが多いだろう。しかし、そこは東大である。女子が他の大学より、かなり少ない。せめて文Ⅲであれば少しは女子が在籍しているが、文Ⅰにおいてはまさに数えるくらいだ。また、とくに授業に出席している女子は、軽く声をかけることを拒否するオーラを発している。

東大生男子が女子と知り合うのは、主にサークルだ。東大生女子は少ないが、俊久が入学当初に戸惑ったように、東大のサークル、とくにテニス等のサークルは、「男子は東大生限定、女子は東大生以外限定」というケースがある。つまり、東大のサークルには、他大学の女子学生が多数参加している。東大生女子にとってみればいい面《つら》の皮《かわ》だが、東大生男子がそのようなサークルに入り彼女を見つけることはよくある話だ。

しかし、俊久はサークルに入り損ねたので、この方法は無理だった。巨人ファンのサークルは創設《そうせつ》間《ま》も無いため、まだ他大学には進出していない。

座していても何も始まらない。幸い、巨人ファンのサークルには学年と学部がバラバラの面々が集まっている。飲み会の席で、誰言うとなく「なんとかクリスマスまでに彼女が欲しい」という話になり、顔の広い上級生が他大学の女子との「合コン」をセットすることになった。

（他大学の女子とお友達になれるかもしれない）

クラスの連中が合コンをしまくって彼女をゲットしたという話を聞いていた俊久は、胸がときめく。日程が二週間後に決まると、いろいろ準備を始めた。高校生の頃は女子がほとんどおらず、そもそも受験勉強一色だったため、まともに女子と話していない。東大に入ってからも、ほぼ皆無《かいむ》である。

まずは外見《がいけん》から整えなければならない。昨今は洗練《せんれん》されてきたのかもしれないが、当時、東大生のとくに男子はファッションセンスが無いとされていた。高校生の頃までファッションに気を遣う余裕が無かったため、大学生になってもそのままであったり、服は母親任《まか》せであったりという者も多い。

俊久は子供の頃から自分で服を買っていたが、それは、日本製のものしか身につけなかったこと、さらに、縫製《ほうせい》がしっかりしているか等を確認して買うためだ。ファッションセンスやコーディネート等を考えたことは無かった。元々マニュアル本等は読まない主義だったが、さすがにそういうわけにはいかない。生まれて初めて男性向けのファッション誌を購入して読んでみたが、参考にならなかった。モデルは、何を着ても似合うからこそモデルになりえたのだから当然だ。

仕方無く、渋谷や新宿、原宿に行き、店員に相談しながら当たり障《さわ》りの無いもので揃えることにした。その中のとある店で、田舎者と思われて「総合コーディネート」と称するコース、総額二十万円を申し込めと迫られてローンを組まされそうになったが、逃げ出して事無《ことな》きをえた。

さらに髪型については、元々理容室で切っていたが、有名な美容室に飛び込みで行き、事細《ことこま》かに注文をつけ、少しでも格好良く見えるような髪型にしてもらうよう頼み込んだ。髪が異常に多く、髪質が硬く、かつ、天然パーマであるため、美容師が苦心惨憺《くしんさんたん》していたのはやむをえまい。

さらに、合コンで何を話せばいいのかというマニュアル本等も目を通したが、実際はケースバイケースなのであまり参考にならない。今考えれば、無理するより自然に任せた方がいいと分かるが、当時は純情な青年だ。どうしてもあれこれ考えてしまう。合コン前夜は、小学生の頃の遠足の前の晩のように興奮して眠れなかった。

週末の夜、待ち合わせ場所の渋谷のハチ公前に行くと、五人の女子大生が待っていた。都内の有名女子大の一～三年生だ。華やかな服装もさることながら、全員、前髪が「トサカ」になっている。いかにもバブル期の女子大生で、田舎者にはとてつもなく眩しい。

予約してある居酒屋に行き、座敷に上がり対面で座る。一人ずつ自己紹介し、飲み会が始まった。

男性陣は、皆、彼女が居ないというか、女性とあまり話したことが無い面々である。地方出身者も多い。それに対し、五人組は東京のお嬢《じょう》様で、非常に気後れした。会話をしようにも、何を話したらいいか分からない。「ご趣味は」なんてお見合いじゃあるまいし、共通の話題が無い。

俊久は一番年下で見かけも中学生みたいなため、他の出席者を差し置いて話すことは気が引けて黙っていた。とうとう、隣の奴が沈黙に耐えられず、勉強の話をし始めた。東大生の中には、あまり趣味が無く、勉強の話くらいしかできない者も居る。このような席では、言うまでもなくドン引きされる。

　当然のことながら全く盛り上がらず、途中からはお通夜《つや》のようになってしまった。電話番号も聞けず、二次会の話も出ず、その場でお別れだ。男性陣だけで反省会としてカラオケに行ったが、皆、落ち込んでいた。今までの人生で挫折《ざせつ》の経験が少ないだけに、かなりのショックだ。世の中には、自分の思い通りにならないことがある。そんな当たり前のことを、あらためて認識させられた一日であった。

　この後、俊久は、合コンの経験を重ねてコツをつかんで、何人かの女性とお友達になった。ただ、いまだにこの初めての合コンのことが忘れられない。ほろ苦いがちょっと甘い、そんな懐かしい思い出である。

＊＊＊

　翌週の昼食時、合コンの失敗談を堀本と村野に話したところ、やはり似たような経験をしていた。三人とも彼女が居ない。そこで、「度胸試しにナンパに行こう」ということになった。堀本は東京人で背が高いので、見栄《みば》えはいい。つかみの部分は関西人の村野に期待し、俊久は話の引き出しが多いということで話題担当だ。

ナンパと言えば、渋谷センター街である。当時すでに治安が悪化し始めていたが、まだ、ナンパするためにウロウロすることはできた。

十月下旬の週末、やや肌寒い夕刻《ゆうこく》、整髪料で髪をビシッと固め、似合いもしないスーツを着込んだ三人の東大生が歩き始めた。しかし、三人組の女性というのが居そうで居ない。また、大学生か二十歳前後の社会人でなければならない。高校生に声をかけるわけにもいかず（声をかけること自体はいいのだが後ろめたい）、また、見るからに「玄人《くろうと》」の方も遠慮せざるをえない。当時、「援助交際」という言葉は一般的ではなかったが、それに類するものはあった。また、「美人局《つつもたせ》」は存在していたので、警戒は必要だ。

小《こ》一時間ウロウロして、ようやく条件に適合する三人組の女性に出くわした。

季節は秋にもかかわらず、初夏のようなブルー、イエロー、グリーンのパステルカラーのボディコンスーツが目を引く。肩パットがいかにもバブルだ。ハイヒールで闊歩《かっぽ》するたびに、黒髪のワンレンストレート、茶髪《ちゃぱつ》のソバージュ、そして栗色髪の聖子《せいこ》ちゃんカット（当時すでに流行遅れになっていたが）が揺れる。ハイヒールを履《は》いている三人とも、俊久とほぼ同じ背丈《せたけ》だ。都会風の華やかな美貌《びぼう》に加えスタイル抜群、若く健康的な女性特有のキラキラオーラを振りまいている三人組は、まるでトレンディドラマから飛び出してきたかのようだ。

関西人のノリで村野が声をかける予定だったが、いざとなると度胸が無いのか、足がすくんで動けない。東京人で夜の渋谷の雰囲気には慣れているはずの堀本も、「別のにしよう」と逃げ腰だ。

一時間待ってようやく見つけた三人組である。すでに足は棒のようだし、寒い。とにかく暖かい店で座りたかった俊久が、意を決して声をかけた。

「こんばんは。食事に行きませんか!」

ど真ん中真《ま》っ向《こう》勝負であった。

いきなりのナンパに、三人ともパッチリ二重の黒い瞳《ひとみ》を見開き、一瞬戸惑い、続いて大笑いする。

変に思った俊久が気色ばむ。

「何で笑うの?」

「キミ、一人じゃん。三人分奢《おご》れるの?」

三人組がさらに大笑いしながら切り返してきた。

俊久が後ろを見ると、堀本と村野の二人が一目散に逃げていくのが見えた。受験戦争において数万人のライバル相手に戦う度胸はあるのに、目の前に居る見ず知らずの女性と話す度胸が無いのだ。

仕方無い。「二人が戻ってくるまで」として、俊久は一人で三人組の女性と立ち話することにした。この三人と食事に行くことはおそらく不可能だろうが、話し方の練習にはなると思ったのだ。

話すと、二十歳のＯＬ（今となっては死語か）、それもハウスマヌカン（明らかに死語）、すなわち当時の女性達が憧れたアパレルショップ販売員だ。道理《どうり》で洗練された服装をしている。

仕事帰りに食事に行く途中とのことだ。俊久はスーツとネクタイ姿だったものの、童顔のため高校生に見えたらしい。「十八歳の大学一年生」と告げると、「カワイィッ！　ご飯を奢るからついてこない？」と誘われた。

今だったら、危険と思ってついていかないだろう。ただ、三人組ということは美人局ではないだろうし、ぼったくりの怖い店とかに行きそうだったら逃げればいい。瞬時《しゅんじ》に判断し、ついていくことにした。度胸が据わっているとも言えるが、また、好奇心もあった。半年ちょっと前には宮崎の高校生だったのに、今、東京で、見ず知らずの年上イケイケ女性三人組と食事に行く。まさに「面白い」経験であることは間違いない。

ついていった先は、以外にも庶民的な定食屋だ。三人とも接客《せっきゃく》のみならず、事務仕事もしているということで、派手目の外見と異なり堅実そうで真面目だった。三人に酒が入ると、俊久は、「お姉さん」に質問攻めにされた。

「彼女居るの？」

「……いいえ」

「独り暮らし？」

「はい！」

「出身どこ？」

「宮崎です。宮城《みやぎ》じゃないですよ。九州の南の方です」

矢継《やつ》ぎ早《ばや》に質問が飛び、俊久が答えるごとになぜか分からないがケラケラ笑う。真っ赤なルージュに彩《いろど》られた艶《あで》やかな唇が、そのたびに楽しげに形を変える。

三人とも地方出身で、自分が東京に出てきた頃を思い出すようだ。当然の流れで、俊久は大学名を尋ねられたが、「東大」と言うと楽しい雰囲気を壊しそうで、「この近くの大学です」とぼかして答えた。三人組の「へー。じゃあキミ、すぐに格好良くなるよ」という反応からして、青山学院大学の学生と思われたようだ。

食事代は、本当に奢ってくれた。店を出る時に、三人のうちの一人、黒髪のお姉さんが、「今度、二人でご飯食べよっか？」と、手書きで自宅の電話番号を書いた名刺《めいし》を俊久に渡した。携帯電話が普及していない時代、自宅の電話番号を教えてくれるということは大きな成果であった。

三人が手を振りながら、スクランブル交差点をJR渋谷駅方面に去っていく。夜の帳《とばり》の中で人混みに紛れていくその後ろ姿は、「やや」の曲『夜霧《よぎり》のハウスマヌカン』そのものだった。

京王井の頭線渋谷駅の改札に向かう途中、俊久は今までのことが夢の中の出来事だったような気がしてきた。頭を冷やすため、さらに、食事を食べた気がしなかったため、「駅そば」をかき込んで帰途についた。

一応、「初ナンパ」としては中の上程度の出来であろう。俊久が家に帰り、電話番号が書いてある名刺を見ながら、「いつ、どうやって電話しよう」と一晩中悶々《もんもん》としたことは言うまでもない。自宅に電話をかけるとは、昨今の携帯電話、メール、ラインとは心理的負担が全然違う。ただ、独り暮らしということで、黒髪のお姉さんの父親がいきなり電話に出ることは無かったわけだが。

翌日、電話番号を教えてくれたお姉さんに意を決して電話し、その後数回、サシで食事をした。バブルの象徴・ワンレンストレートの濡《ぬ》れ羽《ば》色の髪と艶《つや》っぽい大きな黒目が印象的な色白美人だった。やや垢抜《あかぬ》けたとはいえ、まだまだ田舎者、さらに童顔で子供っぽい俊久だ。それ以上の段階に進展するべくもない。ただただ憧れのお姉さんとの食事を楽しむだけだった。

都会の妖精《ようせい》は、しばらくして「家庭の事情で田舎に帰らなきゃならなくなったの……」と、仕事を辞めて北の故郷に帰っていった。

東京のど真ん中、渋谷でナンパしてバブルお姉さんと知り合う。俊久が今振り返っても別世界の話のようで、まさに「面白い」経験であった。

＊＊＊

次の授業の際、俊久が堀本と村野に会うなり「逃げるとはひどいじゃないか」と冗談ぽく詰め寄ると、「あの後どうなったんだ」と逆に質問された。

状況を話すと、「お前度胸あるよ。俺達は、もうナンパは無理だ。自分達がいかに小心者《しょうしんもの》か分かった」と自嘲《じちょう》気味に二人が呟く。「そんなこと言わずにまた行こうよ」と誘ったが、ついに堀本は応じてくれなかった。

他方、村野は地方出身でやはり淋《さび》しいらしく、「なんとか女性の友達が欲しい。ナンパ以外で何かいい方法は無いだろうか」ということになった。

時は秋。全国各地の大学で「学園祭」が行われる時期である。学園祭には当然女子学生も来る。街中《まちなか》でナンパするよりも遙かにたやすく二人組の女子学生は見つかるだろうし、また、トラブルに遭う危険度は低い。近辺《きんぺん》の大学の学園祭に行って、なんとか活路《かつろ》を見出《みいだ》そうということになった。

東大の学園祭については、本郷キャンパスの五月祭は終わっており、駒場キャンパスの駒場祭《こまばさい》は十一月下旬だ。協議の結果、直近の慶應大学三田《みた》キャンパスの学園祭に行くことになった。

当日、ようやく着慣れてきたスーツ姿の二人が慶應大学三田キャンパスの門をくぐると、いろんな催し物が行われていた。学園祭の定番と言えばアイドルのコンサート、バンドや芸人のライブ、さらにお堅いものも含めた講演会等である。学生は模擬店を出店《しゅってん》したり、サークルの活動に応じた発表・展示等を行ったりする。

いわゆる「恋人リサーチ」も全盛《ぜんせい》だった。住所・氏名・電話番号・生年月日・所属大学等を記入して運営（サークル等主催者）に預けると、最適《さいてき》とされる恋人候補を紹介される。また、掲示板に貼り出された中から恋人候補を探すこともある。

個人情報の観点から今ではありえない企画《きかく》だが、当時はどの大学の学園祭でも行われ、学生や時として独身の大学教員等も参加して、黒山《くろやま》の人だかりができていた。

こういった催し物や模擬店巡りだけでも十分楽しめるが、やはり目的は女子学生（それも美人か可愛い）とお友達になることだ。実際、慶應大学の学園祭ということもあってか、女子学生の姿も多かった。

俊久は、先日のナンパの際に三人組ＯＬの一人の黒髪お姉さんと知り合いになっていたので余裕があり、「今日は村野のためになんとかしてやらなきゃ」という気になっていた。このあたり、いかにもお人好《ひとよ》しだ。

いざとなれば「恋人リサーチ」があるが、慶應大学の学園祭の恋人リサーチで東大ということを明かすのは気が引けるので避けたかった。

ちょうど心理学専攻学生が、当時はまだ珍しかったパソコンを駆使した占いコーナーを出店していた。俊久は子供の頃から占い好きである。ちょっと覗《のぞ》いていこうと中に入ると、隣の席に女子学生二人組が座っていた。見た目は可もなく不可もなくといったところで、二人とも秋物のブラウン系のセーターに黒を基調《きちょう》としたミディ丈のプリーツスカートを合わせている。似たようなコーディネート、さらにお揃いのシルバー腕時計、色違いの赤と黒のパンプスが、仲良し二人組ということを表していた。

村野にも外見の好みがあるであろうと思い、一応「声をかけていいか」と確認してから、手前の女子学生に「どこの大学?」と尋ねた。ナンパの時の経験で、ほんの少しだけ自信がついていた。ただ、それよりも、数時間あてもなく繁華街をウロウロしなくていいことが、気持ちに余裕をもたらしていたと言える。

警戒されると思ったが、その女子学生は、意外にもあっさりと大学名を答えた。都内では名の通った女子大だ。俊久が、あえて軽く「せっかくだからこの後、一緒に回らない?」と誘ったところ、これまた意外にもあっさりと了承された。「何が『せっかく』なの?」と問い返されたら返答に窮《きゅう》するところであったが、結果オーライだ。おそらくは、俊久達二人を慶應大学の学生と思っているのであろう。当然声をかけられる展開もありうべしと期待し、誘いを待っていた気配だった。

とりあえず模擬店で焼きそばを食べて簡単に自己紹介をし、催し物のいくつかを覗く。ただ、目的は学園祭を楽しむことではない。最低限電話番号を交換し、次へ繋《つな》げることだ。はっきり言えば催し物なんてどうでもいいのだが、打ち解けるためには重要な過程《かてい》だ。

日が傾いてきた頃、俊久が「この後、食事に行こう」と思い切って誘った。ここで断られたら、この一日は徒労《とろう》であったことになる。答えを聞くのが怖いのか、村野はまた逃げ出しかねない気配だったので、その足を踏んづけていた。女子学生二人が目を合わせ、しばしの間があった後、「行きましょう」と微笑む。ここまでは成功だ。

キャンパス近くの手頃なレストランに行きあらためて自己紹介することになった時、大きな問題があることに気付いた。先日の渋谷でのナンパの際には、俊久は相手のお姉さん達に東大生と言い出せなかったし、言う必要も無かった。その後も、おそらくは青山学院大学の学生と思われたまま、黒髪のお姉さんと食事していた。

それに対して、今回は慶應大学の学生と間違われている可能性が高いので、本当は東大生であると言わねばならない。彼女達が慶應大学の学生と知り合いたいと思っていたなら、騙《だま》されたと思って帰ってしまうかもしれない。

しばし逡巡したが、思い切って東大生だと打ち明けた。

「興味ある講演会があったから慶應大学の学園祭に来たら、偶然にもあなた達に出会った」

とってつけたような嘘だ。帰られても仕方無いと思いつつ反応を待っていると、あにはからんや、二人の女子学生の反応は意外なものだった。

「東大生と知り合いになれたのは初めてです。本当に嬉しい」

もちろん俊久も嬉しかったが、村野は、俊久が初めて見るほどの笑顔をしていた。

二人とも俊久達と同じ一年生、東京人で、実家から大学に通っているとのことだ。俊久達が地方出身で独り暮らしをしていると話すと、珍しいらしくいろいろ質問してきた。また、東大の内部のことか授業内容とか、興味があるようでかなり話が弾んだ。

帰り際、当然の如く電話番号を交換し、再会を約束して別れた。今では携帯電話が普及し、メールやラインもあるので、連絡先をゲットするのは容易《ようい》だ。しかし、当時は、とくに相手が実家に住んでいると電話番号を聞き出すのはかなりハードルが高かった。電話をかける場合、相手の親、とくに父親が出たらどうしようとか、意を決して電話をかけたら本当に父親が出て「間違えました！」と慌てて電話を切ったりしたものである。

ただ、相手の家族が出た場合でも、「東京大学の者です」と言えば態度が大歓迎モードに変わることが多かった。とくに相手の母親が出た場合には、こちらが東大生と分かると本人と話すよりも話が弾むことも少なくない。また、母と娘ということで声がそっくりのため、本人と間違えて母親をデートに誘い、「私で良ければ」と冗談で返されて大笑いとなることも珍しくなかった。

三年生時に一度だけ、女性の母親とデートしたことがある。本人と思って待ち合わせていたところ、電話で娘のフリをしていた母親が登場したのだ。娘の相手を見定《みさだ》めようと思ったのか、東大生ということもあって本気で「狙われた」のか定かではない。食事を奢ってもらったが、その最中《さいちゅう》、大人の女性の色香《いろか》に惹かれたことは否めなかった。

今では相手の家の固定電話にかけることがほとんど無いため、そのような微笑ましい、時として魅惑《みわく》的な状況は無いであろう。

帰り道、俊久は村野に大変感謝された。ただ、二人のうち多分俊久に好意を持っていた方、より美人であった方を気に入ったらしく、「なんとか自分にアタックさせてくれ」と頼み込んできたのには閉口《へいこう》した。とはいえ、普段の雑談の中で村野の育った家庭が経済的に苦しく苦労したとか聞いており、実際、村野は風呂無し・トイレ共同のいかにも「昭和」なアパートに住んでいたので譲ってしまった。このあたり、本当にお人好しである。

数日後、村野が「デートの約束が取れた」と満面の笑みを浮かべて報告してきた。だが、そのデートの翌日、「喧嘩別れしてしまった。譲ってくれたのに本当にすまない」と泣きそうな顔で言ってきた。

俊久は怒りというより、譲ってしまった自分の甘さに眩暈を覚えた。

仕方無いのでもう一人と連絡を取り、何度か食事をしつつそれぞれの友達を呼んで合コンをしたりしたが、そのうち連絡しなくなった。「もしあの時、美人な方を村野に譲っていなかったら」と、しばらくは悶々としていた。

この「学園祭作戦」は、一人では難しい。村野とはこのような状況になってしまい、他の心当《こころあ》たり数人に声をかけたが賛同者はおらず、続行は不可能となった。

＊＊＊

俊久は、なんとか彼女を見つけようとあがきつつも、授業にはきちんと出席していた。冬学期の授業は、十月初めから始まる。英語・中国語の語学、体育、さらに通年科目、すなわち四単位の一般教養科目の授業は夏学期と同様に継続し、半期、すなわち二単位の一般教養科目については学期ごとに増えたり減ったりの変動がある。

九月初めにあった夏学期試験の成績を事務室で受け取ったところ、試験を受けた際の手応え通り、体育実技を含め全て「A」であった。すなわち、東大でも成績は高校までの「オール５」のようなものだ。

周りの連中は単位を落として追試《ついし》を受けたりしており、名門高校出身者も含めクラスでは「全A」は俊久だけで、あらためて驚かれたし、俊久自身も非常に驚いた。

「東大ってこんなものか」

拍子抜けした俊久は、教室の隅でAが並んだ成績表を見つめながら呟き、フウッと嘆息《たんそく》した。名門高校出身でないと東大の授業についていけないというのはデマであり、本人次第なのは明白だ。

ただ、他方、これで「東大でも、これからも全て『A』でなければならない」という高校生の頃と同じような強迫観念《きょうはく》に捉われつつあった。

（一つでもBがあれば気楽になれたかもしれないのに……）

まさに贅沢《ぜいたく》な感想を抱いたが、もちろん口に出すわけにはいかない。シレッとして冬学期の生活を送っていた。

基本、どの授業も自由席である。出席者の多寡《たか》にかかわらず、どの授業でも教室を見渡すと、それぞれにメンバーが固定された塊があった。俊久は、相変わらず、堀本、村野、浅尾、里中、大湊らと固まって授業を受けていた。世間が広がっていないと言えば、それまでである。

人気がある授業や必修科目の授業では、最前列に数少ない女子学生や真面目な男子学生が陣取り、熱心に授業を受けていた。さらに、テープレコーダーがずらりと並ぶ。試験に備え、一字一句落とさぬよう「テープ起こし」をして完璧なノートを作成するためである。友達やサークル等でメンバーが結成《けっせい》され、交代制で授業に出席・録音・テープ起こしを行う。随時完璧なノートがメンバーに配布され、試験前には教科書・参考書とそのノートで勉強する。

参加メンバーが多いと、それぞれの出席回数は少なくて済む。ただ、メンバーが増え過ぎると、メンバー以外へのノート流出、いい加減な担当者による粗雑《そざつ》なノートというリスクが高まる。よって、多くても十人程度の信頼できるメンバーで結成するのが通例であった。十人ならば、出席は二単位の科目全十五回(当時)のうち多くて二回、四単位の科目全三十回(当時)のうち三回程度で済む。試験前に完璧なノートを一科目分でも持っていると、他の科目のノートと交換コピーすることでどんどんノートが揃っていく。最終的には全科目完璧なテープ起こしノートを手に入れるのが理想であり、時として現金を渡してでも入手するのが通例であった。

パソコンやワープロを持っていない学生が多かった時代だ。皆、せっせと手書きでテープ起こしをし、試験前にはノート集めに奔走していた。駒場キャンパスの生協には一枚十円のコピー機があったが、駒場東大前駅の南側には一枚八円のコピー専門店があった。一枚あたり二円「も」安いし、客が少ない時は店員が即時に超速《ちょうそく》でコピーしてくれ、大量のコピーの場合は預けておくと指定した日時にコピーしておいてくれた。時期を問わず東大生でごった返しており、大繁盛《だいはんじょう》であった。

俊久の入学当時プレハブ小屋だった建物は、二年後には鉄筋コンクリート造の自社《じしゃ》ビルになった。ただ、今では、パソコンやスマホでテープ起こしをし、録音そのものとともにインターネット経由でメンバーに一斉送付するため、コピー屋の需要は大幅減と考えられる。

俊久が今教えている大学では、真面目にノートを取る学生は居るが、スマホやICレコーダー等(テープレコーダーではなくなった)で授業を録音する学生は居ない。逆に言えば、東大生はやはり真面目で、ある意味、心配症なのであろう。

それにしても、教員達はさぞ授業がやりにくいに違いない。教える側にとってみれば、度忘《どわす》れ、勘違い、言い間違いや余計な雑談が全て録音・記録され、活字となって流通するなんて、大変なプレッシャーである。

授業については、大学にも体育の授業があるというのは、大学に行っていない人にはあまり知られていない。週に一コマ開講《かいこう》される必修科目（当時）であり、体育実技の単位を落とすと進学・卒業できないのだ。

といっても、出席日数がよほど足りない等でない限り、単位は貰える。学生にとってみれば、友達同士の顔合わせ・運動不足の予防解消・気晴らし程度の意味である。体育の教員が教えるので、体育についても「東大教授」が存在する。教員達は運動について研究しているわけで、他大学の学生に比べ格段《かくだん》に体格・体力・運動能力が劣る東大生は、体育大学の学生とは逆の意味で研究上は貴重なサンプルなのである。

種目としては、半年の学期ごとにいくつかの球技《きゅうぎ》や集団競技等が設定され、好きなものを選択することができる。競技変更も自由に気の向くままであり、俊久の場合はソフトボール・バドミントン・テニス・卓球等を選択したが、他にサッカーやバレーボール、ハンドボール等もあった。

ここで驚くべきことが発生した。俊久が何をしても、周りの学生より「上手い」「速い」「強い」のである。俊久は高校まで成績は基本的にオール5だったが、体育だけは5が取れないことがあった。なんといっても高校までは背が低かったため、体力と運動能力はあっても絶対値《ぜったいち》として背が高い連中にかなわないことがあった。身長がモノをいうバレーボール等の競技が主の学期の成績は、「3」のこともあった。

しかし、俊久は、大学一年生の時点で身長は標準より少し低いまでに追いついていた。すなわち、体力と運動能力そのものは元々優れていたため、体育の授業において他の東大生を遙かに凌駕《りょうが》していたというわけだ。

俊久が目を疑ったのは、ボールを投げられない学生が居たことである。目の前に叩きつけるのだ。赤ん坊の頃に駄々《だだ》をこねる時に物を投げているはずなのに、本当に不思議でたまらなかった。さらに、バットやラケットとボールやシャトルが当たらないことにも驚いた。軌道《きどう》を見ると上下にかなり離れている。また、タイミングが速過ぎ・遅過ぎで、ボールやシャトルが来る遙か手前でバットやラケットを振ったり、とっくに通り過ぎてから振り始めたりしている。

本当に頭が良い人間は脳の活動が活発で、身体の制御《せいぎょ》能力が高く運動能力も高いという研究がある。たしかに、理論的には首肯《しゅこう》できる。しかし、俊久の目の前の現実は大違いであった。ソフトボール等、まともにできる学生だけでは人数が足りず、試合になりもしないのだ。その辺の小学生の方がよっぽど上手い。

体力測定と運動能力測定もあった。研究のサンプル、文部省(現・文部科学省)へのデータ提供のためだろうが、そこでも驚くべき結果が出た。なんと、俊久は、その日に測定した文Iの学生の数百人中、一位になってしまったのだ。

それはそうだろう。ソフトボール投げでは軽々《かるがる》と上限突破。野球をやっていた頃は主として投手、サード、外野をやっていたので当然だ。外野からキャッチャーまでノーバウンド送球、少し後なら「イチロー的レーザービーム」と称されるであろう強肩《きょうけん》は衰えていなかった。腕立て伏せは、一回もできない学生が半数という驚きの状況の中、軽々と百回以上をこなし強制終了。百メートル走では、途中で息切れしてふらつく学生を尻目《しりめ》に十二秒台。身長が低いので歩幅《ほはば》が狭いと不利になる反復横跳び等では低得点に甘んじたが、総じて上限近くまたは上限突破であった。

高校まではさすがに体育では学年一位になることは無かったが、東大で少なくとも当日測定した学生の一位になってしまい、俊久自身、非常に妙な気分であった。やはり、東大生には幼い頃から勉強ばかりしてきた学生が多いということであろうか。

しばらくして測定担当の教授から呼び出しがかかり、「どこか運動部に入ってくれないか」という依頼があったが、即座に断った。せっかく運動部を辞めたのに、また運動部に入る気は無かった。

＊＊＊

生活の中で重要なのは食事だ。俊久自身、独り暮らしを始めた当初、意気込《ご》んで自炊《じすい》しようとした。しかし、心身の不調とともに外食や弁当屋・コンビニの弁当に流れるようになっていったのは仕方無いことではある。当然と言えば当然だが、東大生、とくに男子学生で自炊している者はごく少数だ。

朝は買い置きのパン等で軽く済ませ、授業が無い休日や授業が早く終わって家に帰った後の昼食・夕食は、近所の商店街にあるラーメン屋・定食屋等、時として弁当等を買ってきて家で適当に済ます。大学に行く場合は、昼食、時には夕食も、大学及びその近辺での外食がメインになる。駒場東大前駅の東大側の坂を下っていったところに大盛りで有名な蕎麦《そば》屋があり、駅の南側の商店街には定食屋等とコンビニがあった。

まだ十代後半、食べ盛りである。俊久は元々太らない体質だが、大変な大食らいなだけに食費はどうしてもかさむ。かといって、節約すると腹が減って心身が不調になる。そこで、価格が安い学生食堂、すなわち「学食《がくしょく》」に頼ることになる。

当時の駒場キャンパスには、生協のところにある学食と、今は無き駒場寮の入寮者向けだが他の学生も利用できる「寮食《りょうしょく》」があった。

当時の「首都圏大学学生食堂ランキング」では、一位が法政大学の市ヶ谷キャンパスの学食で、二位が東大本郷キャンパスの学食であり、東大駒場キャンパスの学食は六位となっていた。しかし、俊久は、本郷キャンパスの学食と食べ比べた実感で、駒場キャンパスの学食の方が好きだった。というのは、本郷キャンパスの学食には無い「寿司」が駒場キャンパスの学食にはあったからだ。デザートもあり、甘党の俊久には貴重な「糖分」源であった。

カレーは粉っぽくてお世辞にも美味しいとは言えなかったが、「半カレー」という小盛りのカレーが百円というのはまさに価格破壊だ。ある時、俊久が半カレーに「大盛り」券を追加してみたらどうなるかと思い実験してみたら、店員がニヤリと笑って「普通盛り」を出してきた。なかなかトンチのきいた店員だと感心したが、これまでも同じような実験をする学生は居ただろうから、あしらい方も慣れているのだろう。

なんといっても低価格で、二人前食べてもまだ定食屋の定食より安かった。一緒に授業に出ている友達と学食に行き、二人前の定食や寿司・カレーを頼むのが常であった。

「寮食」は、駒場寮の入寮者向けの食堂だ。そのためかどうか分からないが、価格は「学食」より若干安く、また、学食とメニューが異なるので、学食のメニューに飽きた時に都合《つごう》が良かった。

寮食の周辺に目を転じると、多数の猫がおこぼれを貰えると分かっていて集まってきていた。猫嫌いにはとんでもない状況であるが、大の猫好きの俊久にとってみればたまらない情景であり、しばしば猫見たさに通っていた。おこぼれを貰っている猫は栄養状態が良く丸々と太っており、日なたでのんびり昼寝している姿は平和そのものであった。

時として目の前で子孫《しそん》を作る行為をするという暴挙《ぼうきょ》、いや、壮挙《そうきょ》を行うほど、人間に慣れていた。

その尊《とうと》い行為が見られたしばらく後には、産まれたての子猫が母猫について餌《えさ》をねだりに来るという、今流行《はや》りの「猫カフェ」でも到底《とうてい》実現不可能なシチュエーションに俊久は心癒されていた。

今、駒場寮は取り壊され、このような風景は無い。のどかな昭和の風景を残す貴重な場所であった。

東大構内は、東大生や東大の教職員だけが居るわけではない。他大学の教職員・学生、出版社等の各種業者、さらに観光客や修学旅行生、散歩する近隣住民、果ては政治・宗教の勧誘やキャッチセールス等々、実に多様な人々が出入りしていた。また、冷暖房完備《かんび》、テレビがあってお茶・水が無料の学食は、近隣の「ホームレス」の方々の格好の滞在地となっていた。

俊久は、興味を持ったことはとことん調べる。一度、学食の閉店時間に仲間の数人でホームレスの後をつけていったところ、やはりというか、新宿や代々木の公園に帰っていった。もちろん、ホームレスの後をつける方もつける方ではある。

本郷キャンパスは門のところに守衛《しゅえい》が居てガードがやや堅い（それでもよほど怪しくない限り咎められることは無い）のに対し、当時の駒場キャンパスは守衛が不在のことがあり、よりオープンであった。主な出入り口は南の駒場東大前駅に面した正門で、東の渋谷側と西の下北沢側に門があり、さらには北のグラウンドの果てにも門があった。賑やかなのはやはり正門であり、必然的にサークルや政治・宗教団体の立て看板が林立《りんりつ》していた。

正門の正面にある校舎で多くの授業は行われ、向かって右すなわち東に図書館と事務室、さらにその奥に駒場寮があり、そこから左、すなわち北に行くと生協・学食・サークルの部室が入っている建物があった。

普通に歩いていると、しばしば声をかけられる。目を惹くほど美しい女子学生が「愛について語りませんか?」とか、いかにも生真面目《きまじめ》そうな男子学生が「日本の将来について勉強しましょう」とか誘ってくる。ホイホイついていくと、政治・宗教団体のアジトに連れていかれ、合宿だ、セミナーだとわけの分からないことに巻き込まれることになる。

普通のサークルを装《よそお》い、何も知らない学生を勧誘するケースも多い。とくに地方出身者は孤独に付け込まれる。サークルに加入して活動するうちに、気付いたら政治・宗教団体にどっぷりはまって抜けられないということも珍しくはない。東大生は、政治団体にしても宗教団体にしても最高レベルの勧誘ターゲットであり、幹部候補生なのだ。

ある時、俊久が生協で購入した重い荷物を持って歩いていると、目がどこか遠くの世界に行っている男子学生に「持ってあげましょう」と無理やり荷物を奪われた。取り返そうと追っていくと、駒場東大前駅の南にあるアパート二階の怪しい団体の部屋に逃げ込まれ、守衛に頼んで同行してもらって、やっとのことで荷物を取り返したことがある。

当時、構内でウロウロしている見知らぬ人物には近寄らないのが賢明《けんめい》であった。そのこと自体は、今も変わっていない。

＊＊＊

日々が慌ただしく大学生活に慣れるのに大変だった新入生も、この時期になるとほとんどがアルバイトをしていた。東大生のアルバイトの定番は、家庭教師や塾・予備校講師である。当時、いずれも時給五千円程度が相場《そうば》だ。地方出身者は仕送りを補うため、自宅から通う者は小遣い稼ぎのためで、結構な額の収入になっていた。

しかし、俊久は、家庭教師や塾・予備校講師は一切しなかった。現在は大学教授をしているように、人に物事を教えるのは得意である。にもかかわらず、家庭教師や塾・予備校講師をしなかった理由は、高校生の頃に死ぬほど受験勉強したため、しばらく受験勉強にかかわりたくなかったからだ。俊久は、大学入試どころか高校入試の問題も見るのも嫌だった。それでも、中学生・小学生の一般的な勉強をみることくらいはできたが、やらなかった。

一人っ子で塾にも予備校にも行かず現役で国立大学に合格したので、無理にアルバイトせずとも仕送りで生活していけたこともある。しかし、もっと根本《こんぽん》的な要因として、余計な拘束《こうそく》が面倒だった。心身の調子が優れないこともあり、急に休みたくなっても休めないのは困る。また、長期休みで宮崎に帰りたくても帰れない。何より、大学の授業にきちんと出席した上に、継続的に「何曜日の何時から何時までどこどこに行く」ということを増やしたくなかったのだ。

こういうわけで、俊久は、家庭教師や塾・予備校講師のみならず、継続的なアルバイトは一切しなかった。といっても何のアルバイトもしなかったわけではなく、日払《ひばら》いの交通量調査や印刷会社の製本等をやっていた。

一番長続きしたのは、競馬《けいば》・競輪《けいりん》・競艇《きょうてい》のガードマンのアルバイトだ。登録制で都合のいい時だけ出勤でき、さらに時給・日給《にっきゅう》が高く、日払いであったことも魅力だった。それに、大好きな競馬・競輪・競艇を間近で観られることが大きかった。

ガードマンは勤務中は馬券等を購入できないし、当時、学生は馬券等を購入できなかったが、レースを観ているだけで心躍った。また、休憩室《きゅうけいしつ》で親くらいの年代のおじさんガードマン達と、麻雀、花札、チンチロリン、いわゆる「伝助《でんすけ》」等をするのが楽しかった。ほとんど勝っていたが、おじさん達がわざと手を緩《ゆる》めてくれていたのか、本当に実力で勝っていたのかは定かではない。

自宅から通う学生はさておき、地方出身の東大生は、親戚宅や寮に住むケースもあるが、駒場キャンパスに通う間は駒場キャンパス周辺、駒場東大前駅がある京王井の頭線、下北沢駅乗り換えで小田急線、明大前駅乗り換えで京王線本線等、それぞれの沿線《えんせん》に部屋を借りることが多い。独り暮らしの場合は、ワンルームマンションや「〇〇荘」といった古いアパート等に住んでいた。昔ながらの食事付きの下宿はまだ残存《ざんぞん》していたが、下宿入居者は俊久の周りの東大生には居なかった。

当時のワンルームマンションは文字通り「ワンルーム」で、玄関を入ってすぐに通路兼台所、風呂・トイレ・洗面台が一緒のいわゆる三点ユニットバス、申し訳程度の収納、部屋の広さ（というか狭さ）は六畳から八畳が主流であった。

俊久が合格発表直後に借りた京王線本線の上北沢駅近くの物件は、部屋の中に本棚と机、さらに炬燵とテレビを置くと、寝るスペースがやっと取れるくらいであった。ベッドはとても置けないので、寝る時に布団を敷いて起きる時に上げるしかない。台所は狭く、小さい冷蔵庫を横に置いたら身動きもできない。必然的に自炊は困難で、台所は埃《ほこり》を被《かぶ》ることになった。さらに、室内外には洗濯機置き場が無く、共同のコインランドリーだった。

当時、ワンルームマンションは都会暮らしの象徴として憧れの存在であり、また、多くの場合、バブル期の投資・投機《とうき》の対象となっていたので、結構な家賃であった。そのため、予算の関係上、風呂無し・トイレ共同の古いアパートに住んでいる東大生も少なからず居た時代だ。俊久は部屋を綺麗にしていたが、友達宅に行き、部屋のあまりの惨状《さんじょう》に足を踏み入れることを断念したことも多い。男子大学生の独り暮らしの部屋なんてそんなものだ。

狭いとはいえ、他に誰もおらず、友達を呼んでも、また、遊びに行っても気兼《きが》ねはいらない。入学から時間が経過したこの時期になると、お互いの家を行ったり来たりするようにもなる。

もちろん、お互いの家に泊まるには政治・宗教や妙な商売に手を染めていないことを確認した上でなければならないのは言うまでもない。さらに、俊久は酒が苦手で煙草も嫌いなので、相手が二十歳になっていても部屋の中では酒を飲まないこと・煙草を吸わないことという条件が加わる。

友達の中でも、愛知県出身の浅尾とは気が合った。名古屋という共通の話題がある上に、過度なガリ勉でもなければ司法《しほう》試験志望者でもなく、育った家庭環境も似ていたからだ。偶然にも近所に住んでおり、泊まり込んで話したりゲームをしたりし、翌日一緒に登校していた。

夜、ジュースを飲み、お菓子を食べながらそこはかとなく思いつくままに話す。夜中の三時頃になると視界がかすんできて、時間がゆっくりと流れ出し、別世界に居るような気がしてくる。明け方になると、些細《ささい》なことで笑いが止まらなくなるのもまた一興《いっきょう》だった。

「一年前には全く知らなかった友達と、東京で一晩語り明かす、また楽しからずや」

そんな楽しい日々を過ごした浅尾は卒業後、地元の名古屋の民間企業に就職した。俊久とは卒業以来、話していない。進路が違えばそんなものだろう。

＊＊＊

十一月の声を聞くと、一層侘《わび》しくなってきた。やはり宮崎と東京では、数字以上に「時差」がある。

初夏の頃の夜明けの早さとともに、秋から冬にかけての日暮れの早さに俊久は驚かされた。ちょっともたもたしていると暗くなり、冷たい風とともに青白い月が昇り始める。元々、秋の夜空《よぞら》は寂《さび》しいものだ。南の空に「みなみのうお座」の一等星・フォーマルハウトがぽつんと輝く情景は、寂しさを一層際立《きわだ》たせる。

春先と同様に、秋は心身に変調をきたす者が多いという。自律神経の関係ともされるが、そう言われればそうだ。百人一首における大江千里《おおえのちさと》の歌に倣えば、「月見れば　ちぢに物こそ　悲しけれ　わが身ひとつの　秋にはあらねど」である。

俊久がふと周りを見渡すと、クラスで、サークルで、休学したり退学したりする学生もちらほら出始めていた。東大に入ることで燃え尽きた者、東京での生活に馴染めず心身に変調をきたした者、本当は別のことをやりたいのに「東大」に入りたいがために本意ではない学部を選んだ者、時として政治・宗教活動に引き込まれた者、いろんな理由でそれぞれが姿を消していった。

俊久も、日々、憂鬱感・不安感を打ち消すために懸命にあがいていた。十一月下旬には駒場キャンパスの学園祭「駒場祭」に巨人ファンのサークルで模擬店を出店したが、気分が優れず通《とお》り一遍《いっぺん》にしかかかわれなかった。寒空《さむぞら》の下で火の番をして徹夜したため、風邪をひき高熱を発して寝込む日々が続く。寒い部屋で一人、這うようにして買ってきた弁当を食べていると、無性に涙が出てきて止まらない。

東欧《とうおう》社会主義国家では革命が起こり、ベルリンの壁が崩壊し、世界が激動していた。絶対起こらないだろうと思っていた非現実的な出来事とその風景を見ていると、この世界全体が夢・虚構《きょこう》の世界であるかのような錯覚《さっかく》に捉われる。かのイギリス人哲学者、バートランド・ラッセルの言うところの「世界五分前仮説《かせつ》」の如く、「この世界は実はほんの少し前に始まったのかもしれない」と真剣に考えるようになった。

まさにこの世は夢幻《ゆめまぼろし》の如くなり。俊久は、毎朝、起きた時に全然別のところに居るような気がしていた。心身のバランスが徐々に、しかし確実に崩れてきている。暖かいであろう宮崎に早く帰りたかった。

＊＊＊

「友達からクリスマス向けのダンスパーティのチケットを押し付けられて売りさばかないといけないんだけど、買ってくれないか」

十二月の初め、暖房が効《き》かず底冷《そこび》えする教室で、突如として里中が声をかけてきた。

ダンスパーティとは、男女が出逢いを求めて集まるパーティである。

当時はバブルが弾ける直前だ。ダンスパーティは、主として六本木《ろっぽんぎ》や渋谷の「ディスコ」において大規模に頻繁に行われていた。チケット代は男性は三千円から五千円程度、女性は基本無料で、せいぜい千円程度が相場だ。社会人限定とか学生限定とか条件もいろいろであったが、俊久の交友関係においては無縁《むえん》のものと思っていた。

クリスマスらしい赤と緑で印刷されたチケットを見ると、会場は六本木のディスコで、「大学生限定、クリスマスを一緒に過ごす恋人が欲しいあなたにラストチャンス。ねるとん方式で告白タイムあり！」と、黒のゴシック体が躍っている。当時は「とんねるず」司会、若者のカリスマ的番組『ねるとん紅鯨団《べにくじらだん》』を真似た企画が盛んに行われていた。クリスマスを前に、ぴったりの時期である。今はそうでもないが、当時の若者にとって、クリスマスを恋人と過ごすのは大きな目標であり、ステータスでもあった。

俊久としては、そんな煌びやかなところに行くのは気後れしたし、ねるとん方式で告白しても上手くいく可能性は低いと思われた。しかし、六本木のディスコなんてこんなことが無い限り行かないだろうし、里中の頼みでもある。チケット代三千円は勉強代と思って即購入。当日、里中と待ち合わせて行くことになった。

ダンスパーティはフォーマルな服装限定なので、一張羅《いっちょうら》の濃紺スーツを着込み、クリスマスを意識した赤いネクタイを締める。そして、ここ一番のために購入していたシルバーの腕時計でばっちりキメたつもりになった。要するに、まだ正装がしっくりきていない。履き慣れない黒の革靴に足を取られることが、まだまだ尻が青いことを示《しめ》す。

渋谷のハチ公前でグレーのスーツ姿の里中と落ち合い、地下鉄を乗り継いで六本木に向かう。いざ到着した日比谷《ひびや》線六本木駅を出ると、会場まで人がごった返し、まさに壮観《そうかん》だ。実は、里中はたまたまチケットを押し付けられただけで、このようなイベントは初めてとのことでそわそわしている。

会場のディスコに入ると、人で溢れかえっていて、大きなウェーブが起きている。豪華《ごうか》な装飾《そうしょく》にも圧倒された。すでに宴は始まっており、ユーロビートの爆音《ばくおん》が鳴り響き、派手な化粧をした女司会者が、チャラい男のＤＪが、それぞれ場を盛り上げようと精一杯の声を張り上げている。

宮崎にも一応ディスコはあったが、ディスコに行こうものなら「不良になったげな」と、たちまちのうちに噂が駆け巡るので到底行けたものではない。踊りについても全く心得《こころえ》が無い。俊久がそれまでの人生で踊ったのは、幼稚園のお遊戯《ゆうぎ》、運動会のフォークダンス、地域の盆踊りくらいである。

「これは困ったことになった……」

独り言ちながら俊久が周りをよく見ると、踊っている参加者はごく一部だ。考えてみれば、大学生ばかりなのだからそんなに踊り慣れているはずはない。むしろ目的は別で、恋人候補と知り合うことなのだ。それぞれ立ち止まったり、座ったりして話し込んでいる。

これは、ナンパや学園祭作戦よりも、遙かに効率がいい。なんといっても、相手もその気だ。合コンと違って、いくらでも「対象者」は居る。また、全員大学生なので、後でトラブルになったり「怖い人」

が出てきたりする危険はほとんど無い。さらに、疲れたらいつでも座れるし、埃っぽいとはいえ、食べ放題飲み放題。ナンパに比べれば、遙かに楽なシチュエーションだ。

気が楽になった俊久は里中と打ち合わせし、目に留まった二人組の女子学生にどんどん声をかけ、話していった。

参加者は大学生なので、必ず、どの大学かを告げることになる。「東大」と言うと「つかみはOK」であった。ただ、どうしても慶應大学・早稲田大学等の私立大学勢の方が有利だ。また、自宅から通う学生は車を持っていることが多いが、俊久達は車を持っていないことも不利だった。ただ、俊久も里中も話す言葉に「訛り」が無かったので、また、「いかにも東大」という外見ではなかったので、「つかみ」が上手くいった後の話術《わじゅつ》勝負であった。

二時間のフリーの時間が過ぎ、いよいよ「ねるとんタイム」が始まった。参加者があまりに多いので、数カ所のブロックに分かれる。お立ち台の上に女子が五人ずつ並び、それぞれに男子が一人ずつ前に行き、「ちょっと待った」と参入し、「お願いします」と女子の前に手を差し出してお辞儀《じぎ》する。女子は、気に入れば「お願いします」とか、体裁《ていさい》を取り繕《つくろ》って「友達から」と言い、手を握る。嫌なら「ごめんなさい」だ。司会者とDJは、盛り上げるために「大どんでん返し！」「あん！　ぽん！　たん！」等の決め台詞を叫ぶ。いかにもベタな流れだ。

ステージに見立てたお立ち台の上でやるので、上手くいった時でも晒し者状態だ。まして「ごめんなさい」を食らうと、まさに「市中《しちゅう》引き回しの上、打首獄門《うちくびごくもん》」の如き悲惨な状態となる。

まずトライした里中は、あえなく「ごめんなさい」を食らって玉砕《ぎょくさい》してしまった。こうなると、俊久は激しいプレッシャーを受ける。ほどなく順番が巡ってきた。話した中で一番感触が良く、さらに一番美人と思った音大《おんだい》一年生の女子学生「小泉《こいずみ》さん」に告白しようと決めた。台詞を考えながらお立ち台の上を歩《あゆ》んでいくと、興味本位《ほんい》の視線が四方八方《しほうはっぽう》から矢のように突き刺さる。

その先、T字型になっている台の上に五人の女子が並ぶ。意中《いちゅう》の音大生をふと見つめると、黒い瞳が見つめ返し視線が合う。切れ長の奥二重《おくぶたえ》がなんともセクシーだ。その前に歩《ほ》を進める。俊久と同じほどの身長で、女子としては長身の部類だ。細身の身体ながら出るところは出ており、黒のボディコンスーツが強調している。肩パットを入れていない分、柔らかに見える。

（この娘《こ》、あらためて見るといかにも都会の女の子だな……。無理かも……）

俊久がわずかに躊躇《ちゅうちょ》すると、それを見透《みす》かしたかのように後ろから「ちょっと待った」が二人入った。一人は背が高い都会風なハンサム（当時は「イケメン」という言葉は無く「ハンサム」）、もう一人は新車の「ソアラ」でドライブしようとか景気のいい話をしていた。

俊久は長身でもハンサムでもなければ、ソアラどころか自動車免許すら持っていない。外見的にも条件的にも、とてもかなわない。しかし、今さら他の女子に変更はできない。

俊久自身「これは駄目だ」と思いながらも、意を決して頭を下げ、右手を捧《ささ》げる。

「小泉さん、クリスマスを一緒に過ごしたいです。お願いします！」

「こちらこそよろしく」

鼻にかかったような甘い声がすると、伸ばした指先に温かい手が触れた。俊久は頭を下げたまま、反射的にギュッと握る。音大のピアノ科専攻、ピアノを弾《ひ》いているだけあって、しなやかな、それでいて強い指だった。

「う、嘘……」

「嘘じゃないわよ。よろしくね、前田クン！」

音大生が、お茶目《ちゃめ》にウインクしながらお辞儀する。ソバージュの茶髪が踊り、フローラルシャンプーの香りが鼻腔《びくう》を衝《つ》いた。

そう、勝利したのだ。

残り二人は刑場《けいじょう》に引かれていく罪人《ざいにん》のようにスタッフによって連れ去られ、俊久と音大生は成立カップルエリアに導かれた。握った手はそのまま、左右に並んで手を繋いで歩いていく。運動会のフォークダンスを除けば、女性と手を繋ぐのは小学生の頃、あのモテモテの頃に遊んでいた女の子達以来だ。頭に血が上り、耳まで赤くなるのが自分でも分かった。鼻血が出てお立ち台に垂れなかったのは幸いだ。

司会者とＤＪが声を合わせ、「大どんでん返し！」と叫んだ。予想外ということだろうか。「失礼な」

とは思ったが、勝てば官軍だ。

「小泉さん、電話番号教えてくれる？」

「もちろんよ！　私、亜樹《あき》っていうの。亜樹って呼んでね」

「……あ、亜樹さん。呼び捨ては勘弁して。恥ずかしいよ」

「うん。あ、私も下の名前で呼んでいいわよね、俊久クン！」

女子とお互いに下の名前で呼ぶのは、これまた小学生の頃以来だ。大人としては初めての経験に思わず口ごもりつつ、電話番号を交換して颯爽《さっそう》と会場を後にした。

ただ、直で帰宅したわけではなく、里中のやけ酒（一浪の里中は二十歳になっていた）に付き合ったことは言うまでもない。

俊久が帰宅して冷静になると、首尾《しゅび》よく電話番号をゲットしたものの、電話する勇気が無かった。あの場では勢いでああなったものの、家に帰ったら気持ちも変わるものだ。電話しても出ないかもしれないし、電話番号自体が嘘かもしれない。また、亜樹は都内の実家住まいだったので、電話して父親が出たらどうしようとか、何を話そうとか、どこに行こうとか、いろいろ考えるとますます電話しづらくなる。こういう場合はすぐ電話するべきだと分かっているが、三日間考え込んでしまった。

（せっかくの機会なんだから、やっぱり電話しよう）

ようやく意を決して電話をかけると、幸いにも電話番号は嘘ではなく、かつ、いきなり亜樹本人が出た。

「もう！　電話してくれないから、俊久クンに嫌われたと思っちゃったわ！」

「ご、ごめん……。なんだか恥ずかしくて……」

「フフフッ！　私、俊久クンのそんなところが気に入ったんだ……」

「良かった……。この間はありがとう。どこか遊びに行こうよ」

「どこ？」

「まずは……」

東京で行ってみたいところはあった。それも、一人や男友達とではなく、女性と行きたいところがいくつかある。幸いにもお誘いは成功し、渋谷のハチ公前で待ち合わせ、遊園地に行き、夜に食事することになった。

当時、待ち合わせは一大イベントだ。そもそも相手が来るかどうか分からない。電車が遅れるかもしれない。いつまで待てばいいのか、場所が違うんじゃないか、顔をはっきり覚えていないので気付かれないいんじゃないか。昼と夜とでは「明るさ」が違うので、太陽のもとで「顔」を見て逃げられるかもしれない。その他もろもろ、不安材料だらけである。当然ながら、女性側にしてみても同様の危惧はあるわけだが。

当時の駅に設置してあった「伝言板」には、待ち合わせに失敗した者の「待ちきれないので家に帰る」等々、いろんなメッセージがあった。携帯電話がある今では考えられない状況だ。

インターネットが無い時代なので、俊久は多数の情報誌を買い込み、三日前からデートコースについて計画を練った。前夜は緊張して眠れなかった。このあたり、やはり、まだまだ子供だ。

当日、相変らず私服のセンスはゼロだが、精一杯のお洒落をする。冬物の深緑《ふかみどり》のセーターにカーキ色のチノパン、そして焦《こ》げ茶《ちゃ》色のスニーカーを合わせた。

朝十時待ち合わせなのに、九時には到着してひたすら待つ。十時に、約束通り亜樹がやってきた。俊久にとって、その一時間は無限《むげん》の時だった。

「俊久クン、お待たせ……だよね」

「いや、今来たところだよ」

精一杯大人ぶり、あらためて亜樹を見つめる。

先日は大人びた黒のボディコンスーツ姿だったが、今日は冬物のブラウンのセーターにベージュの膝丈《ひざたけ》フレアスカートを身にまとう。長身を恥ずかしがるかのように、ベタ足に近い黒のローヒールを履いている。

「どう？　この間のパーティの時より、ちょっと子供っぽいかしら？」

「いや、良く似合うよ。僕こそ、この間はスーツだったから、なんだか子供っぽいな……。ま、いいや。行こっか」

パーティの時の大人びた姿とはまた異なる趣《おもむき》の音大生と、東京初、いや、事実上の人生初デートに出発する。

まずは、巨人ファンには勝手知ったる後楽園《こうらくえん》遊園地だ。俊久は乗り物酔いが激しく、ジェットコースター等の乗り物は大の苦手である。また、高所恐怖症ではないが、高いところは危険なので、できるだけ避けたい。観覧車《かんらんしゃ》も遠慮したいところだ。

しかし、亜樹の意向《いこう》は断れず、ジェットコースターに歯を食いしばって乗り、観覧車では遠くをずっと見ていたため、楽しむどころではなかった。

乗り物が苦手なのでこんな風になることは分かっていたわけで、なぜ遊園地に行ったのか。つまるところ、「女性と遊園地に行った」ということ自体を経験したかったとしか言いようが無い。

その後、ボウリング、ビリヤード、さらにはゲームセンターで時間を潰し、夜は渋谷に戻って食事をして、カラオケで歌った。

「バイバイ。また誘ってね」

「うん。今日は楽しかったよ」

次のデートを約束し、長身の音大生は手を振りながら帰っていく。俊久はその彼女の後ろ姿を見送り、人生初デートの高揚感のままに帰途についた。計画した一通りのことはできたわけで、満足するはずだった。

ところが、家に帰って、俊久はなぜか虚しくなった。頭が冷えてくると、なんというか、そういう場所に女性と一緒に行くこと自体が目的であり、楽しむことができなかったというのが正直なところだ。

この時点で十二月半ば、クリスマス・イブまで十日余り。亜樹と次に会うならばクリスマス・イブということになる。ここで、俊久のいろいろ考え過ぎる性格が出てきた。現時点では、付き合っているわけではない。友達レベルだ。クリスマス・イブにお誘いするということは、当時の常識とすれば「付き合ってください、彼女になってください」ということを意味する。

面倒くさい性格だが、俊久は、この点において非常に潔癖、ある意味純粋であった。まだ、亜樹の人間性が十分に分からないのだ。当時の俊久は、「人間性も分からないうちに人を好きになることは無いし、まして一目惚《ひとめぼ》れなんてありえない」と思っていた。もっとも、大学卒業後の人生において俊久がお付き合いした女性は、皆、一目惚れした女性であった。つまりこの時点では、俊久は自分自身の評価を誤っていたことになる。

亜樹は、外見的には上々、まさに都会風美人だ。また、ダンスパーティやデートから判断して、人間性も問題無い。しかし、現時点では「付き合ってください」と言うことはできないし、それと同値《どうち》になる「お誘い」もできない。ただ、ひょっとして亜樹はお誘いを待っているかもしれない。誘わなかったことをもって、友達としてのお付き合い自体白紙《はくし》になるかもしれない。

逆に、クリスマス・イブのことを切り出したら「告白」と見做《みな》されるかもしれない。

クリスマス・イブまでまだ日《ひ》にちがあれば、何度か遊んだり食事をしたりするうちにもっと人間性が分かり、結論は出るだろう。しかし、時間が足りない。

考え始めると飯が喉を通らなくなり、夜も眠れなくなった。東大生の友達に相談しても妥当《だとう》な結論は出そうもないので、他大学に行った高校の同窓生（といっても彼らも高校生の頃は勉強ばかりだったので、どれだけ役に立つかは疑問だが）に恥を忍んで相談しまくった。

出た結論は、まさに妥協《だきょう》と言うべきものだ。

「冬休みに宮崎に帰らなければならない。飛行機の便の関係で、どうしても十二月二十四日に帰らなければならないことになった。だから、十二月二十三日（この年から天皇誕生日の祝日《しゅくじつ》となった）に会って買い物とか食事に行こう」

亜樹に電話で提案したところ、二つ返事でＯＫが出た。

クリスマス・イブではないので、解釈の仕方によって、友達としてとでも付き合ってくださいとでもとれる。ただ、誘うことは誘っている。一石二鳥というか、王手飛車《おうてひしゃ》取りというか、曖昧だが精一杯の結論であった。

当日、再び渋谷で待ち合わせをしてデパート等で買い物し、プレゼントもその場で買って交換、食事をして別れた。

とりあえず、これで「クリスマスを女性と過ごす」という目的は達成したことになる。ただ、目的達成のための目的達成という気がして、俊久の気は晴れず、むしろ落ち込んだ。亜樹に対して失礼だし、悪い気がしてきた。

亜樹とはその後も友達としてお付き合いしていたが、それ以上に進展することは無かった。翌年、ヨーロッパに音楽留学してしまい、それっきりだ。今振り返ると違う展開があったと思うが、やむをえまい。

翌日、本当のクリスマス・イブで街が賑わう昼下がり、俊久は、羽田空港から空路宮崎に帰った。三カ月ぶりの宮崎は、十二月下旬とはいえ陽射しが暖かく、まるで春のようだ。

その夜、家族三人でクリスマス兼誕生日のケーキを食べていると、突如、高校の同窓生男子から電話がかかってきた。

「やっぱり家に居たか。これで十人目だ」

詳しく事情を訊くと、「自分が一人でクリスマス・イブを過ごすのが悔しいから、高校の同窓生がクリスマス・イブに恋人と過ごしているかどうかのリストを作成している。なんとしても全員分作るつもりだ」と、得意気《とくいげ》に報告してきた。

本当に暇な奴だ。

「余計なお世話だ。昨日、東京でちゃんと女性、それも美人音大生と過ごしてきたぞ」と反論しようと思ったが、馬鹿馬鹿しいとそのままにした。

このクリスマス・イブで俊久は十九歳になった。一年前の誕生日は共通一次試験直前で、さらに「昭和」がいつ終わっても不思議ではない状況であり、誕生日どころではなかった。一年が経ち、いろんなことを経験し、無事、東大生として初めての誕生日を迎えている。激動の一年の出来事が脳裏《のうり》を駆け巡り、涙が自然に零《こぼ》れ、頬を伝う。

「明日の朝起きたら一年前に逆戻り、なんてことは無いだろうな」

母・華子に冗談を飛ばし笑って寝たが、半ば本音だった。

＊＊＊

平成二年が明けた。俊久一家は、例年、大晦日《おおみそか》には『輝く！　日本レコード大賞』（当時は大晦日にあった）『ＮＨＫ紅白歌合戦』を観て、『ゆく年くる年』を観ながら年越しそばをすすりつつ、新年になる瞬間を静かに迎えることになっている。

その時に夜空を見上げると、上空にはオリオン座のベテルギウス、こいぬ座のプロキオン、おおいぬ座のシリウスからなる「冬の大三角《だいさんかく》」がかかっている。その一つ、全天《ぜんてん》一明るい恒星《こうせい》シリウスから真っ直ぐ視線を下ろし南の地平に向けると、りゅうこつ座の一等星、全天で二番目に明るい恒星「カノープス」が輝いている。

カノープスは中国では「南極老人星《なんきょくろうじんせい》」と呼ばれ、見ると長生きできると言われている。東京では見えるかどうかギリギリの高度だが、緯度《いど》が低い宮崎では余裕で見える高度に輝く。俊久は、今でも、新年になった直後にカノープスに向かい長生きを祈念《きねん》することにしている。

元日は朝八時に起き、おせち料理を食べつつテレビで『ニューイヤー駅伝』を観るのが現在に至るまで通例だ。当時は宮崎の誇る名門・旭化成《あさひかせい》の黄金《おうごん》時代だった。他のチームが外国人選手を起用している中で日本人主義を貫き、優勝から遠のいていたが、先年《せんねん》ようやく復活優勝した。ただ、その翌年から外国人選手が入ってきたのは、時代の流れか。

駅伝が終わる頃には日が高くなり気温が上がっているので、宮崎神宮に初詣《はつもうで》に行く。毎年同じ場所で記念写真を撮っていたが、今では父・隆義の姿が無くなり淋しい限りだ。

この頃はまだ隆義は健在《けんざい》で、家族三人で初詣に行った後、泊まりがけで都城《みやこのじょう》の華子の実家に顔を出すのが楽しみであった。

華子には多くの兄弟姉妹がおり、例年親戚が集まり大人数で新年会を行っていた。とりわけこの年は、俊久が東大に入ったということで大変盛り上がった。東大生活が必ずしも楽しいことばかりではないことや、いろんな失敗・笑い話を披露《ひろう》すると、別世界のことで面白がられ、話は尽きない。やはり田舎では、東大生は一族の誉《ほま》れである。あらためて、「東大に入って良かった」と喜びを新たにする。

一月三日の夜は、高校の同窓会だ。

夏に宮崎に帰ってこられなかった同窓生も、さすがに正月には帰ってくる。三が日を過ぎるとまたそれぞれの地に戻っていくので、三日の夜となった。

出席者が多いので、気を遣うことも多い。あいつとこいつは喧嘩していたとか、あいつはあの女子に告白してフラれたとか、いろんな考慮で座席を決めることになる。

その同窓会の開始早々、クリスマス・イブに電話で彼女・彼氏の有無《うむ》調査をしていた例のおせっかい野郎が、調査結果をコピーして配るという暴挙に出た。〇がついている交際相手が居る者も、×がついている交際相手が居ない者も、他人のことが気になるもので、食い入るように見てそれぞれを質問攻めにしている。その様子を見るに、くだらない調査でもしっかり答えておけば良かったと少し後悔した。俊久は「彼女が居ない」のリストに入っており、同情と揶揄を招いたからだ。

今でも一月三日の夜に冬の同窓会はあるが、年々出席者数、さらに出席する男子の頭髪《とうはつ》が減っていっているのはやむをえないことだ。俊久は若く見えるので、老《ふ》けてしまった同窓生と並ぶと親子に間違えられることもある。流れた月日は同じなのに、それぞれの身体に流れた時間は多様である。まさに老化についての相対性理論《そうたいせいりろん》だ。先年、光より速いニュートリノが発見されたと報道され賛否《さんぴ》両論あったが、もし事実ならば相対性理論が成り立たなくなるという。俊久は学者になるならこの方面に進みたかったのだが、それもまた運命だろう。

一月の授業はすぐ始まるので、三が日が終わると俊久は後ろ髪を引かれる思いで宮崎を後にした。いよいよ、「学年末試験」に向けての戦いが始まるのだ。

＊＊＊

一月の授業が始まると、学年末試験は目前《もくぜん》である。元々出席している学生は当然のこと、授業を長らくサボっていた学生も様子見と情報収集のために出席するので、かなり混雑する。「この授業はこんなにも履修《りしゅう》登録者が居たのか」と驚くことも多い。ごった返す教室と「久しぶり」「生きてたのか」という挨拶は、ある意味、試験前の風物詩《ふうぶつし》だ。

よほど自分のノートに自信があるか、または「試験なんてどうでもいい」と思っている学生以外は、皆、少しでもいいノート、それも複数のノートを全科目について手に入れたい。単位を落としたくないのは当然として、少しでもいい成績を取りたいし、また、不安なのだ。

語学や体育以外の通年科目、すなわち一年をかけて授業が行われる一般教養科目の試験はこの時期にのみ行われるため、学年末試験が行われる科目数は、夏学期試験が行われる科目数の比ではない。そういうわけで、この時期は、夏学期試験の数倍の規模のノートの取引が至るところで見られる。

試験が近づくにつれ、テープ起こしをした完璧なノートが出回りやすくなるので注意しておかなければならない。金に糸目《いとめ》をつけずにコピーしまくる。そのコピーを基に、別の科目のノートを手に入れる。また、過去問が出回る。親切かつ自己顕示欲《けんじ》が強い先人《せんじん》が作成した「模範《もはん》解答例」も添付《てんぷ》されていることがある。とにかく入手できるものは全て入手する。後は指定された教科書・参考書と入手したノートをひたすら読み、覚え、分からないところは本で調べたり教員に質問したりして勉強するだけだ。

俊久が教えている大学では、ここまでの風景は見られない。やはり、ある程度優秀な学生、少しでもいい成績を取りたいという学生が多い大学に限られるのかもしれない。

宮崎と東京は、夏は東京の方が気温が高いが、冬の寒さはやはり東京の方が厳しい。東京は都市化している分、朝の最低気温は宮崎とそれほど変わらない。しかし、宮崎では雪が降らないのに対し、東京では雪が降るのは決定的な違いだ。小学生の頃以来の凍《い》てつくような寒さの中、毎日授業に行ってはノートのコピーを入手し、家に帰って炬燵にこもって深夜まで勉強することを繰り返していた。

一月下旬から学年末試験が始まった。東大の試験は、教養学部の全科目について、原則的に一切持ち込み禁止である。なお、法学部の科目では「書き込みしていない六法《ろっぽう》」だけが持ち込み可であり、科目によっては教員が六法を試験時に配布し、試験終了とともに回収する。こっそり書き込みしている「カンニング六法」を学生が持ち込むことを防ぐためだ。また、ほとんどの問題が論述式《ろんじゅつしき》のため、しっかり勉強していないと何も解答できない。

俊久が教えている大学では、ほぼ全科目が「何でも持ち込み可」である。教科書、参考書、ノート、さらには電子辞書すら持ち込み可能だ。普通に調べて書くことができれば単位を落とすはずがないのに、それでもなぜか間違えるし、時に白紙だったりするため、教員側としても単位を出すために苦慮《くりょ》している。

その点、学内試験において一切持ち込み禁止ということはまさに東大たる所以《ゆえん》であり、その条件下でも、顔も見たことが無い教員の科目の単位を取得することはもちろん、いい成績も取ることが可能な東大生は、「腐っても東大生」であると言える。

文科Ⅰ類の場合、教養学部の二年間で語学・体育・一般教養科目の必修科目を含む所定単位を取得すれば、法学部に進学できる。ただ、二年生になると法学部の授業も部分的に前倒しで始まるので、一般教養科目については一年生の時に必要な単位を取得することが通例だ。

よって、語学等を含めると合計十五科目ほどの試験を受ける必要があり、二月下旬まで断続的に一日一〜二科目ずつだらだらと試験が続くことになる。寒い時期、夜遅くまで勉強し、試験で全力を尽くす日々が丸一カ月続くというのは独り暮らしにはきつい。まして俊久は夏学期の試験で「全A」だったので、「学年末試験でも全Aを目指すかどうか」という余計な悩みもあった。

Bを取れば気が楽になる。ただ、わざとBを取るのは気が進まなかった。全力を尽くしての結果のBなら諦めもついてすっきりするだろうが、全Aを避けるためわざとBを取るというのは後で悔いが残りそうだ。

勉強で手を抜く習慣が無いので、手が抜けない。時間がある限り全力を尽くす。早く布団に入ってもいろいろ考えたり、勉強のやり残しが頭にちらついたりして眠れない。

「全て百点満点とかオール5とか一位とかにこだわることは高校で終わりで、さすがに東大では現実的ではない」

何度も自らに言い聞かせるが、駄目だ。高校までに身に着いた習性なのか、それとも激烈《げきれつ》な受験戦争を勝ち抜いた勇者《ゆうしゃ》の闘争本能なのか。「成績の呪縛《じゅばく》」を東大に入ってもまだ引きずることになるとは、俊久自身、夢にも思わなかった。

夜中に勉強していると、何度も叫びたい衝動に駆られた。一人で居る分、高校生の頃より苦しく、時に身悶《みもだ》えし、呻吟《しんぎん》する。いろいろ考えている間にも、時間が過ぎていく。

「東大で十五科目ほども試験を受けるのに、全Aを取ったらどうしようなんて考えること自体、非現実的だ。多分いくつかはBを取るだろう。そうしたら楽になれる。全力を尽くさなかったことで後悔しないように全力を尽くそう」

考えに考えて絞り出した結論だった。

二月中、長く辛い試験の日々が続く。世の中では衆議院選挙が行われており、もし自民党が負ければ、社会党政権になる状況だった。東欧社会主義国家とは逆方向の革命前夜のような重苦しい雰囲気が続いたが、結果は「危機バネ」が働いた自民党の大勝《たいしょう》であった。まさかこの数年後に自民党が下《げ》野《や》し、その後に自民党が社会党と新党さきがけと連立し、社会党から首相が出ることになるとは想像もできなかった。

二月下旬、ようやく試験が終了した時、俊久は倒れる寸前だった。心労《しんろう》もさることながら、試験中は食事の質・量も不十分だったので体調も悪く、文字通り「飛んで」宮崎に帰った。

＊＊＊

東京はまだまだ寒い時期だったが、宮崎は一足先に春が訪《おとず》れ暖かかった。とにかく試験に全力を尽くした俊久は、一週間ほどまさに泥のように寝込んだ。

（一年前の今頃は東大受験で、この部屋で追い込みをしていた。一年後の今は東大の試験で疲れ切って、同じ部屋で寝ているとは不思議なものだ……）

布団の中からぼんやり見つめる格子天井《こうしてんじょう》が、虚ろな視界の中でグラグラ揺れ始める。例のフワフワした感じ、自分が自分でないような妙な感覚が波のように繰り返し襲ってくる。試験勉強だけではなく、一年分の疲れが出ていた。まさに夢の中のような一年の。

ようやく疲れが取れて高校生の頃の友達の家に電話しても、ほとんど居なかった。春休みに実家に帰る同窓生は少ない。テレビ、ゲーム、漫画等も限界があり、時間を持て余す。まだ水温《すいおん》が低いため、サーフィンには行く気がしない。寒がりの俊久にとって、サーフィンは五月初めからせいぜい十月半ばくらいまでしかできなかった。だからというわけでもないが、結局、自動車免許を取ることにした。

直接的には、サーフィンに行くためである。サーフィン仲間にいつまでも送り迎えしてもらうわけにはいかない。

ただ、理由はそれだけではない。自動車免許は若いうちの方が取りやすいし、宮崎で生活するには不可欠《ふかけつ》だ。バスや電車等の公共交通機関が発達していない、いや、発達する前にどんどん廃《すた》れていっている宮崎では、自動車免許を持っていないと生活できない。バスは一時間に一本どころか、一日一本という路線もある。JRも運行本数が少ない上に街中を走っているわけではなく、駅が街外《まちはず》れにあることもある。

つまり、車は一家一台どころか、一人一台の社会である。自動車免許を持っていないと、まともな社会人扱いされない。決して大袈裟な表現ではない。求人《きゅうじん》は自動車免許があることが前提《ぜんてい》であり、また、身分証明書として当然のように自動車免許提示を求められるので、自動車免許が無いと就職できず、各種手続き等がスムーズにできないこともある。「自動車免許を持っていない」と「告白」すると絶句《ぜっく》され、相手方は口には出さねど「何か問題があって自動車免許を取れないか変人」と推測する。

自動車免許が必須《ひっす》ということは、当時よりさらに過疎《かそ》化が進み、また、公共交通機関がますます廃れていっている現在、一層当てはまる。このあたり、車離れが進み、若者が自動車免許を取らなくなっている東京等の大都市とは大違いだ。

俊久は、合宿ではなく、近所の自動車学校に自転車で通った。当時はオートマ限定の自動車免許は存在せず、教習所の車は全てマニュアルの時代だ。元々運動神経抜群な上にゲームが得意なこともあり、トータル二週間、試験は一発で合格したのは当然である。

そこで、珍しい人物と知り合った。宮崎県の高校からドラフトでプロ野球に入団した投手が、地元で調整する間に自動車免許を取りにきていたのだ。

入団会見、そしてプロ野球選手名鑑《めいかん》で見た顔が目前にあり心躍る。

子供の頃からキャンプや公式戦は数限《かずかぎ》りなく見に行っていたが、プロ野球選手と個人的に知り合いになるのは初めてだ。俊久が野球経験者であり、また、巨人ファンのサークル活動をしていることから、すぐに打ち解けた。

ある日、キャッチャーをしてもらって硬球《こうきゅう》で三十球くらい、直球《ちょっきゅう》の他、カーブ、スライダーも交えて全力投球した。

「子供の頃はプロ野球選手になりたかったんだけど、中学生の頃に断念したんだ。もし野球を続けていたらどうなっていたと思う？」

俊久が真面目に見解《けんかい》を求めると、笑って答えてくれなかった。代わりに、一球、全力でストレートを投げ込んできた。プロの投手の球威《きゅうい》は凄まじく、グローブが弾かれそうになる。左手のみならず、左腕《ひだりうで》がしばらく痺《しび》れ続けた。

この後、俊久は、「もし野球を続けていたら」ということをあまり考えなくなった。やはり、そんなに甘いものではない。

第五章　傷病《しょうびょう》に見舞《みま》われて心は新月《しんげつ》に

――二年生の春から夏

四月になり、俊久は上京した。二年生である。駒場キャンパスには新入生が溢れて活気《かっき》がある。一年前、新入生として駒場キャンパスに初登校したことが、まるで昨日のことのようだ。

（入学してもう一年経ったのか……）

その感慨もそこそこに、まずやるべきは新入生のサークルへの勧誘であった。どのサークルも運動部も至るところに立て看板を並べてビラを配り、大声で新入生を勧誘している。

巨人ファンのサークルは前年半ば結成ということで、メンバーは少しずつ増えているが二十人に満たない。初期メンバーとはいえ新二年生は一番下の学年のため、チケット取り・席取り部隊《ぶたい》として、新入生の獲得は急務《きゅうむ》であった。

方針としては、まず、「東大構内には、掲示板にビラを貼って立て看板を設置しておけば、放っておいても興味がある新入生は連絡してくるだろう」ということになった。巨人ファンなら誰だって、巨人戦を生《なま》で観戦したいに決まっているからだ。

必然的に、勧誘活動の重点は他大学の学生、それも女子学生に置かれた。なんといっても女子が多いと華やかになるし、試合後等の飲み会も盛り上がる。都内を中心に、女子大、とくに「お嬢様」女子大に行き、勧誘を繰り返すことになった。

どこの女子大もチェックが厳しく、校門付近でオレンジ色のハッピを着てビラを撒《ま》いていると、大学当局から「どこの大学のいかなるサークルか」と尋問《じんもん》され追っ払われかけたこともあった。とはいえ「東大」と言うと態度が一変し、ビラ配りに一番適した場所をあてがわれることもあった。

明るいオレンジを基調にしたビラには、「電話一本の予約で、試合当日、開始直前に球場に来れば、外野の巨人側の席で思い切り応援できます。勝っても負けても試合の後には楽しいコンパあり」と、目立つ黒い字で印刷されている。オレンジと黒、まさに巨人カラーだ。

女子、とくにお嬢様は、巨人戦を生で観戦したくても、どうやったら観戦できるのかが分からないのだ。「カープ女子」「オリ姫《ひめ》」等が球場を闊歩する今とは違い、当時は女子だけでプロ野球の試合を観戦することはほとんど無かった。

このサークルでは、中心メンバーがチケット発売日の早朝に手分けして発売窓口に並び、観戦予約メンバー数のチケットを確保する。基本的に巨人側、東京ドームならライトスタンド外野席だ。おのおののノルマ分を入手後、待ち合わせの喫茶店で眠い目をこすりながら「戦果《せんか》」を報告し、そのまま雀荘になだれ込む。インターネット予約なんて夢のまた夢の時代、不便だからこその味わいがある。そして試合当日、場合によっては前日から球場前の行列《ぎょうれつ》に並び、開門とともに全力ダッシュで席を確保する。この過程に参加しないメンバーは電話で予約をして、事前にどこかでチケットを受け取るか、当日の指定時間に球場付近の待ち合わせ場所に行ってチケットを受け取れば、事実上何もせずに一等席で巨人戦が見られる。こんなに楽で魅力的なことは無いだろう。

勧誘の結果、四月下旬の新入生歓迎コンパには、東大内外を問わず百人規模の新入生、それも多くの女子学生が押し寄せたのは言うまでもない。

＊＊＊

二年生の授業が始まった。英語・中国語の語学と体育は一年生の時と同じである。一般教養科目は一年生のうちに単位を揃えれば二年生の時には取らなくてもいいが、意欲・興味があればさらに授業を受け単位を取ることができる。当然のことながら、単位が足りなければ所定単位数まで単位を取らなければならない。

さらに、文科I類の学生には、前倒しで法学部の科目として憲法・民法・刑法の最初の部分等の法律・政治科目の授業が開始される。授業は、正門入ってすぐ左の「講堂」と呼ばれる巨大な教室「900番教室」で行われる。かの三島由紀夫《みしまゆきお》が東大全共闘《ぜんきょうとう》の学生と議論を戦わせた際は、立錐《りっすい》の余地も無かった教室である。一年生時にいくつかの一般教養科目の授業を受けていた教室だが、法学部の授業を受けるとなると感慨深い。

その授業のために、普段は本郷キャンパスに居る法学部の教員が駒場キャンパスにやってくる。

「少なくとも最初のうち」は、文科I類の学生でごった返す。

ここで、俊久には困った事態が発生した。一～二月に受けた学年末試験の成績を事務室で受け取ったところ、語学と体育はもとより、一般教養科目も含め成績が「全A」だったのだ。前年九月の夏学期試験分を含めて二十科目ほどが全て「A」で、美しい。俊久自身まさかと思っていたが、本当に全Aとは。

駒場、すなわち教養学部の成績には、前倒しの法学部科目の成績は含まれない。つまり、二年生の語学と体育の成績がAならば、夢の「全A」で教養学部が完結する。ということで、成績にBが入っていて気が楽になるどころか、ここまで来たら二年生でも「全A」を取らなければ気が済まなくなってしまった。

普通の学生にとってみれば、贅沢な悩みである。連勝を続ける横綱は想像以上のプレッシャーを受けるらしいが、それと同じようなものだ。子供の頃に感銘《かんめい》を受けた大横綱・双葉山の不滅《ふめつ》の六十九連勝時の重圧が、ほんの少しだけ分かった気がした。

ただ、どう考えても嫌味《いやみ》にしか聞こえないことは明らかだ。冬学期の成績が全Aだったことと、そのような悩みを抱えていることは、堀本ら普段一緒に行動している面々、さらに巨人ファンサークルのメンバーには話さず、俊久は素知《そし》らぬ顔をして授業を受けていた。

新たに始まった東大法学部の授業は、予想通り、難しいというよりも分かりにくいものだった。「名選手必ずしも名監督にあらず」とはちょっとニュアンスが違うが、「優秀な学者が優秀な教師とは限らない」ということを痛感《つうかん》した。

教養学部の授業よりもさらに徹底して、いちいち板書《ばんしょ》しない。大前提として、多くの学生が近視《きんし》のため、広い教室で黒板に書いても無駄である。時折大きな字で書く程度だ。七百人ほどの学生が居て多過ぎるため、資料も配らない。

最近では、事前にホームページに板書予定や資料を提示し、各自見ること・ダウンロードすることとか、いわゆるパワーポイント等を使用することもあるが、当時はそのようなものは無い。教員が、ただひたすら延々とマイクに向かって話し続ける。その声も抑揚《よくよう》が無く、必然的に眠くなる。ちょっとウトウトすると、どこを話しているか分からなくなる。家に帰って、ぶつ切りのノートと指定された専門書（法学部では原則的に「基本書」と呼ばれる専門の本の中から指定される）を読むだけでは理解できない。

一方では面倒くさくなって授業に来なくなる学生が増え、他方では完璧なノートのためのテープレコーダー連盟が至るところで結成される。また、司法試験を目指す学生達は授業に出席しなくなり、予備校に通い出す。

そもそも出席は取らない（物理的にも出席を取るのは不可能）し、学生の自主性に任せている。よって、出席者が減りテープレコーダーが増えていくまで、そんなに日にちはかからなかった。俊久は司法試験を受ける気は無かったので、授業にとりあえずは出席していた。なんとか居眠りしないようにしたが、やはり眠気には勝てないことが多い。そのため、テープレコーダー連盟に複数加盟していた。

俊久が大学生相手に授業する側になってみると、東大法学部の授業がいかに退屈であったか実感する。俊久は声が大きいし、話すのが好きなのと勉強以外の話題も豊富なのでいつも授業は満席状態だ。二百人程度の学生相手に頑張って資料も配るし、板書もする。あのような一方通行の授業が成り立つのは、東大生相手ならではであろう。

司法試験を目指す学生達が東大法学部の授業には出席せず予備校に通うということは、部外者には理解し難いかもしれない。司法試験が日本最難関の試験であることは、周知《しゅうち》の事実だ。天下の東大法学部の授業なので、その授業を受け勉強すれば合格するだろうと思うのも当然だ。

司法試験は、そのようにして一生懸命勉強しても、何年も、時として何十年もかかってやっと合格できる試験というイメージがあった。今では制度が変わったが、それでも東大法学部の授業を受けていれば司法試験に有利と考えられている。

しかし、東大法学部の授業は、あくまで「学問」としての授業だ。また、司法試験を受けない学生も多数在籍するため、司法試験対策に特化《とっか》している授業というわけではない。授業によってはその教員の興味あるところだけを重点的に教え、授業最終回時点で全体の半分も進んでいないという授業もある。最終回の授業で教員が「残りは自分で勉強してください」と言うが、授業した部分の方が「残り」より少なく、「残り」とは言えないという笑うに笑えない状況も珍しくない。

さらに言えば、司法試験はテクニックも必要だ。一から自分で勉強していては、それこそ合格するまで何年かかるか分からない。そういうわけで、司法試験を目指す学生達は大抵《たいてい》、司法試験向けの「予備校」に通う。それらの予備校には、国家公務員コース、公認会計士コース、税理士コース等複数のコースが設置されている。東大法学部の学生の場合、国家公務員試験等は自力《じりき》の勉強で合格できるため、予備校に通うのはほとんどが司法試験志望の学生ということになる。

当時、基本的には三年生時点から司法試験を受けることができた。予備校には一年生時点から通う学生も居るが、多くは二年生時点から通い、あわよくば現役すなわち四年生時点までの合格を狙う。必然的に、司法試験に役立たない・出席を取らない東大法学部の授業はサボる。

何のために東大法学部に入ったのかと言われればそれまでだが、目的が司法試験合格である場合、東大法学部に入ったのは、情報交換、また、東大法学部卒という肩書《かたがき》と人脈《じんみゃく》を入手するためとでも言おうか。たとえば弁護士として、顧客《こきゃく》に対する最高の信用になる。予備校の学費は結構な額だが、司法試験に早く合格すればお釣《つ》りがきて余りある。

そういうわけで、二年生になると司法試験を目指す優秀な学生が授業から消えるという、事情を知らない者には理解し難い現象が発生する。その後、ロースクールだなんだという新制度になったとはいえ、東大法学部の授業風景そのものはあまり変わっていないと思われる。

俊久は国家公務員志望であり、司法試験は受ける気すら無かったので、予備校に通わなかった。周りでは、他の大学卒業後あらためて一年生に入り直した大湊は司法試験志望のため、二年生になった四月から予備校に通い始めた。

大湊の見上げた点であり、かつ、変わった点は、予備校に通いつつも大学の授業も全て出席していたことだ。俊久といつも一緒に出席していたが、日に日に、目に見えて疲れていき顔色《かおいろ》が悪くなっていった。しばしば、「夜に予備校に行き、帰ってから復習、朝は一時限目から大学の授業で寝る暇も無い」とこぼす。俊久が「無理しないで大学の授業をサボったら」と提案すると、「せっかく東大に入ったんだから、サボるなんて勿体無い」と、二つ返事で返ってきた。

一カ月ほどで体調を崩し、しばらく大学の授業を欠席していたが、体調が戻ると出席、またしばらくして欠席を繰り返していた。俊久が卒業するまで、司法試験に合格したという話を聞かなかった。意味合いは違うが、「二兎《にと》を追う者は一兎《いっと》をも得ず」なのかもしれない。

＊＊＊

東大入学後二度目のゴールデンウィークは、競馬場のガードマンのアルバイトで過ぎていった。他には何もする気が起きない。連休明けには気分が落ち込み、体調が優れなくなった。要するに再度の「五月病」だ。

一年生の時とは違い、環境の急変《きゅうへん》が原因ではない。あえて言えば、新たに始まった法学部の授業も期待していたほど面白くはなく、成績は「全A」でなければならないという呪縛からは逃れられず、「これからもこのような日々が続くのか」という漠然《ばくぜん》とした不安が原因であった。かの芥川龍之介《あくたがわりゅうのすけ》が言うところの、「ぼんやりした不安」に類するものかもしれない。

また、端的《たんてき》に「季節の変わり目」で自律神経が乱れたことも理由だ。俊久は元来低血圧で夜更《よふ》かし・朝寝坊《あさねぼう》の体質であり、五月頃に気温が上昇し始めると体調が優れなくなるのは今でも変わらない。

なんとか外に出て気持ちを前向きにしようとしていたが、誰も居ない家に帰ると気が滅入《めい》る状況に変化は無かった。まして六月になって梅雨を迎えると、低気圧による頭痛のため外出する気もしない日々が続く。家に居る時は、なんとか勉強以外に気を向けるのが得策であることは言うまでもない。

部屋にはテレビ・ビデオとファミコンとわずかばかりの漫画があったが、それだけでは不十分だし気分は落ち込んだままだ。少しでも気を紛らわそうといろんなところをウロウロしていたが、そこは大都会・東京だ。何度か怖い目に遭った。

新宿の歌舞伎町《かぶきちょう》を抜けた新大久保に近い奥地《おくち》に、バッティングセンターがある。元々野球少年だった俊久は、ストレス解消のため頻繁に通っていた。

ある日、俊久が一人で新宿に本を買いに行ったついでに足を延ばしたときのことだ。打ちまくって外に出ると、夕方でまだ明るいにもかかわらず、人通りがほとんど無い。日が長い時期なので、明るいとはいえ午後六時を回っていることに気付いた。

ふと嫌な予感がした瞬間、人の気配を感じて振り向く。かなりケバい色白美人で、二十五歳ほどと見受けられるお姉さんに声をかけられた。ショッキングピンクのワンピースの胸元がざっくり割れ、薄い生地《きじ》が今にもはち切れんばかり。軽くカールしたセミロングの金髪が夕陽《ゆうひ》に輝き、まるで後光《ごこう》が差しているようだ。

「フフフッ……。キミ、可愛いわね。遊ばない？　このくらいでどう？」

吊り上がった涼やかな一重の目で童顔の青年を品定《しなさだ》めしながら、手でVサインをした。この場合の「遊ぶ」とはバッティングセンターとかゲームセンターに行こうという意味ではないし、手の形もVサインではなく二万円ということは分かった。

「二千円ですか？」

雰囲気を和《なご》ませるボケで躱《かわ》そうと思ったところ、お姉さんにバカ受けした。

「おもしろーい！　ねえ、『いちご』でいいわ！　特別よ。サービスもたっぷりしてあげる。ホテル代は別だけど、どう？」

すぐそばのラブホテルを指差す。その看板には「休憩二時間　四千円」と、どぎつい字体《じたい》で書かれていた。上手く躱すつもりが、かえって懐《ふところ》に呼び込んでしまったようだ。

「いちご」とは一万五千円のことだ。

（二千円というボケで五千円安くなった。ホテル代を含めても二万円でお釣りがくる）

一瞬喜んだが、そういう問題ではない。

周りにはさらに二人のお姉さんがウロウロしており、どう考えても眼前《がんぜん》のお姉さんは「人類最古の職業」の方であることは明白であった。そうこうする間に、俊久の細い右腕に抱き付き、豊満な双房《そうぼう》をグイグイこすりつける。

俊久は健康な青年男子だ。二の腕で生まれて初めて感じる白桃《しらもも》の柔らかい感触と、プンプン漂う化粧と汗の匂いでフラフラになる。朱鷺色《ときいろ》のアイシャドウで彩られた瞳に見つめられると身体の力が抜け、そのままホテルに連れて行かれそうになった。

しかし、ただでさえ恋愛に潔癖な俊久だ。行《ゆ》きずりの女性となんて、とても考えられない。ましてお金で云々《うんぬん》等もってのほかだ。腕と足に力を込め抵抗する。

お姉さんだけならキッパリ断ればいいのだが、歌舞伎町方面の向かい側のビルの角に、中肉中背《ちゅうにくちゅうぜい》で角刈《かくが》りの若い男が立って、こちらをじっと見ている。色黒で精悍《せいかん》な身体だ。下手な断り方をすれば、言いがかりを付けられる気配があった。腕に抱き付かれた時点で「商談《しょうだん》成立」と見做され、断ると「キャンセル料」を求められるかもしれない。

ここは、「三十六計逃げるに如《し》かず」だ。

歌舞伎町の人通りが多い場所ならば人波に紛れてたやすく逃げられただろうが、周辺に人通りは無い。男が立っている場所とは逆方向の新大久保方面は行ったことが無く、また、より危険な可能性が高い。

「あっ、あれはなんだ！」

抱き付かれている右腕を振りほどき、いきなり夕陽を指差して叫んだ。お姉さんと男がひるんだその隙《すき》に、歌舞伎町方面に一目散に逃げた。古典的な手だが有効だ。

振り返ると、なぜだか分からないが、その男が叫びながら追いかけてくる。とにかく人通りのあるところに逃げようとするが、気ばかり焦り足が動かない。夢の中で、何かに追いかけられている時のようだ。歌舞伎町の飲食店街まで三百メートルほどの距離だったろうが、五キロほど走った感覚があった。

逃げる場所には心当たりがある。俊久が宮崎県出身者の東京での会合《かいごう》に出席した際、「何かあったら『宮崎人です』と言って逃げ込むといい」と、宮崎県出身者が歌舞伎町で営業している店を教えてもらっていたのだ。その店の名前と場所を思い出しつつ、ひたすら逃げた。

その店の前に立って愕然とした。その店は「おもちゃ屋」だった。もちろん、子供向けのおもちゃ屋さんではない。アダルトな大人の集《つど》う店である。すでに店は営業を開始していたが、入るに入れない。「こうなったら、大人のおもちゃを買ってお姉さんと遊ぼうかな」と考えると笑いが止まらなくなり、立ち止まったところで男に追いつかれた。

息を切らした男が、「落し物だよ」と一万円札を俊久に渡してきた。俊久が走り出した時、財布《さいふ》に入れていなかった一万円札がポケットから落ちたのだ。なんと律儀な「その筋」の人なのであろうか。日本は落し物が持ち主に返ってくる率は世界一と言われるが、まさにその証左であろう。

さらに、テレクラの事務所の電話番号が載っている名刺を出し、「今度友達も連れてきて連絡してね。その時は全員、いちごでいいよ」とニッコリ笑って去っていった。先ほどのお姉さんと同じく、「いちご」とは青果《せいか》店で売っている苺《いちご》ではなく、一万五千円であることは明白だった。

外の気配を察知したのか、中から店主《てんしゅ》が出てきた。もう男は帰ったので、俊久としてはおもちゃ屋にはかかわりたくなかったのだが、やむをえず事情を話す。

「ハハハッ!　そりゃ面白いや。宮崎から東京に出てきて三十年、この界隈でかなり睨《にら》みが利くようになったんだ。いつでも遊びに来い」

日焼けして引き締まった身体の壮年《そうねん》の店主が、満面の笑みを浮かべた。俊久を見つめる鋭《するど》い目が、多方面に睨みが利くことを裏付ける。

遊ぶといっても、どうやって遊ぶのか疑問と言えば疑問である。少なくとも、「おもちゃで遊びましょ」というおもちゃ屋ではない。

せっかく誘われたが、俊久はその店に行くことは無かった。以後、新宿に限らずどの街であれ、「奥地」には二度と立ち入らなくなった。「君子《くんし》危《あや》うきに近寄らず」である。

その店は数年前に閉店したと、風の噂で耳に入ってきた。人生経験として顔を出すのも一興だったかと、今にして思う。

＊＊＊

東大生として二度目の七月になった。

東京も梅雨明け間近、陽射しが強くなり気温が上昇してくる。俊久が子供の頃、東京でクマゼミの声を聞いた記憶は無い。夏休みに祖父母が住む宮崎に帰省すると、びっくりするくらい大きなクマゼミが木一杯にへばりつき、東の間の地上生活で自らの存在を誇示《こじ》するが如く、あらん限りの大声で鳴いていたことが印象的であった。

ところが、俊久が大学生になって東京に来てみると、クマゼミが鳴いている。代々木公園で初めて鳴き声を聞いた時は、クマゼミが生息《せいそく》するパラレルワールドの東京に移動してしまったのかと戸惑ったものだ。

また、東京は宮崎より暑い気がした。実際、気温は高い。南国のイメージがある宮崎は海洋性気候《きこう》であり、実はそれほど暑くない。元々緑に覆《おお》われている上に、夏は太平洋高気圧の西の縁《へり》にあたり、海からの東風が吹く。よって、普段の最高気温は高くてもせいぜい三十三度程度だ。また、夕立《ゆうだち》が多いため夕方以降は凌《しの》ぎやすくなり、夜は明らかに東京より涼しい。要するに、夏は、大都会・東京の日中及び熱帯夜《ねったいや》より宮崎の方が過ごしやすい。彼女も居ない以上、夏学期の授業が終わり夏休みに入り次第、宮崎に帰るのが得策であった。

俊久は、この頃から、「年のうち半分は宮崎に居る」ということで「参勤交代男《さんきんこうたいおとこ》」と呼ばれるようになった。「隔年《かくねん》で東京に一年間滞在するのが参勤交代だ」という真面目過ぎるツッコミはさておき、俊久自身、「東大が宮崎にあればいいのに」と何度も思った。ただ、当たり前だが、大学が宮崎にあれば「東京大学」ではなく「宮崎大学」である。

宮崎に帰る交通手段は、基本は飛行機であった。青少年割引、いわゆる「スカイメイト」は、予約はできないが、空席があれば半額程度の運賃で乗ることができた。また、飛行機の場合、東京の家から宮崎の家までドア・ツー・ドアで五時間もあればいい。

しかし、ただ帰るだけでは面白くない。宮崎に帰るまで、ゆっくりJRで帰ることも楽しみであった。もちろん学割運賃だ。一つのパターンは、東京駅から新幹線で小倉《こくら》駅まで行き、日豊《にっぽう》本線の特急「にちりん」に乗り換え、宮崎駅まで辿り着くというものである。

ただ、これは長時間座っていなければならない。日豊本線は「本線」を名乗るくせに、単線《たんせん》区間が長い。電化されているとはいえ、単線ではスピードの出しようが無い。さらに大分《おおいた》・宮崎の県境《けんざかい》は急峻《きゅうしゅん》な山地を越えねばならず、鉄道のみならず交通の難所《なんしょ》である。東京駅から宮崎駅まで通算約十時間座っていると、さすがに腰が痛くなる。

そこで俊久が愛用《あいよう》していたのが、寝台特急、いわゆる「ブルートレイン」だ。時間と予約状況次第では、東京駅から新幹線で新大阪駅、または東大入試後に宮崎に帰った時のように岡山駅まで行き、そこから宮崎駅まで「彗星」ということもあった。ただ、王道は、東京駅から乗りっ放《ぱな》しで宮崎駅まで行ける「富士」だ。

「富士」は、約二十四時間かけて東京駅から日豊本線回りで西鹿児島駅（現・鹿児島中央駅）に至る日本一長い距離を走る列車であったが、運行区間が短縮され宮崎駅行き（後に一駅延長され南宮崎駅行き）となっていた。その魅力は、乗り込んだらすぐ横になれ、寝ていれば宮崎駅まで着くということだ。腰が痛くならない。さらに、沿線風景を眺めながら弁当を食べたり、また、当時は連結《れんけつ》されていた食堂車で豪華な食事に舌鼓《したつづみ》を打つこともできた。

東京駅を夕方に出発すると、季節にもよるが熱海《あたみ》駅までには日の入りとなり、夜も更けた頃に名古屋駅に着く。新幹線ならあっという間の距離を、あえてゆっくり行くことに味わいがある。各停車駅でホームに居る、酒を飲んで帰途につくサラリーマンは絶対に乗ってこられない。「あっかんべー」をしたり変顔《へんがお》をしたり、時に中指を立てるのもまた一興だった。

山陽《さんよう》本線を真夜中に走る際、スピードが上がるのが分かる。新幹線とは比べようがないほどのノロノロ運転で、必死さが伝わってくるような走行音がいじらしい。そのあたりで田んぼの中を通ると、車両の連結部分から侵入する肥料の臭いが郷愁を誘う。

山口県に入ったあたりで夜が明け、食堂車に行き朝の瀬戸内海《せとないかい》を見ながら朝食を食べるのがたまらない贅沢だ。関門《かんもん》トンネルを抜け九州に入り門司《もじ》駅に着くと、「帰ってきた」と深呼吸したくなる。とはいえ、まだ六時間くらい乗車しなければならないのだが。

日豊本線に入ると、いきなり田舎の風景が広がる。単線区間が増え、いわゆる「行き違い」、西日本の方言では「離合《りごう》」で待たされる。ちょっと遅れると、どんどん遅れが増幅《ぞうふく》し、宮崎駅到着が平気で三十分くらい遅れるのもまた味がある。大都市の路線で三十分も遅れたら大騒動だが、ブルートレインは乗客ものんびりしたもので文句を言わない。

大分と宮崎の県境の難所・宗太郎峠《そうたろうとうげ》を越えると、いよいよあと一時間余りだ。車窓《しゃそう》が見慣れた風景になり、延岡《のべおか》駅に到着すると文字通り「帰ってきた」と実感する。午後に宮崎駅に到着。宮崎駅名物の椎茸《しいたけ》弁当を買って、そこからバスかタクシーで自宅に帰る。前日、東京の家を出てから丸一日かかる、そのまったり感が楽しかった。

なお、俊久は、宮崎から東京に行くときは必ず飛行機であった。宮崎に一日でも長く居たかったからである。帰りはゆっくりの列車で、行きは速い飛行機。お盆の「精霊馬《しょうりょうま》」で言えば、「帰りはなす、行きはきゅうり」と、ご先祖様とは逆のパターンといったところだ。

二〇〇一年九月十一日のアメリカ同時多発《たはつ》テロ事件以降、俊久は絶対に飛行機に乗らなくなり、東京・宮崎の往復《おうふく》時はブルートレインを愛用していた。しかし、その頃すでに「富士」は東京・大分間に短縮されており、その後廃止された。「彗星」も廃止された。現在は、新幹線も何かと物騒になり、新幹線にもできる限り乗らなくなった。そのため、東京・宮崎の往復時は在来《ざいらい》線の特急と普通電車を乗り継ぎ、大変な労力《ろうりょく》と時間を費《つい》やしている。

＊＊＊

夏休みが始まった頃、俊久がなんとなくテレビを観ていると、「イラク軍がクウェートに侵攻《しんこう》」というニュース速報《そくほう》が流れた。最初は何が起こったか全く分からなかったが、まもなく、日本、そして世界が騒然とし始めた。中東《ちゅうとう》戦争から第三次世界大戦勃発《ぼっぱつ》という事態にもなりかねないと、陰鬱《いんうつ》な雰囲気が世を覆った。

それでも、ともかく二度目の夏休みである。大学生の時でないとできないような何か新しいことをやりたくなり、いろいろ考えた末、乗馬をすることにした。俊久がいつも観ていた時代劇『暴れん坊将軍』のオープニングの映像の松平健《まつだいらけん》の如く、颯爽と馬に乗って駆け巡りたかったのだ。

宮崎は、競馬・乗馬に親しむことができる環境である。宮崎市、それも中心部の一等地には、ＪＲ

A(日本中央競馬会)の牧場がある。ただ、レースは行われておらず、主に競走馬の育成に使われていて、全国的にはほぼ知られていない。

乗馬については、宮崎市の北西に位置する綾町《あやちょう》に馬事公苑《ばじこうえん》があり、初心者から上級者まで指導を受けることができる。俊久の自宅から綾町まで、車で三十分かかる。また、前年の夏に始めたサーフィンをする宮崎市青島までは、自宅から綾町とは逆方向の南に車で三十分かかる。その移動のため、思い切ってスクーターを購入した。本当は車が欲しかったのだが、宮崎に居ない間のメンテナンスや維持費を考えると無理だ。

乗馬は思ったよりは簡単だった。俊久は元々バランス感覚には自信があったが、それよりも馬が好きだったことが大きい。よく知られていることだが、馬は人を見る。怯えたり馬が嫌いだとすぐ見破られ、馬鹿にされたり、言うことを聞かなかったり、振り落とされたりする。二週間も通うと、ある程度のスピードで走ることができるようになった。

また、ボウリングも本格的に始めた。俊久はボウリングブーム世代より下の世代とはいえ、中学生の頃からたまに行っていた際、気軽《きがる》にやっていても友達よりいいスコアが出ていた。せっかくなので練習して、あわよくばプロの資格を取ってやろうと思い、マイボール・マイシューズを購入して通い詰めた。

一日、多い時は十ゲーム以上投げていた。プロ等には教わらず、本を読みながらの全くの我流《がりゅう》ながら、スコアはどんどん上がっていった。この頃はアベレージ百六十以上、最高は二百二十台であったが、まだプロテストを受けるレベルではない。この後、大学を卒業し官僚になった時期にはアベレージ百八十まで上達した。ただ、我流のフォームとあまりの凝《こ》りようのため、アニメ『巨人の星』の最終回で大リーグボール三号を投げた際の星飛雄馬《ほしひゅうま》と同様に肘《ひじ》を痛め、今は遊び程度にしかやっていない。

さらに、前年に始めたサーフィンも続けていた。高度なテクニックも練習し始め、波の状態がいいときには時間を忘れて波と戯《たわむ》れた。上半身裸でスクーターに乗ってサーフボードを脇に抱えて運転していたところ、生放送しているテレビ局の車にマラソン中継のバイクレポートの如く並走《へいそう》・中継され、家に知り合いからの電話が殺到《さっとう》したこともある。中継されたのはいい記念だが、客観的には恥ずかしいことこの上無い。

さらに、ぼちぼち帰省してくる友達の家に遊びに行ったり、家に呼んでゲームをしたり、カラオケに行ったりして気の向くままに遊んでいた。

最もハードな日のスケジュールは、午前五時に起きてサーフィンをしにスクーターで三十分かけて青島に行き数時間波に乗り、一時間かけて綾町に移動。乗馬を二時間ほどこなした後で宮崎市中心部に行き、昼食を適当に食べてボウリング場に移動。友達と待ち合わせして十ゲームほど投げた後で夕食・カラオケ・ゲームセンター・バッティングセンター等に行き、夜中に家に帰るというものだった。あまりにハードで、今ならとてもじゃないが心身ともにもたない。

「若さとは無茶《むちゃ》できるということ」

この自然の摂理《せつり》を、ボウリングを数ゲームしただけで筋肉痛になる今になって実感している。

＊＊＊

このような楽しく充実した日々を送っている時に、好事魔多《こうじまおお》し、大きなトラブルが発生した。

台風が南の海上にある時、太平洋に面した宮崎沿岸《えんがん》にはサーフィンに適した波が押し寄せる。ある日の夕方、天気予報で台風の位置を確認し、翌日は晴れで波の高さは二メートル程度、すなわち最高の条件と分かった。

朝早く勇んで青島に向かうと、風は穏やかにもかかわらず、うねりを伴う波が目に入った。

「これはいい波だ。サーファーがまだ少ない午前中は乗り放題だな」

満面の笑みを浮かべながらサーフパンツ一丁《いっちょう》になり、サーフボードにワックスを塗って海に漕ぎ出した。俊久は、左足が前、右足が後ろ（テール側）のレギュラースタンスだ。体を慣らすために何度か普通に波に乗り、いよいよ高度なテクニックを練習し始める。まずは波の最下部《さいかぶ》でターンする。ボトムターンだ。鋭角《えいかく》にターンすると気持ちいいし、見栄えもいい。少し離れた位置で波に乗るサーファーから、「ヒューッ」と指笛《ゆびぶえ》が飛んだ。

技の練習に適した高さの波が、次々と押し寄せる。続いて、練習し始めたばかりのカットバックだ。見事な弧《こ》を描き、捉えた波に乗り続ける。

「カットバックはマスターできた。波も最高だし、やってみるか」

自らを鼓舞《こぶ》し、いよいよ新たなテクニック「リッピング」に取り組む。

ボトムから波の頂点めがけてボードを走らせ、崩れ出す波頭《なみがしら》でターンする技だ。ボトムまで下ると、さらに次の波頭に向かい上っていく。

指笛を飛ばしたサーファーが、少し離れた位置で得意気にリッピングを披露している。波には優先権がある。その波をやり過ごし、次の波を待つ。

良さげな波が来た。全力でパドリング、すなわち漕ぎ、波をしっかり捉えた。ボトムターンをすると、視線の先に大きな波頭が見えた。そのトップを目指し、斜め上にボードを走らせる。

頂点で上半身を捻《ひね》り海岸《かいがん》側を見たその時、目が点になった。

（げっ！　高い……）

当然のことながら、自然の波は一定の高さではない。低い波もあれば、高い波もある。確率的に百回に一回は一・五倍程度の大波《おおなみ》、千回に一回は二倍程度の大波が来る。

この日の予想の波高《はこう》が二メートルということは、時折三メートル、また四メートルの大波が交じるということだ。俊久の五感《ごかん》はすでに危機モードに入っており、音は聞こえなくなり、周りがスローモーションのように見える。今乗っている波は、視界に入った隣の波の倍の高さ、すなわち四メートル級の波だと認識した。

高度な技の初めての練習で、実力を遙かに超える大波にぶち当たりパニックになりかかる。なんとか冷静になり、トップでターンを決めた。さらにターンするのは危険だ。そのまま岸近くまで乗り続けようとしたその時。

バッシャアアーーーンッ!

不規則に崩れた大波に一気に吹っ飛ばされ、うねりの力で身体が海中深く引き込まれる。いくら泳ぎが得意とはいえ、そういうレベルの問題ではない。人間の力では到底かなわない大自然の力に愕然とする。なされるがままに群青色《ぐんじょういろ》の海中で回転し、上下左右が分からない。右足首とサーフボードを繋ぐ紐《ひも》、すなわちリーシュコードが、文字通りの命綱《いのちづな》だ。

永遠にも思える、しかし実はわずかな時間が経過し、波の力が弱まった。サーフボードは浮力《ふりょく》があるので、浮いているはずだ。リーシュコードを手繰《たぐ》り、なんとか海面に顔を出せた。

ホッとして息を継ぐと、視界が開ける。

「ヤバい!」

目前に、裏返ったサーフボードがある。三本のフィンが刃《やいば》のように陽光に輝く。このままだと顔面を大怪我する。ボードに手を伸ばし裏返そうとしたその時、無情《むじょう》にも次の波が崩れ、大きな力が俊久の身体に加わった。

ゴンッ！

「グギャーーーッ！」

激痛《げきつう》が走り絶叫《ぜっきょう》する。波が通り過ぎたサーフボートの手前部分が赤い。錆《さ》びた鉄のような臭いが鼻を衝く。血だ。よく見ると、小さな白い物体が三本のフィンの合間に漂っている。口内の痛みで痺れている箇所《かしょ》を舌で触ると、下の歯のど真ん中の位置に空間があった。

「歯？　歯だ！」

根ごと、綺麗に一本の歯が抜けている。歯が抜けた時、すぐ歯医者に持ち込むと元に戻るかもしれないと聞いたことがあった。

咄嗟《とっさ》に手に取ろうとした時、小さな波が嘲笑《あざわら》うかのように白い欠片《かけら》を攫《さら》った。慌てて海中に突っ込んだ左手から、白片《はくへん》が去りゆく。大海の中では、もはや探すことは不可能だ。

歯を失った痛みと無念《むねん》でギャン泣きしながら、なんとか岸までたどり着いた。

夏の朝の空気をつんざく悲鳴《ひめい》に、サーファー達が集まってくる。

みるみる砂浜が朱《しゅ》に彩られていく。舌で触ると、他の歯も二本ほどグラグラしている。事態は一刻を争う。大急ぎで帰り支度を整え、サーフボードをサーフショップに預け、スクーターで歯医者に向かう。道中《どうちゅう》、血まみれの顎《あご》と、血染めの白いTシャツを見た車の運転手達が口々《くちぐち》に、「大丈夫《だいじょうぶ》か？　スクーターを置いて車に乗れ」と声をかけてくれたが、渋滞する市街地《しがいち》を抜けるには、スクーターの方が速い。サーフショップの店長が母・華子に連絡しており、歯医者で合流《ごうりゅう》した。

その第一声《だいいっせい》は、思いのほか冷静だった。

「うわーっ！　だけど、目とか頬じゃなくて良かったね」

よく考えればそうだ。歯一本が身代わりになってくれたとも言える。

抜けた歯はどうしようもない。グラグラの二本の歯を守ることの方が重要だ。しばらく歯医者に通って治療した結果、持ちこたえて元に戻った。

抜けた部分を差し歯にするか迷ったが、小さい歯のためそのままにしておいたら、半年ほどで左右の歯が移動してきて間が詰まった。今でも歯医者に行くと、「下の歯が一本足りませんね」と不思議がられる。事情を説明すると、「前田さんみたいな方でも無茶するんですね」と妙に感心され、ささやかな武勇伝《ぶゆうでん》になっている。

当然のことながらトラウマになり、海に行く気にならなかった。嫌な気分はしばらく続き、楽しい夏休みに水を差された気がした。翌年の夏にようやくサーフィンに行くようになったが、しばらくは穏やかな波の日限定で、テクニックの練習はせず、楽しむ程度のリハビリ期間が必要だった。

月日が経って大学教授になった後、海の上で学生に出くわすようになり、行きにくくなって次第に足が遠のいた。使われなくなったサーフボードは、今も俊久の家にある。

＊＊＊

八月も下旬になると、九月にある二年生の夏学期の試験勉強を開始せざるをえなくなった。科目は語学だけだ。一年生時に全科目でAを取ったがために、今回も完全にAを取りにいく。要するに、高校生の頃と同じ状態になっていた。いや、東大での「A限定」は、高校生の頃よりハードルが高い。何で東大に入ってまでこんなプレッシャーの中で勉強しなければならないのか、恨めしかった。全て投げ出そうと何度も思ったが、「教養学部の全Aなんて、これまでも滅多に無いことだろう。大チャンスだ」と思うと投げ出すことはできなかった。

宮崎でも東京に行った後も完璧主義的な勉強を続け、語学の試験を受けた。十月初めに受け取った成績は、「またまたまた」全Aであったことは言うまでもない。

試験が終わったら、秋休みには北海道に行こうと決めていた。北海道に行ったことが無かったため、「大学生の時にしか行けないだろう」ということで、二週間かけて北海道全体を巡る予定だ。九月という時節柄《じせつがら》、どこかは空いているだろうと宿の手配《てはい》はせず、スカイメイトなので飛行機の予約もせず、気軽な旅になるはずだった。

試験が終わった翌日、俊久は張り切って旅支度を整え、朝早く羽田空港に向かって家を出た。途中、山手線で座っている際に尻穴にかすかな痛みを感じ、浜松町駅《はままつちょう》で東京モノレールに乗り換える頃には激痛に変わっていた。このまま北海道に行ったら、大変なことになるのは明白だ。かといって、引き返してよく分からない東京の病院に一人で行くのも嫌だった。入院することになると分かるほどの状態だ。母・華子を東京へ呼び出すことも可能ではあるが、それは避けたい。

幸い、東京の部屋は旅行で長期不在にするつもりで、きっちり片付けて戸締《とじ》まりもしてある。「宮崎に帰るしかない」と、俊久は瞬時に判断した。

羽田空港で事情を話し、一番早い宮崎便にスカイメイト料金で座席を確保した。飛行機の中でもますます痛みが増し、もはや普通に座っていられず横向きに座る。脂汗が出てきた。おそらく熱もある。やっとの思いで宮崎空港に到着し、這うようにタクシーに乗り自宅に辿り着く。電話で事情を話しておいたので、華子は、とりあえず市販《しはん》の痛み止めを買ってきて待っていた。

一晩様子を見ようとして痛み止めを飲んだが、痛みは増すばかりで、その晩は一睡《いっすい》もできなかった。

翌日、市内の大病院に朝一番で行き外科《げか》に回ると、行列が目に入り、そのこと自体で気が遠くなる。しかし、俊久のあまりの痛がりようのため、急患扱《きゅうかん》いで真っ先に診察《しんさつ》してもらうことになった。他の患者も心配そうに「先に診《み》てもらって」と譲るほど痛がっていたのだ。

診察室に入ると、紳士然《しんしぜん》とした外科部長がふんぞりかえっていた。医大の学生十人ほどがインターンに来ており、皆、ノートを手に持って熱心に診察を見学している。痛みのあまり霞む目でその様子を見ながらベッドに横になり、尻を丸出しにする。そして、外科部長に「とにかく尻の穴が痛い。なんとかしてほしい」と訴えた。

外科部長が度《ど》の強そうな銀縁眼鏡をかけ、しばらく尻穴を見つめ、肛門周辺と尻穴内部を軽く触診《しょくしん》する。そのたびに激痛で絶叫し、額《ひたい》から脂汗がドッと噴《ふ》き出す。どう考えても緊急事態だ。俊久は母とともにゴクリと唾《つば》を呑み、ベテラン医師の診断を待つ。

「どこも悪いところは無い。東大生ということでストレスのせいでしょう。念のため痛み止めを出しておきます。勉強頑張ってね！」

外科部長はニッコリ笑い、俊久の肩を軽く叩いた。

なんということか。

「これほど痛いのに、気のせいなわけないでしょう。それに、気のせいなら、なぜ痛み止めなんですか……」

絞り出すような俊久の声は、医大生のざわめきに掻《か》き消された。

真面目な学生達はお互いに顔を見合わせ、ノートにメモしている。「尻穴が痛いのは気のせい」とでもメモしたのだろうか。

自信満々《まんまん》の医師にこれ以上何を言っても無駄と、這いつくばって診察室を出た。

他の患者が心配そうに尋ねる。

「どんなやったね」

「『ストレスのせいで、どこも悪くない』と言われました……」

「そんなはずねーが。別の病院に行かんと」

俊久が辛うじて呻くと、怪訝そうな反応が返ってきた。もとより、そのつもりだ。とにかく凄まじい痛みに歩けず、家に帰ることもできない。

その足で、知る人ぞ知るその手の症状の名医《めいい》と評判の個人病院に行ったところ、初老《しょろう》の男性院長が数秒尻を見ただけで「痔《じ》だよ。即入院・手術」と即断《そくだん》された。当たり前だ。こんなの痔以外ありえない。大病院の外科部長が聞いて呆《あき》れる。

「くそったれ！　あんなのがトップの大病院なんて、『白い巨塔《きょとう》』じゃなくて『白い虚塔』だ！　ふざけんな！」

「ハハハッ！　君、こんな時に上手いこと言うね。その元気があれば大丈夫。だけど、東大生ってクソ真面目なイメージがあるけど、面白いんだな」

激痛に悶える俊久の叫びに、痔の名医が腹を抱えて笑った。その医師の様子に、俊久と華子は少し安堵した。

空いていた病室にそのまま入院し、強力な痛み止めで痛みを凌いで検査・準備した後、翌日に手術となった。

手術前に尻の周りに麻酔《ますい》をしたため、痛みは感じない。ただ、腹の中が動いている感覚がした。また、焼肉《やきにく》の如きいい匂いが漂ってきた。レーザーで尻肉《しりにく》が焼けている匂いだ。俊久は持ち前の好奇心から、いろいろ見ようとごそごそ頭を動かした。そのせいで麻酔が頭の方に回り、ただでさえ頭痛持ちなのに、半年ほど激しい頭痛に悩まされることになった。

名医だけあり手術は簡単に成功したが、一週間ほど入院した。俊久が閉口したのは、東大生と聞きつけた看護婦（当時は看護師ではなく看護婦）や他の入院患者が、続々と「東大生ってどんな人間だろう」と見にきたことだ。芸能レポーターの突撃取材を受ける、入院中の芸能人のようなものだ。

「前田さん、東大生なんですってね！　どんなところなんですか？」

担当のうら若き美人看護婦に尻穴を消毒されながら、東大生活を語る。あまりにシュール過ぎる光景をもう一人の俊久が天井から眺め、嘆息する。入院時に一目で心惹かれたその美人看護婦と電話番号を交換したかったのに、あまりの恥ずかしさに断念した。

一年後、三年生の秋休みで帰省していた時、この看護婦から「県外の病院に転勤《わしょく》する」と電話があり（よく考えれば、自宅の電話番号は病院に記録されている）、一度だけ和食料理屋で食事をした。白衣《はくい》の天使《てんし》ではなく私服の看護婦は、肩まであるストレートの栗色髪と純白《じゅんぱく》のボディコンスーツが似合う年上のお姉さんでかなり気後れした。小麦色の肌が、いかにも健康的だ。やや吊り気味の奥二重、南国女性らしい情熱的な黒い瞳でじっと見つめられると頭に血が上り、何を話したかも覚えていない。看護婦から電話がかかってきたことからして、今ならばどうにかした・なったと思うのだが、ウブな大学生にはただただ眩しく、お別れしてしまった。

痔になった原因は乗馬かと思いきや、長年の受験勉強の影響だった。一日何時間も、多いときは十時間以上も座りっ放しであったため、職業病と言える。

ほどなく退院したものの、しばらくは通院し続けねばならず、当然ながら無理はできない。サーフィンは尻穴に塩水が入るので、もってのほかだ。大波に巻き込まれ怪我をしたトラウマで、いずれにせよ海には行けなかった。

この機会にということで、俊久は、自宅の部屋で山のような量の本を読みまくった。思えば、子供の頃はよく本を読んだものだ。受験勉強が忙しくなった高校生になってからは、すっかり遠ざかっていた。

この秋は雨が多く、連日しとしとと降り続いていた。バケツをひっくり返したような土砂《どしゃ》降りの日もあった。かつて受験勉強をしていた机で、秋雨《あきさめ》の降る風景を眺めながら一日中本を読む。時間が止まったような感覚がし、まるで別の世界に来たかのようだった。東京、そして東大の出来事が遠い国のことのように感じられた。秋休みや北海道旅行が痔で潰れたのは残念だったが、ある意味、いい休養となったと気を取り直す。

痔が完治《かんち》したことを確認して、九月末に東京に発った。座る時に尻の穴に負担がかからない、ドーナツ型の座布団を持って。

第六章　モテ期に生じた三日月《みかづき》の切《せつ》なさ

——二年生の秋から冬

十月初め、巨人ファンのサークルで巨人優勝祝勝会《しゅくしょう》が行われた。この年の巨人は圧倒的に強く、先年の大怪我から復活した吉村禎章《よしむらさだあき》選手のサヨナラホームランで巨人が勝利し、史上最速でセ・リーグ優勝が決まった。その試合を生で観戦できなかったのは残念だが、仕方無い。

秋休みが痔で潰れた俊久としては、せめてこのコンパで大騒ぎをするのが楽しみだった。会場は、東京ドーム近くの居酒屋だ。さすがに巨人優勝祝勝会で、普段、試合は観戦してもコンパには出席しない女子メンバーも大挙《たいきょ》して集まり、大騒ぎとなった。

宴が進んで参加者がバラけた時、黒髪のショートカット、シックなグレーの秋物ワンピースに身を包んだ色白女子が俊久にそっと近づき、隣席《りんせき》に座った。アーモンド型の二重の目が印象的だ。その大きなブラウンの瞳で、俊久をじっと見つめる。

試合観戦時に何度か顔を合わせていたが、挨拶程度しか言葉を交わしていない名門女子大一年生だ。田舎から上京して半年、いまだどことなく垢抜けないさまが微笑ましい。

「先輩、お久しぶりです。私のこと、覚えてますか？」

シトラスの香水《こうすい》の匂いをかすかに漂わせながら、不安げに問いかける。

「もちろん覚えてるよ。山内《やまうち》さんだよね。元気だった？　僕は、詳しくは言えないけど、夏休みと秋休みにとんでもない目に遭って元気じゃないよ」

俊久は場を和ませようと、あえて自虐《じぎゃく》的に答え、頭を掻く。

その時、意外な言葉が返ってきた。

「……この後、東京ドームの巨人側のいつもの『入場ゲート』前に来てもらえませんか。大事な話があります」

そう言ううちにも、透き通るような色白の頬がみるみる紅潮していく。

（これは告白のパターンじゃないか。いや、そんなはずはない。この娘とはあまり話したことは無いし。だけど大事な話って、他に何があるかな。金を借りたいとか？　いや、何かの勧誘かもしれない……）

俊久の頭は大混乱に陥った。

とりあえず裏返った声で、辛うじて返答する。

「に、二次会終了後でいい？」

「それでいいです」

「夜十一時過ぎるよ。本当にいいの？」

「今日でないといけないので、それでいいです」

その潤《うる》んだ瞳には、一人の女性としての強い決意が込められていた。

俊久は考えれば考えるほど頭が混乱し、この飲み会の残りの部分、さらに二次会も上《うわ》の空《そら》だ。楽しみにしていた祝勝会が台無《だいな》しだが、そういうレベルの問題ではない。

（待ち合わせの場所に行って、誰も居なかったらどうしよう……。いや、他の連中と示し合わせたドッキリかも）

考え出したらキリが無かった。

二次会が終わり、俊久が最終確認の意味を込めて彼女を見ると、目で訴えている。やはり、待ち合わせ場所に行かねばならないようだ。

「他のメンバーに気取《けど》られるといけないから、一旦別れて、十分後に現地で落合博満《おちあいひろみつ》、いや、落ち合おう」

さりげなく近づき、巨人ファンというかプロ野球ファンならではの精一杯の冗談を交えて告げた。

コンパは、地下鉄丸ノ内線後楽園駅の改札での「巨人優勝万歳三唱」でお開きだ。飲み足りないメンバーは、池袋《いけぶくろ》に出て朝まで飲むことになった。俊久はさりげなくその場を去り、東京ドームの後楽園駅側入場ゲート前の待ち合わせ場所に移動する。

ドッキリかもしれないとキョロキョロしつつ俊久が待っていると、本当に彼女がやってきた。あらためて向き合うと、俊久の肩ほどの背丈しかない。小柄で華奢《きゃしゃ》な身体が小刻《こきざ》みに震えている。

俊久は重苦しい空気にならないように、すぐさま誘う。

「立ち話もなんなんで、喫茶店でもどう？」

「ここでいいです」

小声《こごえ》で、しかし強い口調《くちょう》で言い切り、小さな口を囲む肉厚《にくあつ》の唇をギュッと引き締めた。

彼女はじっと俊久の瞳を見つめた後、恥ずかしそうに俯《うつむ》いて口を開く。

「私、先輩のことが好きです。初めて会った時から、優しそうな人だなと思っていました。もし良かったら、付き合ってもらえませんか……」

まさに驚天動地《きょうてんどうち》。俊久の視界の中で地面がうねり、三半規管《さんはんきかん》が動揺してグラグラする。

呼び出されて告白とは、なんとベタな展開だろう。

中学生の頃は背が低いため、高校生の頃は女子が少なかったことと勉強・管理教育でそれどころではなかったため、このような経験は無い。あえて言うならモテていた小学生の頃以来だが、それは子供の恋愛ごっこみたいなもので、本気でどうこうではない。東大に入って以降、自分からいろいろあがいたが、告白されたことは無かった。

そう、人生で初めて受けた愛の告白だ。一生の記念であることは疑いない。

もちろん、ドッキリではないと仮定《かてい》して、この展開も一応予想はしていた。飲み会の間に想定問答《そうていもんどう》も考えていたが、実際にこうなってみると、どう答えたらいいか分からない。

俊久は黙り込んでしまった。

彼女がさらに言葉を続ける。

「誰か付き合っている人が居るのなら、諦めます」

反射的に、「いや、誰も居ないよ」と答えた。

それは事実である。

ただ、「彼女が正面から告白してきている以上、中途半端《ちゅうとはんぱ》ではなく、きちんと答えなければならない」という純粋な気持ちと、「このチャンスを逃してはならない」という俗な気持ちが交錯し、どう答えていいか、俊久の頭は猛烈に回転、いや、混乱し始めていた。

大前提は、「この場で決定的結論を出してはならず、さらに、サークルの活動に支障《ししょう》をきたしてはならない」ということだ。どのサークルでも、内部での恋愛の縺《もつ》れのトラブルはよくある話だ。巨人ファンのサークルは、やっとの思いで俊久が見つけた居場所である。恋愛沙汰《ざた》で気まずくなり、顔を出せなくなるのは嫌だった。また、彼女が顔を出しにくくなる状況も避けたい。今、俊久が無下《むげ》に断れば、彼女はサークルに顔を出さなくなるだろう。

ただ、他方で、俊久は彼女のことをよく知らない。好きでも、また、嫌いでもない。この状況であっさり「付き合おう」と応じるのは、彼女に、また、自分自身に失礼ではないか。一年前、ダンスパーティで知り合った音大生の亜樹とクリスマス・イブを過ごすかどうか悩んだ際と同様に、俊久の変に潔癖な性格が頭をもたげてきた。

さらに言えば、俊久は、相手の性格もさることながら、顔の好みがうるさい。

よく、「人間は顔じゃない」「顔で判断するな」とされるが、顔というのは、育った環境や現在の状況を反映する。職業ごとにそれらしい顔になるということも、よく言われる話だ。顔には内面が出る。顔の造作《ぞうさ》が良くても美しくないとか、その逆もありうる。つまり、人を顔、また、外見で判断するのは、十分根拠《こんきょ》があると俊久は考えている。

この彼女については、たしかに不美人ではないが、かといって好みのタイプの美人というわけでもなかった。俊久の好みのタイプであれば、四月に初めて会った時に気になっていたはずである。

事故に遭う時には脳がフル回転するため、周りがスローモーションのように見えるという。この時、俊久の脳は凄まじい速度で回転しており、周りの状況はまさにスローモーションのようであった。中森明菜《なかもりあきな》の曲『スローモーション』の歌詞が、瞬時に脳内再生される。

周囲の音は何も聞こえず、視界には彼女しか入っていない。数十分にも思えた時間は、実際にはわずか数秒だった。

その思考の結論は、なんともありきたりなものであった。

「僕は山内さんのことをよく知らないんだ。友達からということで良ければいいよ」

俊久自身、自己嫌悪《じこけんお》に陥る回答だが、その場を凌ぎ、決定的結論を避けるにはこれしかなかった。

当時ブームになっていた「とんねるず」司会の番組『ねるとん紅鯨団』では、勇気を持って告白した男性に対し、女性が「友達からお願いします」と返答することがしばしば見受けられた。俊久は「なんと卑怯《ひきょう》な返答だ」とテレビの前で憤慨《ふんがい》していたが、いざ自分が同じような立場に立ってみると、その返答しかできない状況があると実感する。

あまり相手のことを知らない状況において告白された場合、よほどの一目惚れとか、逆に生理的に受け付けないという相手でない限り、こう答えるしかないのだ。

「分かりました。今度、どこか遊びに連れていってください」

彼女は自宅の電話番号を書いたメモを俊久に手渡す。俊久も礼儀として電話番号を教え、その場は終了した。

「駅まで送ろう。後楽園？　水道橋《すいどうばし》？」

「友達がすぐそばで待っているのでいいです。あと……私のこと、奈緒《なお》って呼んでください」

「いきなり呼び捨てってしにくいな……。奈緒ちゃんでいい？」

「はい……先輩」

恋する男に初めて下の名前で呼ばれた奈緒は、少女のようにはにかみ、耳まで真っ赤だ。

そんないじらしい奈緒を見つめるのが照れくさくなった俊久が横を見ると、見覚えある一年生女子の姿が思いのほか近くにある。その顔は、友達が告白してフラれなかったことに安堵しているようだ。

俊久はテンパっていたので、その存在に全く気付かなかった。

（これは、他の女子達に筒抜《つつぬ》けだな……）

ため息をつきながら、彼女達の背中を見送る。

俊久がようやく我に返ると、手が汗ばんでおり、耳と頬が熱い。周りの音が耳に入ってきた。視界も開けてきた。さすが東京の中心地、夜十一時を過ぎたにもかかわらず、まだ人通りがある。

涼しい秋風がザッと吹く。空を見上げると、雲の隙間《すきま》から顔を出した円い月が、寂しげに東京ドームの屋根にかかっていた。

家に帰るには、もう少し興奮を収めなければなるまい。今なら、池袋に居るであろうサークルのメンバーと携帯電話で連絡を取り合流できる。しかし当時は携帯電話が無く、別れたら最後、探し出すのは困難だった。おとなしくJR水道橋駅から中央線・総武線各駅停車に乗って新宿に出、京王線本線で上北沢の家に帰るしかない。しかし、俊久は、人生で事実上初めて愛の告白を受けた興奮冷めやらず、水道橋駅付近の深夜営業の喫茶店で朝まで過ごすことにした。

ようやく朝が訪れ、始発で帰途についた。家に帰っても、しばらく寝付けず、寝入ったのは昼過ぎ。疲れが出たのか、目が覚めたのは翌日の朝だった。コンパ、告白、円い月。全て夢の中の出来事のようだ。ただ、机の上には、奈緒から手渡された電話番号のメモがあった。その出来事が紛れもない事実だったことを確認し、安堵する。

(奈緒ちゃん……。今まで意識してなかったけど、僕を好きになってくれてありがとう……)

小さな身体と、はにかんだ真っ赤な顔が、寝起きの頭に浮かんでくる。温かい気分により、再度睡魔が襲ってきて深い眠りに落ちていった。

＊＊＊

冬学期の授業が始まった。二年生の冬学期、駒場、すなわち教養学部では最後の学期である。授業は、教養学部科目として英語・中国語の語学と体育があり、さらに、法学部科目として夏学期から継続している法律・政治科目の授業があった。そんな中、この学期に固有《こゆう》の科目として、経済学の授業が開講される。

当時、東大法学部は、法曹《ほうそう》関係を目指す学生が多い私法《しほう》コース（一類）、公務員を目指す学生が多い公法《こうほう》コース（二類）、政治関係及び民間企業を目指す学生が多い政治コース（三類）に分かれていた。法学部では、いずれかのコース（類）に所属することになる。

文科I類からは、必要な単位さえ取れば法学部に進学できる。ただ、法学部を卒業する時の条件が、コースによって異なる。すなわち、それぞれのコースには、必ず単位を取らなければならない必修科目や「指定する範囲でのいずれかの科目の単位を取らなければならない」選択必修科目があり、コースにより微妙に違う。

法学部は、当時、必修・選択必修科目の単位を全て取得した上で、合計で九十単位以上取得すれば卒業であった。通年科目は四単位、半期科目は二単位なので、通年科目換算《かんさん》で二十三科目分の単位を二年生から四年生までの三年をかけて取得していく。

理論上は一年に八科目分ずつ単位を取得すればいいが、実際は四年生時には就職活動で授業に出席する時間が無いことと、四年生の最後の試験で単位を落として九十単位に足りなくなったり、また、必修・選択必修科目の単位を落としたりすると卒業できなくなり、就職内定が無効になるので、三年生時までにできるだけ多くの単位を取得するのが通例であった。

当時、経済学の科目が選択必修科目となっていた。法学部の学生もまた経済学の素養《そよう》が必要ということであり、「近代経済学」または「経済学原理」のいずれかの科目を選択して単位を取得しなければ卒業できない。この科目は、二年生の冬学期に二コマ連続の授業という、期間は半年だが四単位の科目として開講される。ここで単位を取得しなければ、法学部進学後の三年生時以降、この科目のために駒場キャンパスに授業を受けに来なければならない「駒バック経済学」状態になる。つまり、「二年生時に絶対に落とせない科目」の一つである。

「近代経済学」は、いわゆるマクロ・ミクロ経済学について学ぶものであり、計算も多い。国家公務員I種試験（現・国家公務員総合職試験）においても経済学の問題があり、内容はほとんど近代経済学だ。国家公務員を目指す俊久としては、こちらを選択するべきであった。また、実際は、国家公務員を目指す目指さないにかかわらず、ほとんどの学生が近代経済学を選択していた。

しかし、俊久は、あえて「経済学原理」を選択した。この科目は、マルクス経済学について学ぶものだ。当時、すでに東欧社会主義国家は革命で崩壊し、ソビエト連邦も崩壊しつつあり、マルクス主義は過去の遺物《いぶつ》となりかかっていた。

俊久は、政治思想的にはマルクス主義者ではないが、経済学の考え方としてマルクスの理論は正《せい》鵠《こく》を射ていると考えていた。資本主義社会においては、資本家が労働者を搾取《さくしゅ》しているということは一面の事実である。土地や工場等の資本を持たざる労働者は、資本家に対して非常に弱い立場にならざるをえない。そのこと自体は正しい指摘だ。

ただ、そこから飛躍して、労働者階級による革命・プロレタリア独裁《どくさい》という方向性に賛同できないのである。資本主義社会において上手く生きていくため、平《ひら》たく言えば自らが労働者として搾取されずに資本家になるための知恵として、マルクス経済学自体は十分に学ぶ価値があると考えていた。

初めての授業がある日、俊久は、他の法律科目等の授業が行われる巨大な「９００番教室」に乗り込んだ。

その時、愕然とした。なんと、出席者が二十人ほどなのだ。教室は七百人ほどを収容《しゅうよう》できる規模である。必修科目で人気がある授業は、サボる学生が居るとはいえ、座席はかなり埋まっていた。

それに対し、この授業の初回出席者は、何度見直しても数え直しても二十人ほどであった。休講《きゅうこう》掲示は出ていない。教室か時間割を間違ったか、何かのドッキリじゃないかと思ったが、出席者は同じ経済学の本を所持《しょじ》していた。当然ながら知り合いの学生は居ない。一瞬帰ろうかと思ったが、楽しみにしていた授業だったので思いとどまり、南側の窓に近い前方の席に座った。

開始時間ちょっと前に、経済学部の壮年男性教授が登壇《とうだん》した。

高級感溢れるブラウンのスーツが、恰幅《かっぷく》の良い身体と似合う。法学部の教員とは、どことなく雰囲気が違う。スマートな銀縁眼鏡が、いかにも経済学者らしい。

「今年も少ないなー。マルクスは嫌われているんだよね」

話によると、履修登録者は五十人ほど居るらしく、それ自体少ないが、例年、出席者はさらに少なく、この程度とのことだった。ただ、「理論上は最大で七百人ほどが登録する可能性があるので、この教室になる」と、自嘲気味に説明した。

他方、「近代経済学」の授業は、出席している友達によると文Iの残り（「残り」という表現も変だが）六百人以上が登録しており、出席者が四百人ほどで教室はかなり賑わっているとのことだ。

授業は思いのほか面白く、居眠りすることも無かった。ただ、さすがに二コマぶっ通しの授業である。わずか二十人ほどの初回出席者も回を重ねるごとに減り、十人ほどの固定客が残った。さらに居眠りする学生も居る。人数が少な過ぎるし、知り合いでもないため、テープレコーダー連盟も成立しない。ここまで少なくなると逆に声をかけづらい上に、テープレコーダーを置いてサボると、教授にモロに分かってしまう。出席は取らないとはいえ、なんだか気の毒だ。
結局、最後の授業まで真面目にきちんと聞いていたのは五人ほどであった。その中に、後に俊久の親友となり現在は他の大学で教授をしている学生が居たが、当時はお互いにそのことを知る由も無かった。

授業時間帯は、夕方に設定されていた。季節は秋から冬だ。南西に沈む夕陽が南側の窓から斜めに差し込む。俊久が窓際の席から外の風景を眺めつつ、振り返るとガラガラの教室。合間の小休止《しょうきゅうし》の時間に外に出てみたところ、晩秋《ばんしゅう》の侘しい夕焼けの風景が広がっていた。百人一首における良暹《りょうぜん》法師の歌に倣えば、「寂しさに　『教室』を立ち出《い》でて　ながむれば　いづくも同じ　秋の夕暮れ」である。

あまり知られていないが、東京の夕陽は田舎の夕陽より遙かに赤い。都会は空気中の塵《ちり》が田舎より多いためだ。その赤さが一層俊久の心に沁み入った。宮崎の田舎の田んぼで頻繁に味わっていた自分が自分でない感じ、「自分はここで何をやっているんだろう」という感覚が強烈に襲ってくる。もう一人の冷めた自分が、教室上空から自分を眺めていた。ブームとなったドラマ『ヤヌスの鏡』の主題歌、椎名恵《しいなめぐみ》の曲『今夜はＡＮＧＥＬ《エンジェル》』の歌詞そのままだ。

この「経済学原理」の授業内容は大変有意義で、今でも俊久の行動原理の一つとなっている。さらに、他の授業では味わえない虚しさ・切なさを味わうことができたという意味でも貴重な授業だった。

俊久は、その閑散《かんさん》とした風景を、今でもたまに懐かしく思い出す。

ただ、教える立場になって考えると、あのガラガラの状況はとても耐えられない。自分ならば、狭い教室に変更していたであろう。その意味で、当時の経済学部教授のメンタルの強さには感服《かんぷく》している。

＊＊＊

経済学の授業のほか、俊久は、夏学期から継続して憲法・民法・刑法等、法律・政治科目の授業にも出席していた。そんな時、夏学期にレポートを提出していた政治科目の教授から、突如として事務経由で呼び出しを受けた。

（何かヤバいことでもあったのかな……）

ビクビクしながら本郷キャンパスに向かい、正門から入ってすぐ横の風格《ふうかく》ある建物内に歩を進める。重厚《じゅうこう》な木製の扉をノックし、初めて「東大法学部教授」の研究室に入った。正面奥に座る、柔和《にゅうわ》ではあるが才気《さいき》を感じさせる男性教授が手招《てまね》きする。勧められるままに、その前のデスクチェアに座った。

上品《じょうひん》なアンティークの机の上に、俊久が提出した手書きのレポートが置かれている。周囲を見渡すと、壁際《かべぎわ》の書棚は分厚い本と論文集や各種専門誌でぎっしりだ。

教授がレポートを手に取った。

「前田君、君のレポートを読んだが素晴らしいものだった。もし良かったら、将来、学者にならないか」

予想外の展開に、俊久は混乱する。

少なくとも中学生の頃まで、学者になることは目標の一つではあった。ただ、それは歴史学者・数学者・物理学者・天文学者だ。東京大学教養学部文科Ⅰ類（法学部）に合格した時点で、目標は官僚になり、いつか政治家（総理大臣）になるというものに限定されたわけで、法学者や政治学者になるつもりは無かった。

レポートについては、「重要なものではなく、提出したい者は提出してもいいが、出さなくても成績にはあまり影響しない」という、趣旨《しゅし》が不明瞭《めいりょう》なものだった。

俊久としては、「提出しないよりは成績にプラスになるだろう」と思って提出したのだが、このようにお誘いを受けた後でよく考えてみれば、「学者候補の青田買《あおたが》い」の可能性が高い。

一介《いっかい》の学生からすると、東大法学部教授は「雲上人《うんじょうびと》」だ。そのせっかくのお誘いなので、断るにしても機嫌《きげん》を損ねてはならない。

俊久が遠慮がちに小声で答える。

「僕は官僚になるつもりなのでお断りします……」

「まあ聞きなさい。学者にはいいことが沢山《たくさん》あるんだ」

授業時のスマートなスーツ姿とは異なるラフな格好で、気鋭《きえい》の少壮《しょうそう》教授がアピールし始めた。

授業しなければならないが、それ以外の時間は自由であること、論文は書いた方が望ましいが、書かなくても怒られたりしないこと、研究室が個室であること、いわゆる「上役」はおらず学部長や総長等から直接の命令を受けることは少ないこと、好きな研究が好きなだけできること等々。

「魅力的なお話ですが、学者になるにはどうすればいいのか分からないので、またの機会に」

とりあえずその場から逃げようとする。

しかし、教授はなお引き留め、学者になる方法を説明し始めた。

大学院の研究者養成《ようせい》のためのコースに進学し修士課程を修了《しゅうりょう》（修士号を取得する）、できれば博士課程までも修了する（博士号を取得する）、または、法学部で優秀な成績を揃えて法学部卒業時に「助手《じょしゅ》」となること（当時の東大法学部の「助手」は教員扱いで給料が貰え、すぐに助教授、教授と昇進していく。今は若干異なる制度となっている）で、学者になれるとのことだ。

俊久がこれまで考えたこともない進路だ。とりあえず、保留《ほりゅう》するしかない。

「僕はまだ二年生で、今まで考えもしなかったことなので、即答《そくとう》できません」

「四年生になって就職を決める時まで、学者になるという選択肢を頭に入れておいてほしい。君には学者の素質《そしつ》があるから、いつでも相談に来るように」

俊久の心が少し動いたと思ったのか、安堵した様子だ。

「ところで先生、眼鏡かけてませんけど、コンタクトなんですか?」

眼鏡だらけの教授陣の中、眼鏡をかけていないことが前から気になっていた俊久が尋ねた。

「学生からそんな質問をされるのは初めてだ。裸眼だよ。学者は目を酷使《こくし》するから、視力は結構重要でね。君も眼鏡をかけてないけど、どうなんだい?」

「裸眼です。両眼とも視力2・0です」

「そりゃ凄いや。どれだけ本を読んでも大丈夫だな。学者になるのを待ってるよ」

打ち解けたところで話は終わり、いかにも大学教授らしい最敬礼で俊久を送り出した。

学者へのお誘いは、さらに法学部進学後の三年生の終わり時点で、法律科目の教授、また、教養学部の時に授業を受けた歴史の教授からも受けることになる。しかし俊久は、元々の目標通り国家公務員、いわゆる官僚になった。ただ、その後に官僚を辞して大学院を受験し入学、博士課程まで修了して法学者・政治学者になったということからして、当時、誘いに乗ってストレートに学者になっておけば良かったとも言える。

なにせ、一日十時間眠らないと頭が働かず、また、酒と煙草が大の苦手である俊久にとってみれば、大学教授はまさに適職《てきしょく》だ。大学教授なら授業時間次第で睡眠時間も十分取れるし、個室なので他人の煙草に悩むことも無い。飲み会はほとんど無いし、酒を飲まなくても誰も文句を言わない。

この時の教授のお誘いは、進むべき進路を事前に示す、いわば「啓示《けいじ》」であったのかもしれない。まして、三年生時に勧誘された歴史の学者は、子供の頃の目標でもあったのだ。それに、今も両眼とも視力2・0で老眼《ろうがん》の兆しすらないので、「目」も学者としての素質は抜群だったことになる。ただ、大学卒業後に一般社会での勤務を経験しないまま学者になっていたとしたら、俊久にどのような人生が待っていたかは神のみぞ知る。

＊＊＊

この頃になると、東大内の友達ばかりではマンネリ化して、俊久自身、その世界が広がらない気がしていた。高校の同窓生で東京に居る面々ともたまに顔を合わせていたが、いまいちパッとしない。そんな折、小学生の頃、名古屋に住んでいた時に仲が良かった二歳年上の石渡《いしわた》という人物が、東京の大学に入学して近くに住んでいることが分かった。十年ぶりに連絡を取ると、石渡も大いに乗り気で「是非《ぜひ》会おう」と即決《そっけつ》だ。

子供の頃の二歳の年齢差は大きく、いわば兄貴《あにき》分だった。背丈も違い、当時は見上げていた。しかし、大学生になって会ってみると、石渡は小柄で俊久の方が背が高くなっており、非常に困惑《こんわく》した。二歳年上であることには変わりないが、子供の頃と同じくタメ口である。石渡が一年浪人していたので、学年が同じだったことも幸いした。

ディスコやパーティに行くと、東大生二人より東大生と他大学生一人ずつの方が女子ウケした。お互いの家を行き来《いき》し、十年間の空白を埋めるようによく遊んだ。東大生とは異なる感性《かんせい》・考え方や他の大学の情報等、大いに刺激を受けた。

ただ、石渡は大酒飲みで、凄まじい量を毎日浴びるように飲んでいた。さらにヘビースモーカーで、一日五箱は煙草を吸う。これぱかりは、俊久が「身体に悪いからやめた方がいいよ」と諌《いさ》めても、聞く耳を持たなかった。

石渡は地元である名古屋の民間企業に就職したため、社会人になってから連絡が徐々に途絶《とだ》えがちになった。最後に会ったのは、大学院生になった俊久が陸路《りくろ》宮崎に帰る途中で名古屋に立ち寄った時だ。いつしか年賀状等のやりとりも途絶え、月日が過ぎていった。

先年、俊久がなんとなく気になって石渡の自宅に連絡したところ、数年前に心筋梗塞《しんきんこうそく》で急に倒れ、そのまま亡くなったということであった。四十代で心筋梗塞とは、やはり酒と煙草の影響だろう。知らぬ間に、俊久は、友達を失っていたことになる。あらためて人生の無常《むじょう》を感じるとともに、人間どうなるか分からないものだと嘆息した。

＊＊＊

巨人優勝祝勝会の時に告白された奈緒については、その後間もなく、俊久から電話するまでもなく奈緒の方から電話があった。初デートは、巨人ファンサークルで出逢った二人に相応《ふさわ》しく、後楽園遊園地に行くことになった。

そうこうするうちに、奈緒の人間性も分かってくるだろう。好きになるかもしれないし、ならないかもしれない。曖昧というか優柔不断《ゆうじゅうふだん》な考えだが、即断できない以上、仕方無い。

こうして、この秋、後楽園遊園地、としまえん、東京ディズニーランド等を行脚し、ゲームセンターやボウリング、映画やプラネタリウム、時には郊外《こうがい》に足を延ばして公園を散策《さんさく》する等で土日《どにち》は潰れた。帰りには、食事をしてカラオケに行くのがお決まりのコースだ。

支払いは全て俊久持ちだった。たとえば食事中、奈緒が気付かないうちにさりげなく会計を済ましていた。男子たるもの、恋人ではなくとも、女性の分も支払うべきという俊久の信念に基づいている。今は「バブル」とか「昭和」と揶揄されるかもしれないが、当時は当然のことだった。

カラオケの後はそれぞれ帰途につき、奈緒とはそれ以上の段階にはなかなか発展しなかった。残念ながら、これだけ行動をともにしても「好き」という感情は生じない。これは厳然《げんぜん》たる事実である。

（どうしたものか……）

しばしば考え込むようになった。このままずるずると友達として経過するのも悪くないが、奈緒は「好き」と告白しているのである。何らかの対応をしなければなるまい。すなわち、俊久も「好き」になる（またはなるのを待つ）か、「恋人として付き合うことはできない。今後も友達で良ければ、そのお付き合いは続けたい」とけじめをつけるかだ。

当然、サークルの友達には相談できない。すぐに噂が広まり、俊久も、奈緒も、サークルに顔を出せなくなるのは火を見るより明らかだ。

やむをえず授業の合間に堀本らに相談し、さらに同窓生に相談した。

「そんな贅沢を言うな。せっかく好きだと告白されているのに、なんと勿体無い」

それぞれから、異口同音《いくどうおん》の回答が返ってきたのは当然だ。

結論は出ず、悶々とした日々が過ぎていった。

＊＊＊

十二月になり、突如として事態が急変した。

ある日の夕刻、授業が終わり帰宅しようとすると、駒場キャンパスの正門前に見覚えのある女子学生の姿がある。当時流行っていた冬物の濃紺のダッフルコートに、小柄な身体が埋もれていた。

「あれ？　奈緒ちゃん、どうしたの？」

俊久が怪訝そうに声をかけると、奈緒がただでさえ大きな瞳をさらに見開き、じっと見上げる。

「先輩の家に行きたいんですが、いつが都合いいですか？」

いきなり斬《き》り込んできた。煮え切らない俊久に痺れを切らし、待ち構えていたのだ。

北風がザッと吹き抜ける。

初冬《しょとう》の駒場の風景が霞み、雑踏《ざっとう》の音が全く聞こえなくなった。

石川《いしかわ》ひとみの曲『まちぶせ』が、脳内で再生され続ける。

ずるずる先延ばししていた案件《あんけん》に最終決断を迫る事態であることは、すぐに分かった。まさに最後通牒《つうちょう》。昭和十六年十一月、対米交渉中に突如としてハル・ノートを突き付けられた野村吉三郎《のむらきちさぶろう》・来《くる》栖三郎《すさぶろう》の気分である。

「……どこかで食事でもしようか？」

「いいえ。今日はこれだけ伝えようと思って来ました。お返事お待ちしています！」

小さな身体の背筋《せすじ》を伸ばし、キッと唇を引き締める。強い決意を込めた時の奈緒の癖だ。その言葉は、きちんと受け止めて返さなければならないメッセージであることは明白だった。

俊久は家に帰り、心当たりの友達に電話で相談しまくった。

当然のことながら、大半《たいはん》の反応は、「自慢か」「のろけか」「はいはい、お幸せに」というものであった。

親身《しんみ》になって話を聞いてくれた友達も、居るには居た。

「彼女は本当にお前のことを好きなのだろう。家に行きたいとはそういうことだ。ただ、その時どう動くべきかについては判断しかねる」

「据《す》え膳《ぜん》食わぬはなんとやら。彼女も大学生だろ。男の家に一人で行くとはどういうことか分かっているんだろうから、覚悟した方がいい」

それぞれもっともな見解だ。

最後に決めるのは自分しかない。

俊久が三日三晩考えて出した結論は、「家には招待するが、後は流れに任せる」という、なんとも頼りないものだった。

生まれて初めて女性を家に招く準備をしなければならない。奈緒には十二月半ばの日曜日を指定し、部屋の掃除をし、若干の買い出しをした。

もしその身体に手を出したら、それ相応《そうおう》の覚悟をせねばなるまい。

(ひょっとしたら、軽い気持ちで遊びに来たいと言っているだけかもしれない。考え過ぎだ)

そうも思ったが、男の独り暮らしの部屋に単身乗り込むとは、ある程度のことは期待または覚悟しているとしか考えられなかった。

「草食系《そうしょく》男子」という言葉が無い時代、「男は狼《おおかみ》だ」という言葉くらいは聞いたことがあるはずだ。

(狼ではないとしても、メス猫が近くに居るオス猫になりうることは分かっているだろう。いや、田舎のお嬢様が、東京に出てきて舞い上がっているんじゃないか。僕のことを好きだと言っているけど、生まれたばかりの鳥の雛《ひな》が初めて見たものを親と思い込むようなものじゃないかな……)

俊久は、いろんな展開を予想すると胸が高鳴り、頭がぐちゃぐちゃになって、数日前から眠れなくなった。日中《にっちゅう》眠くて授業どころではない。何かあるとすぐ眠れなくなる性分を恨んだ。

＊＊＊

運命の日の昼下がり。

薄日《うすび》が差しているが寒い。

一睡もできなかった俊久が真っ赤な目をして上北沢駅まで迎えに行くと、たしかに奈緒が居た。純白のブラウスに漆黒《しっこく》のブルゾン、そしてシルクの黒いロングスカート姿だ。東京に出てきた田舎の娘が、精一杯背伸びしてお洒落をしている。白い頬にはこれまで見た中で一番濃い朱のチークが施《ほどこ》され、見ようによっては「おてもやん」に見えなくもなく、愛らしい。

駅からマンションまではすぐだ。昼食は済ませてくるという話だったので、定食屋に寄る必要も無ければ、特段買い物も無い。真っ直ぐマンションに着き、玄関のドアを開けて中に入る。

いつもは不用心《ぶようじん》なので内側から鍵をするところ、この場合に鍵をしたら変に勘ぐられるかもしれないと思うと、どうしていいか分からない。なにせ、部屋に女性を上げるのは、人生で初めてなのだ。

そっと、音を立てないようにして鍵を閉めた。

「奈緒ちゃん、ようこそ」

「……お邪魔します」

もじもじしながら、冬物のダークブラウンのロングブーツを脱ぐ。前屈《まえかが》みになった小さな身体から、ほのかな柑橘《かんきつ》系の香りがフワッと漂う。

通路の奥の扉を開け、リビングに入る。エアコンのスイッチを入れると温風が吹き出し、奈緒は羽織《はお》っていたブルゾンを脱ぎ、ハンガーに掛けた。

俊久が震える指でシーリングライトを点けると、突如としてWink《ウインク》の曲『愛が止まらない　～T《ター》urn it into love《ン・イット・イントゥ・ラヴ》～』が脳内再生された。

奈緒が部屋に入っても、どうしていいか迷っている。日はまだ高く、時間は十分過ぎるほどある。

とりあえず座布団を勧め、買い込んでおいた高級緑茶を淹れて一息つくことにした。

「綺麗にしてますね。いつもこうなんですか？　男の人のお部屋って、もっとぐちゃぐちゃと思ってました……」

一人っ子で兄弟がいない奈緒は、中学校・高校は女子校で、今も女子大生のため男性の部屋に入るのは初めてとのことだ。熱い緑茶をすすりながら、興味深そうに周りを見渡す。

俊久は元々部屋を綺麗にしているが、今日は特別だ。

ＣＤラジカセのスイッチを入れ、音楽をかけた。準備していたクラシックのＣＤではなく、たった今想起した『愛が止まらない　～Ｔｕｒｎ　ｉｔ　ｉｎｔｏ　ｌｏｖｅ～』を筆頭《ひっとう》に、Ｗｉｎｋのお気に入り曲をまとめたカセットテープだ。六十分のハイポジションカセットテープを、オートリバースで再生する。

そのメロディと歌詞が、室内に甘い雰囲気を漂わせた。

いやが上にも俊久の緊張は高まり、自分の心臓の音だけが聞こえる。

さあ、どうしたものか。

様子見しかない。しばらく雑談した後、奈緒がファミコンに興味を示した。ゲームをしたことが無いとのことだ。俊久は、テレビに接続したファミコンのスイッチを入れた。先日までやっていた『ドラゴンクエスト』が画面に表示される。

「これがドラクエですか。初めてです。どう操作するんですか？」

お嬢様は、嬉々《きき》としてコントローラーをいじっている。

（本当に箱入《はこい》り娘なんだな……）

隣に座る奈緒の透けるように白いうなじを見つめつつ、俊久は操作方法を教えてゲームを進めた。ほどなく「スライム」が出現し、彼女が「どうやったら倒せるんですか」と訊いてきた。

なかなか上手く操作できないようなので、俊久が手を伸ばした瞬間、手と手が触れ合った。低体温の俊久にとって、奈緒の手は思いのほか温かい。あれだけ行動をともにしたのに、その白魚《しらうお》のような手に触れるのは初めてだった。

目が合って一瞬の沈黙。まるで時が止まったかのようだ。

純白のブラウスの胸元から垣間《かいま》見《み》える雪のような白肌《しらはだ》が紅潮しているのは、暖房のせいだけではない。奈緒は大きな目を見開き、薄茶色の瞳でじっと俊久を見つめ、そしてそっと瞑《つむ》った。小さな口を真一文字《まいちもんじ》に閉じている。大人びたピンクのルージュが艶っぽい。

俊久は、顔をそっと、そっと近づける。

「奈緒ちゃん……」

「ううん……奈緒って呼んで……」

「……奈緒」

お互いの鼻先が触れ、自然に顔を斜めにしてじっと口づける。その刹那《せつな》、プニッとした肉厚の唇の感触が俊久の脳天《のうてん》まで突き抜けた。

そう、生まれて初めてのキス。

憧れのファーストキスの味は、レモン味ではなくほのかに甘い。すぐさま、飲んだばかりの緑茶が味蕾《みらい》をかすかに刺激する。そのリアルな苦味《にがみ》で、夢の中のことではなく、現実ということを身をもって知る。

奈緒がそっと目を開いた。潤んだ瞳に俊久の顔が映り込んでいる。アーモンドのような目から一筋の涙がツーッと零れ落ち、昼光色の灯りにキラキラ輝く。つられるように、俊久の頬にも透明の涙が伝った。

奈緒の温かい鼻息が俊久の頬をそっと撫《な》で、唇から乙女《おとめ》の鼓動《こどう》が伝わる。先ほどほのかに感じた柑橘系の香りが濃密《のうみつ》になり、甘さを帯びたフェロモン臭が嗅覚《きゅうかく》を刺激した。ギュッと握り締めた奈緒の華奢な手には、汗がしっとり滲む。小柄な身体から力が抜け、俊久にもたれかかってきた。小さいながらも柔らかな乙女の胸越しに、ドキドキと拍動《はくどう》が伝わる。俊久は、異性の肉塊《にくかい》の重さと熱を初めて体感した。心も身体も興奮と感動に打ち震え、総身に鳥肌《とりはだ》が立つ。

この瞬間に身体をあと十センチ寄せれば、まさに「後は流れに任せる」展開になる。千載一遇《せんざいいちぐう》の機会であることは疑いない。

しかし、俊久は、動かなかった。いや、金縛《かなしば》りにあったように動けなかった。

相手は田舎のお嬢様だ。男性の部屋に上がるのが初めてということは、男性経験は無いであろう。

そういう関係になるには、大前提として、好きな相手でなければならない。

しかし、これまで、俊久は奈緒を「好き」と明確に意識したことは無かった。だからこそ、この日、部屋に招くかどうか逡巡したのである。ならば、なぜ口づけたのか。やはり愛しさはあったということだ。『愛が止まらない　～Turn it into love～』を想起したことも、その表れだろう。

ただ、そこから先に進むには、結婚を考えねばならないかもしれない。身体を重ねるとはそういうことだ。古風《こふう》な倫理《りんり》観を持っていた俊久は、どうしても前に進めなかった。

いわば、大脳辺縁系《だいのうへんえんけい》による本能行動より、大脳新皮質《しんひしつ》・前頭葉《ぜんとうよう》の理性が勝ってしまった瞬間であった。

俊久はそっと唇を離し、目を逸《そ》らして呟く。

「ごめん……」

「ううん……」

それは、キスをしたことへの謝罪《しゃざい》なのか、やめてしまったことへの謝罪なのか。

冷静に考えれば謝るべきではないが、その時は謝るしかなかった。

気まずい雰囲気が流れる。俊久は掃き出し窓を開け、こもった熱気《ねっき》を外に出す。

ラジカセから切なげな曲『涙をみせないで　～Boys Don't Cry《ボーイズ・ドント・クライ》～』が流れてきた。その歌詞に促《うなが》されるように、二人は涙を拭《ぬぐ》う。

「奈緒……。ゲームの続きしよっか」

ゲームを小一時間した後、音楽を聴いたり借りておいたビデオを見たりして時間は過ぎていく。

もう一度小さな身体を抱き寄せる勇気は、俊久には無かった。

日が傾く頃、奈緒が帰り支度を始めた。

「先輩、今日はありがとうございました。帰りますね……」

姿見《すがたみ》の前であらためてピンクのルージュを引くその姿に、ファーストキスをしたことを俊久は実感する。そして、自らの唇にもわずかにルージュが残っていることに気付くが、そのままにした。

俊久がハンガーに掛かっていたブルゾンを手に取り奈緒に着せようとした時、純白のブラウスの腋《わき》が汗でぐっしょり濡れ、ベージュ色のキャミソールがうっすら透けていた。紅潮した白肌といい、奈緒は「その気」だったことをうかがわせる。

「夕食はどうしようか？　帰るなら駅まで送るよ」

「いいです……。まだ明るいですから」

心なしかしょんぼりしている奈緒が、夕陽の中に消えていく。ただでさえ小さな背中が、いつもよりずっと小さく見える。

奈緒の姿が暮れなずむ街の人並みに紛れた時、俊久もまた悄然《しょうぜん》と部屋に戻った。

（大チャンス、ど真ん中のストレートを見逃したのではないか）

（決意を持って来ただろうに、肩透《かたす》かしを食らわせてしまった）

（自分に魅力が無いとか、恥を掻かされたとか思っただろうな……）

その夜、あれこれ考えて朝まで眠れなかった。奈緒が部屋に来たのは、この一回だけだ。その後しばらくは一緒にいろんなところに遊びに行ったが、「キスより先に進む」という覚悟が生じず、やがて自然消滅した。

数年後、奈緒から突如年賀状が届いた。名字が変わっていた。裏面《うらめん》に、小さな字で「先輩はその後いかがでしょうか？　私、あの時……」と書いてある。純情な乙女のあの時の心境《しんきょう》はいかばかりであったろうと思うと、涙が溢れてきた。

もしあの時、あと十センチ近づいていれば、どうなっていたか。今でも考えるたびに、胸の奥がズキンと疼《うず》き、ファーストキスのかすかな苦味が甦る。甘く切ない青春の一頁《ページ》だ。

＊＊＊

奈緒には手を出さなかったため、クリスマス・イブも誘うことは無かった。必然的にクリスマス・イブは宮崎で過ごすことになったが、前年と違いすっきりした気分ではある。

俊久は、仮に彼女が居ても、この年のクリスマス・イブは宮崎に居るつもりだった。なんといっても、この年のクリスマス・イブは二十歳の誕生日だからだ。

十二月になって数日、日払いのアルバイトをして小銭《こぜに》を稼いで、両親にプレゼントを買った。初めてのことだが、二十歳になった記念と、この年まで育ててくれたことへのお礼である。母・華子には、「僕へのプレゼントはとくにいらない。ケーキだけ準備しておいて」とリクエストしていた。

かくして宮崎に戻った十二月二十三日、夜十一時から祝宴が始まった。誕生日になった瞬間を祝うためである。十一時五十五分にケーキに蝋燭《ろうそく》を立て、火を灯《とも》し、日付が変わった瞬間に火を吹き消した。

俊久は特段大病《たいびょう》もせず身体も弱くはないが、二十歳になったというのは感慨深い。子供の頃、二十歳になる自分を想像できなかった。百五十歳以上は生きるつもりなので、二十歳というのはスタートラインのようなものだ。ただ、それでも嬉しかった。

これで、飲まないとはいえ酒を飲んでもよく、選挙も行こうと思えば行ける（当時の選挙権は二十歳から）。まさに大人だ。見かけはまだ十五歳くらいだが、若く見えるというのはいいことであろう。今でも、俊久は、この誕生日を昨日のことのように覚えている。現在に至るまで、最も感慨深い誕生日だ。

当然のことながら、同学年の者はほとんどが二十歳になっている。中学校卒業時、二十歳の冬休みに同窓会をするという約束があった。中学校は宮崎市随一《ずいいち》の進学校だったが、勉強勉強と追い込まれることはなく、楽しい時期だった。高校の同窓生はほとんど県外の大学に行っているが、中学校の同窓生は県内に残っている者も多い。多くの同窓生が出席するということで、俊久は、再会を楽しみに会場のホテルに向かった。

俊久が受付に行くと、「どなたでしょうか」と名簿をめくられた。会場を間違ったかと思ったが、たしかにそこが同窓会会場だ。会場に入ってからも、別の高校に行った同窓生から、何度も「あんた、誰？」と不審がられた。

無理もない。俊久は中学校卒業当時、身長百四十センチ台後半で体重四十五キロ、声変わりもしていなかった。それが、同窓会時点で身長は百六十五センチに伸びたにもかかわらず、体重は四十五キロのままで、声も顔も変わっている。これでは、もはや別人である。同窓会に来ていた当時の教師達も、誰一人、俊久と分からなかった。その後も身長は伸び、結局百七十センチに達した。

中学生の頃に俊久の背が低いと馬鹿にしていた同窓生の男女数人に「お前らの身長を追い抜いたぞ」と声をかけると、嫌そうな顔をして逃げていった。俊久は、当時その何十倍も嫌な思いをしたのに、いざ自分が抜かれると逃げるのは卑怯としか言いようが無い。

彼・彼女らにとってみれば、もう俊久の身長を抜けないので嫌になるのももっともだが、それでも、俊久は釈然《しゃくぜん》としない思いに捉われた。

当時仲が良かった多くの友達は、俊久の背が伸びたことに驚き、喜んでくれた。惜しむらくは中学生の頃は背が低くて女子にモテなかったことだが、いた仕方あるまい。

「私、前田君のこと好きだったのに、全然気付いてくれないんだから……」

中学生の頃に好きだった女子から、冗談ぽく言われた。その告白に一瞬色めき立ったが、高校卒業後すぐ結婚して子供も居るとのことで、時すでに遅しだった。

俊久は、この同窓会で再会した別の女子(絶世《ぜっせい》の美女に成長していた)とこの三年後に付き合い結婚直前まで至ることになるが、まだ知る由も無い。

「次の同窓会も、遠からずまたやろう」

同窓会幹事の元学級委員長が晴れやかに締めくくり、同窓会はお開きになった。しかし、三十年以上経った今も開かれていない。

俊久は、時折連絡を取っていた中学生の頃の友達と、「同窓会幹事がいい加減なんだ。、卒業後に同窓会幹事になる三年生最後の学級委員長は、まめな奴にしておくべきだった」と話していた。

中学三年生の三学期は、高校入試の受験勉強のため皆が学級委員長をやりたがらず、俊久ら影の実力者による「裏の談合《だんごう》」で票を取りまとめて、適当に学級委員長を決めた。卒業後、同窓会幹事になったその学級委員長がいい加減なせいで、同窓会が開催されないと思っていたのだ。

ところが、先頃《さきごろ》、その学級委員長がかなり前にすでに「この世」を卒業していたことが判明した。同窓会幹事が不在なのだから、同窓会が開催されるわけがない。

年を追うごとに少しずつ、同窓生や同年代の知り合いが事故や病気で亡くなったという話が増えてくる。俊久は、そのたびに思う。どんなに辛くとも、具合が悪くとも、生きていることに意味がある。ここでくじけたら、まだまだ生きたかったであろうあいつらに申し訳が立たないと。

「長く生きられなかった友達の分も長生きしよう、楽しんで生きよう」

毎年の誕生日に思いを新たにする。現在五十歳ちょっと。目標とする泉重千代さんの持つ日本最長寿記録の年齢（諸説《しょせつ》あるが）まで、まだ七十年ほどもある。道半ばですらないわけだ。

＊＊＊

平成三年になった。

俊久にとって、この年の正月は特別である。成人式を控えているのだ。当時、成人式は一月十五日と決まっていた。東京で見知らぬ人だらけの成人式に出席しても面白いわけがない。成人式まで宮崎に居座《いすわ》ることにした。

そして迎えた成人式の朝。気合を入れて美容室で髪をセットし、貸衣装《かしいしょう》の和服《わふく》を借りた。子供の頃から、成人式は和服で出ると決めていたのだ。それも、明るい青だ。嫌でも目立つ。いや、目立ちたかった。快晴《かいせい》の青空に若々しい和服が映《は》える。

隆義と華子とともに会場に行くと、知り合いはもちろん、見知らぬ人まで集まってきた。和服の新成人男子は、意外なほど少なかったのだ。

会場に入ると、私語がうるさい。俊久は腹が立ってきた。話したいなら外で話せばいいのだ。こともあろうに、会場の座席で酒を飲み騒いでいる輩も居る。言語道断《ごんごどうだん》とはこのことだ。市の職員も見て見ぬふり。

（こんなのが大人とは呆れた。それでも選挙権を持つのだから、まともな選挙になるはずがない。選挙権の年齢も、飲酒・喫煙等が可能になる年齢も、もっと引き上げるべきだ）

会場で腹を立てながら、いろいろ考えさせられた。自分の成人式でそんなことを考えるとは、本当に面倒な性格だと俊久自身うんざりだ。

会場を後にし、両親と宮崎神宮に向かう。

俊久には夢があった。和服で成人式に出席し、その後、宮崎神宮に行くのだ。宮崎人にとって、神武天皇をお祀《まつ》りする宮崎神宮は特別に神聖《しんせい》な場所である。ちなみに、俊久は結婚式も宮崎神宮で挙げる夢があるが、今に至るまでそれは叶っていない。

宮崎神宮には、成人式帰りらしき親子連れがちらほら訪れていた。ただ、和服の新成人男子は俊久だけだ。外国人が「オー、サムライ」と近寄ってくる。「一緒に写真を撮ってほしい」とカタコトの日本語で頼んできた。外国人にとってみれば、和服の若者男子はやはり珍しいのだ。逆に、宮崎においては外国人の存在もまた珍しいのだが。

拝殿《はいでん》で参拝《さんぱい》し、記念撮影し、メインイベントは終わった。

美容室に行き、貸衣装を返して普段着に着替える。俊久は無性に淋しくなった。まさに祭りのあと。三島由紀夫の小説名に倣えば『宴《うたげ》のあと』だ。少し前の喧騒が、まるで夢の中の出来事のようだ。翌日には東京に行かねばならない。急に現実が迫り、虚無感《きょむかん》が収まらなかった。

＊＊＊

一月も半ばを過ぎ、いよいよ二年生の学年末試験が迫ってきた。教養学部科目の試験が一～二月に行われ、さらに、法学部科目における前倒しの開講分の試験が三月初めに実施される。

俊久は、一般教養科目の必要単位は全て一年生の時に取っていたため、教養学部科目の英語・中国語の語学の試験を受けることになる。

さらに法学部科目については、教養学部の試験後、約三週間空いて憲法・民法・刑法等の六科目を受けることにした。法学部科目の試験は論述式で、かなりの長文を解答することになる。選択式・穴《あな》埋《う》め式の問題は出題されない。問題文だけでは答えが出ない場合、条件を補ったり、場合分けしたりして解答しなければならない。それ自体も、まさに採点の対象となる。法律科目は六法（書き込みしていないもの。科目によっては試験時に配布され終了時に回収される）以外持ち込み不可であり、政治科目は一切持ち込み不可だ。このあたり、東大法学部たる所以である。

教養学部科目の分と法学部科目の分の成績は、別々に出る。俊久は、教養学部科目の「全A」を狙っているので、まずは語学の試験に全力を注ぐ。約三週間の間をおいた後の法学部科目の全優（当時、法学部は優・良上・良・可・不可の五段階評価であり、可以上は単位となる。不可は不合格）を狙うかどうかは、「今回受験する六科目の結果で判断することになるため、できるだけのことをする」という方針を採《と》ることにした。

教養学部科目と法学部科目の試験が約三週間空き、全体で約四十日にわたって続くというのは心身ともにきつい日程であった。何度も、「教養学部全Aじゃなくてもいいじゃないか。適当に流そう」という誘惑《ゆうわく》に負けそうになったが、「何のためにこれまで頑張ったんだ。後から振り返った時、全力を尽くさなかったことに必ず後悔する」と自己を奮い立たせ、語学の試験を乗り切った。手応えは十分で、おそらく全Aであろうと確信した。

しかし、ここで気が抜けたのか、法学部科目の勉強が全く進まなくなってしまった。疲れてきた上に寒さも加わり、体調が優れない。外に出るのが辛くなった。

この時期、さらに悪いことに住環境《じゅうかんきょう》が悪化した。隣の部屋と上の部屋の住民が、夜中に騒ぐのだ。遮音性《しゃおんせい》に優れる鉄筋コンクリート造とはいえ、物事には限度がある。マンションの入り口に置いてある相互の連絡帳のようなノートには、それぞれの住民に対する苦情が書き連ねられ、それに対する反論や擁護《ようご》等が書かれ、今で言うところの「炎上《えんじょう》」していた。とうとう紙面のみならず、実力行使、すなわち面と向かっての言い争いへと発展し、管理会社が個別に聞き込みに回る等、勉強に集中できない事態となった。

法学部科目の成績は、国家公務員I種試験（現・国家公務員総合職試験）を受け、志望官庁に採用されるかどうかという際に重要視される。やむをえず、宮崎から母・華子を呼び寄せて住民トラブルへの対処《たいしょ》を任せ、家に引きこもって勉強に励んだ。

将来に直結《ちょっけつ》する法学部科目の試験というプレッシャーは強烈で、試験日が近づくと眠れなくなった。こんな日々が続くなら、早く試験日が来てほしいと願ったりもしていた。

そして苦闘《くとう》の果て、三月上旬、法学部科目の試験がついに終わった。とにかく目《め》一杯《いっぱい》書いたというべきものであった。約四十日の試験期間が、ようやく終了したのだ。これで、駒場キャンパスでの試験は全て終了である。なんとも言えない清々しさがあった。

法学部科目試験の終了直後、一カ月前に終了した教養学部科目試験の成績が確定し、駒場キャンパスの事務室の前の掲示板で法学部への進学者が発表される。進学できるかどうかスレスレの学生は、掲示板で自分の名前を見つけると大喜びするものだ。

しかし、俊久にとっては、成績が全Aかどうかが問題である。掲示板で名前を確認した後、事務室で緊張しながら成績を受け取った。

おそるおそる見ると、「全A」。綺麗にAが揃っている成績表は、まさに「美」そのものだ。

俊久は誰はばかることなく「全Aだ、やった、やった」と抱き付き、叫び回った。

俊久が全Aと知った堀本と村野が、驚きと祝福、そしておそらくはわずかな嫉妬《しっと》を込めて、「東大合格と比較するとどうなの？」と尋ねてきた。

喜びの種類が違い、比較不能だ。教養学部とはいえ、天下の東大の成績が全A。これは、トップの中のトップと言うべきものだ。

高校まで何度もオール5を取ったことがあったが、桁が違う。

俊久が受け取った成績表には、順位は出ていなかった。ただ、「全A」ということと、関係各所で見聞きした情報から判断すると、おそらくは一位であろうと思われる。

宮崎から出てきていた華子は、まだ東京に居た。家に成績表を持ち帰って見せると狂喜乱舞《きょうきらんぶ》。二人で踊りまくったことは言うまでもない。

その夜、二人は正装して銀座に出かけ、祝宴を開くことにした。生まれて初めて、「時価《じか》」の高級寿司店に入った。「お任せ」を頼んだが、田舎から出てきた学生と母親が血迷《ちまよ》って入店したと思われたのか、期待していたほどの豪華なネタでもなければ、覚悟していたほどの金額でもなかった。憐《あわ》れみなのか、はたまた「うちのような高級店に来るのは十年早い」と「分相応《ぶんそうおう》」の対応をされたのかと複雑な気分になり、喜びに水を差された気がした。

いずれにせよ食べた気がしなかったので、閉店間際《まぎわ》で客が居ない近所の定食屋に顔を出す。

すっかり馴染みになった女将と主人が「東大全A」に驚き、祝宴を開いてくれた。

「お祝いだから、お代《だい》は結構です」

「いやいや、お気持ちは嬉しいんですが、お支払いしますよ」

心温まるやりとりで、ようやく人心地《ひとごこち》がついた。

二年前の合格発表の日が、つい昨日のことのように思い出される。まさに、あっという間の二年間だった。

第七章　円鏡《えんきょう》をめざす十三夜月《じゅうさんやづき》の高揚《こうよう》感

——本郷キャンパスへ

法学部進学が決まった。

春休みは宮崎に帰らず、部屋探しと引っ越しをしなければならない。引っ越さなくても、上北沢から本郷キャンパスまで通えないことはない。京王線本線は、京王新線経由で都営地下鉄新宿線に直通運転だ。小川町《おがわまち》駅で降りて、小川町駅と繋がっている淡路町駅から丸ノ内線に乗り、本郷三丁目駅まで行けばいいのである(当時、南北線や大江戸線は無かった)。

しかし、満員電車で長時間通学するのは苦痛だ。さらに住民トラブルで住環境が悪化した以上、引っ越しをした方がマシであった。まさに、引っ越しするつもりで、華子を宮崎から呼び寄せたのである。

本郷の不動産屋を数軒回り、東大赤門向かい側のビルの一本裏の細い道沿いにある、軽量鉄骨造《けいりょうてっこつづくり》二階建てアパートの一階の部屋を借りることにした。通学時間は一分ほどで、家賃は月額七万五千円。上北沢の部屋と同様に八畳のワンルームで、風呂・トイレ・洗面台が一緒のいわゆる三点ユニットバスだ。ただ、洗濯機置き場は室内にあり、また、「半地下」ではない。住宅地の中で、周辺環境も良かった。最後の決め手は、庭の陽《ひ》だまりで丸々とした三毛猫《みけねこ》が眠っていたことだ。オスならば貴重だが、当然のことながらメスだった。いずれにせよ、癒されることは間違いない。

借りる時はそれでいいと思ったが、実際住んでみると、いろんな問題があった。たとえば、軽量鉄骨造では周りの部屋の音がかなり響く。とくに一階は、上の階の住民が物を落としただけで大きな音がする。俊久は、そんなことすら知らなかったのだ。そのせいで、法学部在籍中にまた部屋探しに奔走することになるとは、その時は夢にも思わなかった。二年前は駒場、今度は本郷で部屋探しをすることに喜びと感慨を覚えていた。

二年間住んだ上北沢の部屋を片付けると、狭いと思っていたワンルームが広く感じる。二年間、本当にいろんなことがあった。淋しくて泣いたこと、苦しい勉強をしたこと。男友達と夜が明けるまで語り明かしたし、人生で初めて部屋に女性を招きファーストキスを味わった。夜中にゴキブリと格《かく》闘《とう》し近所からうるさいと苦情が出たことも、今となっては懐かしい。

外に出ると、建物の入り口に黒猫がちょこんと座っていた。艶のある黒い毛並みが春の陽射しに輝き、そよ風に揺れている。この部屋を借りようと初めて訪れた時、窓の外を通りかかった黒猫だ。その後もパトロールのために定期的に通るこのオスの黒猫に、俊久は「クロ」とそのまんまの名前を付け顔見知りになっていた。

頭を撫でると、いかにも猫らしい吊り上がった目を細め、足元に寄ってきて喉をゴロゴロ鳴らしながらスリスリする。

「お別れに来たんだね。もう会うことは無いかな……。名残《なご》惜《り》しいけど元気でな、クロ」

野良《のら》猫との別れを惜しみながら引っ越し屋に荷物を預け、馴染みになった定食屋でお別れの食事をし、華子とともに本郷の新居《しんきょ》に向かう。少ない荷物で都内の引っ越しだ。その日のうちに新居に荷物が入り、あっさりと引っ越しは終わった。

＊＊＊

法学部への進学手続きが終わった三月半ば、駒場のクラスのお別れコンパが行われた。駒場のクラスは教養学部の第二外国語によって分けられたクラスなので、教養学部修了で解散となる。原則として文科Ⅰ類の学生は法学部、文科Ⅱ類の学生は経済学部へと進学するため、法学部進学者と経済学部進学者は、個人的に仲が良くないと、これっきりで連絡が途絶えることになる。

法学部では新たなクラスは編成《へんせい》されない。また、当時、いわゆるゼミ(少人数での演習《えんしゅう》)は必修科目ではなく、希望者が学期単位で履修するものだった。申し込んでも、定員の関係上、履修できるとは限らず、さらに、ゼミは原則として法学部の二年間で一学期(つまり半年)しか履修できないとされていた。つまり、ゼミは、いわゆる「クラス」の機能を果たす「強制的帰属《きぞく》集団」ではない。よって、幼稚園・保育園《ほいくえん》から十五年程度強制的に所属させられていた「クラス」は、ここで終了となる。

法学部は、人間関係が希薄な世界だ。サークル等に所属していないと、淋しさと勉強の忙しさのあまり心身に変調をきたすこともあるため、「法学部砂漠」と呼ばれる。

クラスのお別れコンパは、二年前の入学直後の新入生歓迎コンパと同じ場所が会場となっていた。

夕刻、渋谷に向かう。夕陽に照らされたハチ公前には、それらしき集団がたむろしていた。二年前と同じ風景だ。二年前と違うのは、基本的に顔見知りということだ。三月半ば、もうじき花見の季節とはいえ、肌寒い。数人と、一足先に会場の居酒屋がある飲食ビルに向かった。

三々五々出席者が着席する。クラスの約半数は最後まで語学や体育の授業等で顔を合わせていたが、残りの半数は久しく顔を見ておらず、試験の時にはほとんど話す機会も無いため忘れていることもある。つまり、「基本的に」顔見知りとは、「あいつ、生きていたのか」とか、「誰だっけ？」という同級生も居るという意味だ。

それでも、お別れコンパに出席するということは、無事に進学が決定したということだ。いくらか数が足りない。幹事によると、日程的に都合がつかない不参加者が居るが、また、進学できなかった留年者《りゅうねん》、さらには休学・退学者も居るとのことだった。試験の時にも顔を見ない連中が居たが、サボりではなく、そういうことになっていたのかと複雑な心情になった。

冒頭《ぼうとう》、顔を忘れている学生も居るということと近況報告も兼ねて、二年前と同じく一人ずつ自己紹介が行われた。おのおの二年前と比較すると大人になっており、とくに地方出身者は垢抜けていた。言葉については、頑強《がんきょう》な関西弁・広島弁・薩摩弁を話す学生以外は標準語になっていた。

自己紹介では、お決まりの一気飲みだ。皆（厳密には、現役入学者で誕生日がまだ来ていない学生は十九歳なのだが）、成人しているので問題は無い。俊久は、堂々と烏龍茶を一気飲みした。

一通り挨拶が終わると、宴のスタートだ。二年前の新入生歓迎コンパのデジャヴのようだが、それぞれ大人になっている分、落ち着いた飲み会となった。

堀本や村野らとは普段からずっと顔を突き合わせており、法学部進学後も付き合いは続くわけだが、やはり感慨深い。

試《こころ》みに俊久が尋ねる。

「二年前、初めて会った時、僕のことをどう思った？」

「見かけによらず、強烈で変わった奴だと思った」

「それはお互い様だ」

座が笑いに包まれた。

「もう二十歳だから酒を飲めよ」

二年前の新入生歓迎コンパの時、酒を飲む飲まないで揉《も》めたことを覚えていた連中がからかう。

「何歳になろうが、酒を飲めない体質だから飲まねーよ」

笑いながら、今度はオレンジジュースを一気飲みする。出席者達は、この二年間で俊久の人となりと成績を分かっていたので、二年前のような気まずい雰囲気にはならなかった。酒が飲めないのは体質だから仕方無い。俊久は、その後も今に至るまで、酒を一滴も口にしたことが無い。

和やかな飲み会が終了し、二次会のカラオケに行った後でお開きとなった。それぞれ帰途につく背中を見ていると、俊久は、二年の時間をワープしたような感覚に襲われた。ただ、当然ながら、「翌朝目覚めたら二年前に戻っていた」ということにはならなかった。

「もし戻れるなら、入学直後のサークル選び失敗時点からやり直したい」

俊久は今でも、その時に戻れるなら戻りたいと本気で思っている。

お開きの時、二年後の卒業時に皆で再度集まろうという話になったが、それは実現せず、かつ、いまだに再度の集まりは無い。俊久が今も連絡を取っているのは法学部進学後の友達やサークルの友達であり、駒場のクラスの同級生の大半とは全く連絡を取っていない。まあ、そんなものだろう。

＊＊＊

三月下旬の夕方、俊久は、駒場キャンパスに足を運んだ。事務室で書類を受け取る必要があったからだ。見上げると、南東の空に、二年前の入学式の日と同じ上弦の月がかかっていた。

二年という時間は、太古の昔から輝く月にとってみれば一瞬に過ぎない。

俊久にとってはあっという間でもあり、長くもある二年だった。二年間で本当にいろんな経験をして、少しだけ大人になった俊久が悠然《ゆうぜん》と駒場キャンパスを後にする。

駒場東大前駅から京王井の頭線に乗る時、見上げた月。

駒場の二年間の思い出とともに、その風景を一生忘れないと胸に誓う。

地下鉄丸ノ内線の本郷三丁目駅を出た。

新居に帰る前に、本郷キャンパスに行ってみたくなった。二年前の合格発表の時と同じ道順《みちじゅん》を辿る。赤門を過ぎ正門から構内に入ると、黄昏時《たそがれどき》の空を背景に、安田講堂が浮かび上がっている。

その手前を右に曲がる。総合図書館と三四郎池の間、二年前に合格発表があった場所に行くと、この年の東大合格発表の際の合格者発表掲示板がまだ残っていた。

そう、全ては二年前のこの場所から始まったのだ。

俊久が空を見上げると、明るさを増した月が輝いていた。駒場の空にかかっていた月は、本郷の空にもかかっている。

大きく深呼吸して春の夜の空気を胸一杯に吸い込み、母・華子の待つ本郷の新居に帰宅した。本郷キャンパスから徒歩一分の距離に自宅があり、本郷通りを疾走《しっそう》する車の音が夜空に響く。あらためて法学部進学を実感する瞬間だった。

まだまだ春休みだ。法学部の授業の準備や買物等の合間を縫って、二度目の東京観光と洒落込む。華子とともに、合格発表前以来となる湯島天神で学業成就を祈願し、上野公園を散策し、浅草寺にお参りする。夜は千鳥ヶ淵で夜桜見物だ。二年前と同じでまるでデジャヴのようだが、今度は母子揃ってベンチで「たこ焼き」を食べる点においてデジャヴではない。二年前と同じ行動をして本当に二年前に戻ってしまわないように、あえてたこ焼きを食べたとも言える。

「忙中閑《ぼうちゅうかん》あり」という言葉通りの日々が、あっという間に過ぎていった。

そして迎えた平成三年四月一日。まだ新年度の授業は始まらないが、年度で言えば三年生、それも東大法学部の三年生だ。

四月とはいえまだ肌寒い朝早く、本郷の新居から本郷キャンパスへ「初登校」することにした。

俊久は入学式の時と同じ濃紺のスーツをビシッと着込み、華子も入学式の時と同じ明るいベージュのレディススーツを身にまとう。

外に出ると、残念ながら曇天《どんてん》だ。ただ、夜中には雨が降っていたので、止《や》んだだけでもありがたかった。

本郷キャンパスは目と鼻の先だ。地下鉄の本郷三丁目駅に向かって出勤する人波を横切り、本郷通りを渡る。通行人に頼み、赤門前で写真を撮影した。小学四年生の終わりに来訪した時、そして合格発表時と同じだが、とうとう本郷キャンパスに通う東大生としてこの場に立ち、思わずブルンと武者震《むしゃぶる》いする。

二年前の合格発表時と同じように正門に向かうと、まだ正門は閉じており、脇の小さな門から構内に足を踏み入れた。

その時、太陽が雲の合間から顔を出した。正面の安田講堂の背後から朝陽が放射状に差し、天使の梯子《はしご》が架かった。俊久と華子の眼前で、銀杏《いちょう》並木が澄んだ陽光にキラキラ輝く。

天使の梯子は幸運の前兆《ぜんちょう》。まさに、本郷での法学部生活の始まりを祝福するかのようだ。

「始め良ければ終わり良しって言葉もある。これは縁起《えんぎ》がいいな……」

俊久が呟きながら、法学部の多くの授業が行われる法文《ほうぶん》一号館の入り口の扉を開けた。

ギイッ……。

重厚な音が、森閑《しんかん》とした空間に響く。

俊久と華子は、手を取りながら威厳《いげん》ある建物の中に入った。

その一歩は、まさに法学部生活の始まりを告げる一歩だ。

今振り返れば、その二年間は楽しいばかりではなく、苦悩の日々でもあった。中でも、国家公務員試験と官庁訪問では、東大入試に次ぐプレッシャーを受けたものだ。

そのことをまだ知る由もない俊久は、大声で叫んだ。

「とうとう東大法学部生になったぞーっ！」

その快哉の叫びは、無人の館内にいつまでもこだましていた。


（了）

※　免責《めんせき》事項

本書の内容はフィクションであり、実在の人物・団体等とは無関係です。

本書により生じた損失・トラブル等について、当方は法的責任・事実上の責任を負いませんので、あらかじめご了承ください。また、特定の主張・組織・団体・個人等をことさらに推奨《すいしょう》・否定・賛美《さんび》・中傷《ちゅうしょう》するものではありません。あくまで一見解・フィクションとご理解ください。内容につきましては、フィクションとはいえできるだけ正確になるよう心がけておりますが、個人的見解も含め、その正確性を保証するものではないことをご了承ください。

あとがき

本小説を通じて、東大・東大生のリアルと平成初期の時代の息吹《いぶき》を伝えたいと思いましたが、どの程度描けたかは読者の方々のご判断に委《ゆだ》ねたいと思います。

執筆動機については多々ありますが、その根本は、「東大生としての学生生活は、僕にとって懐かしく思える時期」だからです。人生経験を積んで振り返ると、東大生としての四年間はかけがえのない日々でした。とくに、入学後、駒場キャンパスでの二年間こそ、さまざまなドラマがあります。その二年間に焦点《しょうてん》を合わせ、平成初期に地方から上京した東大生のリアルな生活、楽しみ、苦悩等を等身《とうしん》大《だい》で描きたいと思いました。

最後のシーンは、主人公が法学部に進学し、本郷キャンパスに初登校する一九九一年(平成三年)四月一日になっています。激動の法学部生活について、続編《ぞくへん》の機会があれば幸いです。

●著者プロフィール

岩切 祝史（いわきり のりふみ）

1970年（昭和45年）12月生まれ。宮崎県出身。

宮崎大学教育学部附属中学校を経て、1989年（平成元年）3月に宮崎西高校理数科卒業。現役で1989年（平成元年）4月、東京大学教養学部文科Ⅰ類に入学。

1993年（平成5年）3月に東京大学法学部を卒業後、4月に国家公務員Ⅰ種（現・総合職）の官僚として自治省（現・総務省）に入省。1997年（平成9年）4月、東京大学大学院法学政治学研究科に入学し、法学修士号・法学博士号を取得。その際の博士論文は特別優秀賞を受賞。

2004年（平成16年）10月から地元（宮崎県）の大学で助教授（准教授）、教授として勤務。現在は法学者・政治学者・元官僚として執筆・講演を行うとともに、小説をはじめ多分野にわたり活躍。

主な著書は、『憲法学の現代的論点』共著（有斐閣）、『やっぱり、東大を目指そう！』単著（ごま書房新社）など。

ブックデザイン：ユリデザイン 中尾香

駒場の空にかかる月
—地方の県立高校生、東大へ—

令和６年10月23日　第１刷発行

著　　者　岩切 祝史
発 行 者　赤堀 正卓
発行・発売　株式会社 産経新聞出版
〒100-8077 東京都千代田区大手町1-7-2
産経新聞社8階
電話03-3242-9930　FAX 03-3243-0573
印刷・製本　サンケイ総合印刷株式会社

ISBN978-4-86306-183-5　C0093